특별요리

김 민 수

서울에서 나고 자라 한국과 미국에서 공부했다. 데버러 하크니스의 『마녀의 발견』을 비롯해 다양한 장르의 책을 우리말로 옮겼다.

이 도서의 국립중앙도서관 출판예정도서목록(CIP)은 서지정보유통지원시스템 홈페이지(http://seoji.nl.go.kr)와
국가자료공동목록시스템(http://www.nl.go.kr/kolisnet)에서 이용할 수 있습니다.
CIP제어번호 : CIP2015017924

Mystery Stories

특별 요리

스탠리 엘린

김민수 옮김

감칠맛 나는 상상의 진수

엘릭시르

차례

/

제이니에게 바침

● 제이니는 스탠리 엘린의 아내 진 마이클의 애칭이다.

Mystery Stories

TODAY'S SPECIAL MENU
The specialty of the house
HERE!
The Cat's-Paw
RESUME
Broker's Special
The House Party
The Betrayers
Death on Christmas Eve
The Best of Everything
The Orderly World of Mr. Appleby
The Moment of Decision
Fool's Mate

서문

엘러리 퀸이 독자 여러분께 드리는 말

때는 바야흐로 1946년 11월 22일. 《엘러리 퀸 미스터리 매거진》(줄여서 《EQMM》)이 두 번째로 주최한 연례 콘테스트가 마감된 지 한 달 남짓 지난 때였다. 당시 《EQMM》의 편집장이던 밀드리드 포크가 그날의 편집 관련 골칫거리들을 논의하려고 전화를 걸어왔다. 맞게 들으셨다. '골칫거리'라고 말했다. 그때도 그랬고, 지금도 그렇고, 앞으로도 그럴 것이다. 편집장은 그날의 주요 서신들을 커다란 목소리로 읽었다. 우리•는 어떻게 답신해야 할지 이야기했다. 편집장은 진행중인 작품들의 교정쇄에서 고쳐야 할 부분을 의논해 정리하고, 다음달 광고 문안을 받아 적었다(신기하게도 광고는 어김없이 언제나 '오늘밤'이 마감인 것 같다). 그녀는 우리가 찾고 있는 책들의

• 엘러리 퀸은 동갑내기 사촌 형제인 프레데릭 대네이와 맨프리드 리가 추리소설을 공동 집필하며 사용한 필명이다.

목록을 만들었다. "아, 프랑스 작가가 쓴 새로운 단편의 번역을 의뢰할 예정이에요"라고도 말했다. 판면이 정돈되지 않은 부분을 어떻게 조정할지 함께 의논한 뒤에는 다음달 《EQMM》 표지의 컬러 교정지에 대해 의견을 교환했다. 그리고 편집장이 "참, 국제전보 보내는 거 잊지 않을 테니 걱정 마세요"라고 했다. 오 년의 수색 끝에 런던에 모습을 드러낸 희귀 초판본을 주문하는 전보다. 마침내 진 빠지는 일례 행사가 끝나고, 인내심을 가지고 힘든 일과를 견딘 편집장에게 우리는 항상 묻는 마지막 질문을 던졌다.

"새 원고 들어온 거 있습니까?"

"물론이죠. 꽤 많아요."

"좋은 것도 있어요?"

"몇 편요. 오늘밤에 드릴게요."

"훌륭한 것도 있나요?"

"하나 있답니다."

"아주아주 훌륭해요?"

"읽고 나서 이야기해도 좋아요."

"우리가 아는 사람 겁니까?"

"아니요. 중개인을 통하지 않고 직접 우리에게 투고한 원고예요. 작가의 첫 작품일지도 모르겠어요."

우리는 '저명한' 작가가 새로 쓴 뛰어난 원고보다 신인이 쓴 뛰어난 원고가 더욱 좋다. 역시 재발견보다는 첫 발견이 훨씬 짜릿한 흥분을 주는 것이다.

그리하여 1946년 11월, 우리는 스탠리 엘린의 데뷔작 「특별 요리」(작가가 처음 붙인 제목은 「로빈슨스의 주방The Kitchen at Robinson's」이었다)를 만나게 되었다. 그날은 그야말로 최고의 날이었다. 근사하고 완벽한 반려자 진(총명하고 가차없으며 객관적인 비평가이다)을 맞아 슬하에 여섯 살배기 외동딸 수전을 두고 있던 스탠리 엘린은 당시 젊디젊은 서른 살이었다(반면 우리는 둘 다 늙디늙은 마흔한 살이었다).

「특별 요리」의 역사는 천천히 펼쳐지기 시작했다. 우리는 저자의 허락을 받고 원고를 《EQMM》의 3회 콘테스트에 참가시켰다. 일 년 후 1947년 성탄절 무렵 발표된 결과에서 그 작품은 최우수 '데뷔작'으로서 특별상을 탔고, 넉 달 후 1948년 《EQMM》 5월호에서 공개되었다(그해 사월 스탠리 엘린은 사이먼 앤드 슈스터 출판사를 통해 수작인 첫 번째 장편소설 『무서운 산꼭대기Dreadful Summit』를 발표했다).

스탠리 엘린은 제대로 돛을 올리고 출항한 것이다. 그의 데뷔 이후 일주일이 멀다 하고 친구나 지인이 뒤에서 다가와 우리를 톡톡 두드리고는 살진 어깨를 다정하게 짚는 일이 벌어졌다. 안면이 없는 이들이 다가온 적도 놀라울 정도로 많았다. 우리가 고개를 돌리면 그들은 이구동성으로 엘린 선생이 발표한 작품의 충격적인 여운이 사라지지 않는다며 찬사를 쏟아냈다.

"아, 당신이군요! 아미르스탄 양 이야기를 세상에 알린 분이요. 끝내줬습니다! 아주 멋졌어요. 소름이 쫙 돋았다니까요!"

매번 우리는 몸을 부르르 떨었다. 우리에게 말을 건 이들이 맛본 '공포의 전율'은 진짜였고, 언제까지나 계속되는 것이었다…….

그해 말 발간된『1948년도 퀸 수상작 모음집』에「특별 요리」가 실린 이후 누가 우리를 거리에서 불러 세우거나 모임에서 구석에 몰아넣거나 식사중에 방해하는(이게 제일 나쁘다. 뭘 먹고 있는 사람을 다정하게 톡톡 건드리다니!) 일이 한 달이 멀다 하고 일어났다. 십 년이 다 되어가는 지금도 여전하다. 사람들은 이렇게 말하곤 한다.

"그 레스토랑 이야기 같은 거 왜 더 안 내시는 건가요? 그 뭐더라,「특별 요리」같은 거 말입니다! 끝내줬는데 말이죠!"

독자들은 결코 잊지 않았다. 우리도 결코 잊지 않았다. 이런저런 말 할 것 없이,「특별 요리」는 잊을 수 없는 이야기임을 증명했다. 이 시점에서는 전설이 되다시피 한 단편이라 해도 무방할 것이다.「특별 요리」는 현대 작품이지만 해당 분야에서는 일종의 고전으로 자리잡았다. 그러니 이제는 고백해도 되리라. 우리의 영혼을 구제하고 싶다.「특별 요리」에 그해의 최우수 '데뷔작'으로서 특별상을 수여하기로 결정한 것은 퀸, 즉 우리였다. 독자들과 비평가들이 퀸의 전형적인 실수라고 생각한 일 말이다.「특별 요리」가 특별상보다는 더 좋은 상, 그해 콘테스트에서 최우수 단편으로서 일등상을 타야 했다고 생각한 이들이 많았다.

앤서니 부처는「특별 요리」가 "섬세하고 우아한 걸작"이며 "내가 이제껏 읽은 데뷔작 중 최고의 단편"이라 평했고 다른 평론가들도 동의했다. 놀라운 통찰력의 소유자이자 범죄물과 공포물을 대단히 즐기는 크리스토퍼 몰리는 '이달의 책'에서 다음과 같이 말했다.

> "「특별 요리」는 1948년 퀸 콘테스트의 모든 상을 다 받는다 해도 손색이 없는 작품이다. ……탁월하게 유지되는 섬뜩함과 긴장감 때문에 독자들은 하도 이를 악물어 전체 틀니를 만들어야 할지도 모르지만, 그만한 가치가 있다. 보는 눈이 있는 이들에게 이 작품은 그레이비 소스를 끼얹은 유럽산 명품 블러드 소시지처럼 느껴질 것이다."

이 작품 이후 스탠리 엘린은 《EQMM》이 주최한 연례 콘테스트에 해마다 참가하며 실로 경이로운 기록을 세웠다. 4회 콘테스트에서 3등상, 5회와 6회에서 연속으로 2등상을 탔다(1952년 4월 사이먼 앤드 슈스터 출판사는 스탠리 엘린의 두 번째 장편소설 『니컬러스 스트리트로 가는 열쇠The Key to Nicholas Street』를 출간했다. 첫 장편소설보다 뛰어난 수작이었다). 7회와 8회 콘테스트에서 또다시 2등상을 탄 그는 9회 콘테스트에서 「하우스 파티」로 2등상을 받아 오 년 연속 2등상 수상의 영광을 안았다. 그리고 1955년 4월, 그는 미국 추리작가협회에서 매해 수여하는 영예로운 에드거상을 수상했다. 「하우스 파티」를 비롯해 전반적으로 훌륭한 작품들을 고르게 내놓은 점이 높은 평가를 받은 것이다. 수상식 날 저녁, 열네 살의 어엿한 소녀가 된 딸 수전이 아빠를 얼마나 자랑스러워했는지! 1954년 말 10회 콘테스트에서 스탠리 엘린은 「결단의 순간」으로 《EQMM》이 수여할 수 있는 가장 영예로운 상인 최우수상을 수상했다.

최우수상을 수상할 때까지 십 년에 가까운 기간 동안 엘린 선생의 재능은 성장하고 성숙하여 실로 아름다운 경지에 이르렀다. 엘린 선생은 1946년에 처음으로 글을 쓰기 시작했을 때부터 탄탄하고 조화로운 문체에 내실도 탄탄하며 상상력이 돋보이는 줄거리의 작품을 써왔다. 엘린 선생은 그에 특유의 흔들리지 않는 열정과 대단한 성실함을 더했다. 또한 삶의 '특별' 요리 같은 부분만이 아니라 우리 주위에 있는 애플비 씨들의 '질서정연한 평범한 세계'에도 동등하게, 아니 심지어 더 충격적인 수준으로 존재하는 끔찍함과 공포를 극도로 예민하게 감지해내며 작가로서의 위상을 높였고 작품에서는 새로운 분위기를 풍겼다. 후반기 작품에 나타난 변화는 부인할 수 없을 정도로 뚜렷하다. 깊이가 더해지고 보다 심각한 주제를 다룬다. 어쩔 수 없이 일상적인 비극의 전철을 밟는 현대사회의 사건들이나 등장인물은 더 섬세해지고 은근해졌다.

'전업 작가'라 불리는 신비로운 생명체인 엘린 선생이 어떠한 방식을 고수하는지, 어떠한 고난과 시련을 겪는지 우리는 알고 있다. 예를 들면 '프루스트의 서재처럼 코르크판으로 벽을 바른 방에 타자기가 놓인 작업실'을 이상적인 작업실로 꿈꾼다는 것을 알고 있다. 또한 『미스터리 작가 매뉴얼』(미국 추리작가협회가 제작한 미스터리 소설 작법 안내서. 허버트 브린 편저, 1956년 하퍼스 출판사 출간)에 실린 그의 글을 통해 그가 작품을 쓸 때 겪는 가장 큰 난관은 '첫 문단을 완성하는 것'임도 알고 있다. '바로 이거야' 하는 느낌이 오는 첫 문단을 쓰기 위해 그는 문단 하나를 몇 번이든 쓰고 또 써본다. 첫 문단을 마흔두 번이나 고쳐 쓴 후에야 어느 정도 만족하여 두 번째 문단으로 넘어간 적도 있다는 사실은 여전히 매우 놀랍고도 인상적이다. 그는 작품의 핵심 부분을 교묘하게 꼬거나 인위적인 설정으로 채우지 않는다. 엘린 선생의 작품에서 교묘한 트릭이나 눈속임을 기대한다면 헛수고다. 더 자세히 말하자면 선생은 경제적 안정을 그 무엇보다도 우위에 두는, 소위 철밥통만 얻어내면 된다는 사회적인 태도가 일으키는 비극을 제시한다. 누가 봐도 융통성이 없는 중간계급 가족에게 살인이 미치는 영향이라든가, 밍크코트나 캐딜락으로 대표되는 일종의 기준에 시선을 주기 시작하는 미국 젊은이들을 다루는 이야기들이 그렇다.

그는 드문드문 글을 쓴다. 일하는 날이면 으레 몇 킬로미터를 걷고, 뉴욕 시에서 발간되는 모든 신문을 읽고, 약불에 뭉근하게 국을 졸이듯 하루 종일 생각하고 또 생각하며 작품 아이디어라는 싹을 돌본다. 싹이 완전히 자라면 작업실 문을 걸어 잠그고 작품이 완성될 때까지 하루에 여덟 시간에서 열네 시간까지 쉬지 않고 글을 쓴다. 그는 한 장을 쓰고 또 고쳐 써 마음에 들게 완성한 다음에야 다음 장으로 넘어간다. 가끔 한 번 고쳐 쓰면 충분할 때도 때때로 있지만(기적이라 할 것이다), 다섯 번이나 여섯 번을 고쳐 쓰는 일이 허다하고 이따금은 열 몇 번까지도 고쳐 쓴다(광증이라 할 만하다고 엘린 선생도 인정한다). 하지만 이것이 바로 '엘린 방식'인 것이다. 창조자의 능력이 허락하는 내에서 최대한 다듬고 윤을 내기 전까지 그는 다음 장으로 움직일 수 없다. 자연히 엘린 선생의 글쓰기 속도는 비교적 느린 편이다. 도입 단락에 착수하기 전에 여러 주 동안 작품 얼개의 씨앗을 물고 빨고 씹어야 하는, 생략할 수 없는 평상시 습관 때문에 이미 느린 속도가 더 느려진다.

엘린의 배경이나 외모 같은 면에 대해서도 말해보겠다. 스탠리 엘린은 1916년 10월 6일에 뉴욕 시에서 태어났다. 1936년 브루클린 칼리지에서 학사 학위를 받고 보일러 제조공의 도제로도 일한 적이 있다. 전업 작가가 되기 직전에는 철공 공장에서 일했다. 그는 미식축구와 권투, 발레 관람, 거기에 더해 오페라 청취와 사람들과 대화를 나누는 것을 최고의 도락으로 여긴다. 그는 야구를 좋아한다. 엄청난 야구팬이다. 중키에 체격이 크고 살집이 두툼한 편이다. 그는 자신의 생김새를 '험난한 겨울을 나기 위해 대비해 온 알래스카 갈색 곰'에 빗대기를 좋아한다. 가까이서 보면 '엡슈타인의 조각상처럼 기묘하게 흐트러진 외모'라고 표현하기도 했다. 군중 속에 있다고 희미한 인상을 줄 사람은 아니며, 사람들은 모두 그를 좋아하고, 존경하며 우러러본다. 그렇지 않은 사람은 아직 한 명도 보지 못했다…….

그런 스탠리 엘린의 첫 번째 단편집이 이제 곧 우리를 찾아온다. 열 가지 이야기가 집필 순서대로 실려 있는 단편집은 현대에 고전의 지위를 획득했다 할 수 있는 「특별 요리」를 시작으로, 1955년 최우수상을 수상한 작품 「결단의 순간」으로 마무리를 맺는다. 우리는 스탠리 엘린을 발견한 것을 자랑스럽게 생각한다(그렇다. 인정한다. 그가 이룬 것에 작으나마 보탬이 되었다는 것을 내세우고자 하는, 일종의 자랑이자 우쭐거림이다). 엘린 선생이 이제껏 범죄와 추리, 그리고 미스터리에 대해 써온 모든 단편소설을 가장 먼저 소개한 것이 《EQMM》이라는 사실이 자랑스럽다. 그리고 엘린 선생의 첫 단편선에 서문을 써달라고 요청받은 것이 자랑스럽다.

한 가지 덧붙이고 싶은 말이 있다. 엘린 선생의 단편선이 해당 장르에서 중요한 위치를 차지하는 책이라고 생각하기 때문에, 우리는 '이 책이 중요하다'는 표식을 온 힘을 다해 깊이 새기려 한다. 우리는 스탠리 엘린 미스터리 단편선을 '퀸 명예의 전당Queen's Quorum'에 지명하는 바이다. 이제껏 출간된 탐정, 범죄, 미스터리 단편소설집들 중 제일 중요하게 여겨지는 작품들을 지속적으로 등재하는 목록인 '퀸 명예의 전당'에 처음으로 등재된 작품은 백십일 년 전에 나온 『에드거 앨런 포의 단편집Edgar A. Poe's Tales』이다.

퀸 명예의 전당 등재 번호 113번, 스탠리 엘린 미스터리 단편선. 이 분야의 위대한 현대 작품들과 살진 어깨를 나란히 할 이 작품선이 오랫동안 쇄를 거듭하는 책이 되기를 기원한다.

특별 요리

The Specialty of the House

Mystery Stories

Stanley Ellin

"여기가 스비로스야."

래플러가 말했다. 코스테인의 눈에 들어온 것은 갈색 벽돌의 네모난 건물로, 흡사한 모양새의 건물들이 양옆으로 죽 이어지다 적막한 거리의 축축한 어둠 속으로 사라지고 있었다. 발치에 위치한 쇠창살 달린 지하실 창문에는 두터운 커튼이 드리워져 있었는데, 그 사이로 빛 한줄기가 새어 나왔다.

"세상에나. 음침하네요, 안 그렇습니까."

코스테인이 말하자 래플러가 딱딱한 말투로 대답했다.

"자네가 염두에 둬야 하는 건, 스비로스는 번지르르한 외관에 신경쓰는 레스토랑이 아니라는 거야. 미친듯이 겉모습을 바꾸길 좋아하는 요즘 같은 끔찍한 시대에도 타협을 거부한 곳이네. 아마 이 도시에서 여전히 가스등을 쓰면서도 대단한 의미를 갖는 장소는 여기가 마지막일걸. 자네는 반세기 전 고객들이 주목한 튼튼하고 잘 짜인 가구와 아주 멋진 셰필드 식기를 즐기게 될 걸세. 외진 구석을 보면 바로 그 시절부터 쳐져 있는 거미줄이 보일지도 몰라!"

"가게를 추천하면서 하시는 말씀치고는 조금 희한하군요. 게다가 위생적이라고 할 수도 없겠어요."

"안으로 들어가서 판단하게. 정말로 건강에 좋지 않은 건 올해와 오늘, 그리고 지금 이 시간이지. 이 자리를 떠나 가게에 들어가면 마음이 편해질 거야. 화려하기보다 기품 있는 분위기거든. 이 시대에는 더이상 맛볼 수 없는 분위기라네."

코스테인이 어색하게 웃었다.

"식당이 아니라 성당을 소개하시나 싶네요."

가로등의 창백한 불빛이 머리 위에서 쏟아졌다. 래플러가 동행인의 얼굴을 빤히 들여다보다가 불쑥 말했다.

"자네를 초대한 것이 실수였나 보군."

코스테인은 기분이 상했다. 직위도 괜찮고 봉급도 많이 받는 그가 이 거만한 작은 남자에게는 일개 사원에 불과한 것이다. 불쾌한 기분을 조금 티 내고 싶다는 충동이 일었다.

"그렇게 생각하신다면 저녁 일정을 바꿔도 됩니다. 저는 상관없어요."

그가 차갑게 말했다.

소의 눈망울처럼 커다란 래플러의 눈이 코스테인을 향하더니 보름달같이 둥글고 불그스름한 혈색의 얼굴에 흐린 표정이 깃들었다. 왠지 불안한 듯한 기색이었다. 이윽고 래플러가 입을 열었다.

"아니, 아니야. 절대 안 되네. 자네는 스비로스에서 나와 함께 식사를 해야 해."

그가 코스테인의 팔을 꽉 잡아끌며 지하로 난 철문으로 향했다.

"우리 회사에서 미식에 대해 뭔가를 아는 것처럼 보이는 사람은 자네밖에 없단 말일세. 내가 스비로스에 대해 잘 알면 뭐하겠나. 이 곳의 요리를 제대로 감상할 수 있는 벗이 없다면 재미가 없어. 나의 독특한 미술품이 하필 남이 들어갈 수 없는 방에 놓여 있는 기분이란 말일세."

코스테인의 기분이 상당히 누그러졌다.

"그런 상황을 즐길 사람이 아주 많을 듯합니다만."

래플러가 매섭게 말했다.

"나는 아니야! 스비로스의 비밀을 몇 년이나 혼자서만 간직하고 있었지만 더이상은 견딜 수가 없어."

그가 철문 옆을 더듬거리자 안쪽에서 귀에 거슬리는 종소리가 작게 울렸다. 아주 오래전에나 쓰이던, 줄을 당겨 울리는 식의 초인종 소리였다. 문이 안쪽으로 끼이익 소리와 함께 열렸고 어두운색의 얼굴이 코스테인의 시야를 채웠다. 얼굴에서 분간이 가능한 것은 번들거리는 치아뿐이었다.

"네, 손님?"

얼굴의 주인이 말했다.

"래플러와 동행 한 명이네."

"네, 손님."

이번에는 명백히 안으로 들어와도 좋다는 뜻을 품은 어조였다. 얼굴은 옆으로 비켜섰다. 코스테인은 그를 이곳에 데려온 래플러를 따라가다 계단 한 단 아래로 발을 헛디뎌 비틀거렸다. 다음 순간 그는 눈을 껌벅거리며 작은 현관에 서 있었다. 눈에 보이는 사람이 바닥에서 천정까지 뻗은 거대한 거울에 비친 자신임을 깨닫기까지는 잠시 시간이 걸렸다.

"분위기하고는."

코스테인은 나직이 뇌까리고는 쿡쿡 웃으며 안내에 따라 자리에 앉았다.

그는 2인용의 작은 테이블에서 래플러를 마주하고 앉은 후 식당 내부를 호기심에 차 둘러보았다. 공간 자체는 전혀 넓지 않았지만, 다른 조명 없이 가스등 대여섯 개가 실내를 밝히며 흩뿌리는 불빛 때문에 사방의 벽들이 깜박거리다 끝없는 저편으로 사라져가는 듯한 착각이 들었다.

테이블은 기껏해야 여덟에서 열 개 정도로, 손님들이 최대한 다른 사람에게 간섭당하지 않고 사적인 즐거움을 누릴 수 있도록 배치되어 있었다. 식당은 만석이었고 웨이터 한두 명이 조용하고도 효율적으로 손님들의 시중을 들고 있었다. 식기가 잘각잘각 부딪히는 소리, 접시가 부드럽게 긁히는 소리, 그리고 평온하게 웅얼거리는 대화 소리가 은은히 감돌았다. 코스테인은 흡족하게 고개를 끄덕였다.

래플러가 귀에 들리게 안도의 한숨을 내쉬었다.

"자네 또한 나만큼 이곳을 마음에 들어하리라 짐작했네. 그건 그렇고, 여자가 없다는 건 눈치챘나?"

코스테인은 무슨 소리냐는 듯 눈을 치켜떴다.

"주인장인 스비로는 우리의 이성분들이 이곳에 오는 것을 환영하지 않는다네. 얼마 전에 내 눈으로 직접 봤는데 상당히 효과적인 방법을 쓰더군. 여자 손님이 한 시간 이상이나 테이블에 앉아서 기다렸지만 아무도 시중을 들러 가지 않았어."

"그분이 난리를 피우진 않았나요?"

"피웠지."

래플러가 기억을 되살리며 미소를 지었다.

"그 바람에 다른 손님들은 짜증이 났고 같이 온 동행은 창피를 당했지. 난리법석을 피운 결과는 그게 다였네."

"스비로 씨는 어땠습니까?"

"모습을 보이지 않았어. 뒤에서 조종을 한 건지 이곳에 있지 않았던 건지 모르겠지만, 아무튼 완벽한 승리를 거둔 셈이지. 그 여자분은 다시는 이곳에 오지 않았고, 여자를 데리고 온 눈치 없던 남자도 마찬가지였네. 그 뜻밖의 소동은 사실 전적으로 남자의 책임이니까."

"자리에 있던 사람들에게는 좋은 경고가 됐겠습니다."

코스테인이 웃었다.

웨이터가 테이블로 다가왔다. 초콜릿색의 짙은 피부와 가늘고 아름답게 빚어진 코와 입술, 짙은 속눈썹 아래 촉촉하게 젖은 커다란 눈망울과 머리를 모자처럼 뒤덮은 너무나도 풍성하고 매끄러운 은발을 보며 코스테인은 그가 동인도 지역 출신임이 분명하다고 판단했다. 웨이터는 빳빳한 테이블보를 깔고 커다란 크리스털 물병을 들어 물을 채운 컵 두 개를 각각 적당한 위치에 놓았다.

"이보게, 오늘 저녁에 특별 요리가 있는가?"

래플러가 열렬한 기세로 물었다.

웨이터가 미안하다는 듯한 미소를 지었다. 왕궁 집사장에 걸맞을 듯한 근사한 치아가 드러났다.

"죄송합니다, 손님. 오늘 저녁에는 특별 요리가 없습니다."

래플러가 실망한 표정으로 얼굴을 찡그렸다.

"너무 오래 기다렸단 말일세. 벌써 한 달이 지났네. 오늘 여기 이 친구에게 맛보여주고 싶었네만……."

"쉽지 않다는 점을 손님도 이해하시지요?"

"물론이네. 물론."

래플러가 슬픈 표정으로 코스테인을 보더니 어깨를 으쓱했다.

"스비로스에서 제공하는 가장 훌륭한 요리를 자네에게 맛보여 주겠다는 생각을 하고 있었거든. 불행히도 오늘 저녁에는 먹을 수 없다 하는군."

"지금 요리를 드시겠습니까, 손님?"

웨이터의 질문에 래플러가 고개를 끄덕였다. 웨이터가 더이상의 지시를 기다리지 않고 사라지는 모습에 코스테인이 놀라 물었다.

"주문을 미리 넣어놓으셨나요?"

"아, 미리 설명을 했어야 하는 건데 미안하이. 스비로스는 손님에게 선택권을 주지 않아. 따라서 모든 사람이 같은 음식을 먹게 되네. 내일 저녁엔 완전히 다른 요리가 나오겠지만, 원하는 걸 지정할 수는 없어."

"아주 독특하네요. 틀림없이 가끔씩은 식사에 불만이 생기겠고요. 나온 요리가 취향이 아니라면 어떻게 합니까?"

"그런 문제라면 걱정할 필요가 전혀 없네. 설사 자네의 입이 짧더라도 스비로스의 요리라면 한 입 한 입을 한껏 즐길 거라고 내가 장담하지."

래플러가 엄숙한 어조로 대답했다.

코스테인의 미심쩍은 표정에 래플러가 미소를 지었다.

"이 시스템은 은근히 좋다네. 인기 있는 레스토랑의 메뉴를 펼치면 셀 수 없을 만큼 많은 선택의 갈림길이 펼쳐지지. 손님은 여러

가지를 비교하고 평가해서 갈 길을 정해야 하는데, 다음 순간 바로 그 결정 때문에 후회하게 될지도 모른단 말이야. 결과가 미지수다 보니 알게 모르게 긴장을 하게 되어 불안해지기까지 하고.

주문한 뒤 펼쳐질 상황도 생각해보게나. 조리사들이 땀을 뻘뻘 흘리면서 백 가지는 되는 음식을 준비하기 위해 주방을 미친듯이 뛰어다니며 법석을 떠는 대신, 스비로스에서는 한 명의 요리사가 홀로 우아하게 서서 자기 재능을 오롯이 한 가지 요리에 쏟아붓는 거야. 완벽한 요리가 보장되는 거지!"

"그런 말씀을 하시는 걸 보니 주방을 본 적이 있으신가 봅니다?"

"안타깝게도 아직 보지 못했어. 그저 머릿속에 든 생각에 맞춰 상상해본 광경에 불과하네. 여러 해 동안 들어서 알게 된 조각들을 짜맞춘 거지. 요즘 들어서는 이곳 주방이 어떻게 돌아가는지 보고 싶다는 것 외에 다른 소망이 없을 정도야."

래플러가 서글프게 말했다.

"스비로 씨에게 그 소망을 전달하신 적은 있고요?"

"몇십 번은 말했지. 하지만 어깨를 으쓱하고는 그만이더군."

"희한한 사람이군요. 무례한 거 아닙니까?"

래플러가 황급하게 말했다.

"아니, 아니야. 예술의 거장은 사소한 예절에 구애받아서는 안 되는 법이야. 그래도 아직 희망을 버리지는 않았네."

래플러가 한숨을 쉬었다.

웨이터가 다시 모습을 드러냈다. 두 개의 수프 접시를 자로 잰 듯한 정확한 몸놀림으로 테이블에 내려놓은 그는 수프 단지에서 묽고 투명한 수프를 천천히 떠주었다. 코스테인은 어떤 맛일까 살짝 궁금해하며 수프를 떠 맛을 보았다. 섬세하게 맛을 낸 수프는 맛이 전혀 느껴지지 않는다고 해도 과언이 아닐 정도로 담백했다. 코스테인은 얼굴을 찡그리며 소금과 후추를 찾아 팔을 뻗었지만 아무것도 손에 잡히지 않았다. 고개를 드니 래플러가 보고 있었다. 그는 잠시 머뭇거렸다. 음식에 관한 자신의 취향을 굽히고 싶지 않았지만 래플러가 열광하는 가게이니만큼 기대에 찬물을 끼얹고 싶지도 않았다. 그는 미소를 지으며 수프를 가리켰다.

"훌륭하네요."

래플러 또한 미소를 지었다.

"사실은 그렇게 생각하지 않잖나. 밍밍해서 조미료가 꼭 있었으면 하지? 나도 안다네."

차갑게 말한 래플러는 휘둥그레 눈을 치켜뜨는 코스테인에게 덧붙여 말했다.

"왜냐하면 오래전에 나 또한 자네 같은 반응을 보였기 때문이야. 자네처럼 한 입 먹어본 후에 소금과 후추를 찾았어. 스비로스에 조미료가 없다는 사실을 알고 놀라기도 했지."

코스테인은 충격을 받고 소리쳤다.

"소금조차 없다는 말입니까!"

"소금조차 없어. 수프에 소금을 필요로 한다는 건 자네의 미각이 지나치게 혹사당했다는 증거에 다름 아니네. 나는 이제 확신하게 됐어. 자네도 나처럼 깨닫게 될 거야. 수프를 다 먹을 쯤엔 소금을 향한 열망은 존재하지 않을 걸세."

래플러가 옳았다. 코스테인은 수프 접시의 바닥이 드러나기 전에 이미 수프의 미묘한 풍미를 즐기고 있었다. 래플러가 자신의 빈 수프 접시를 옆으로 치우고 팔꿈치를 테이블에 괬다.

"내 말에 동의하나?"

"놀랍지만 동의합니다."

웨이터가 분주하게 테이블 위를 치우는 동안 래플러가 목소리를 한껏 낮췄다.

"자네도 곧 알게 되겠지만, 조미료가 없는 건 스비로스의 여러 가지 특징 중 하나에 불과해. 미리 말해주는 게 나을지도 모르겠군. 예를 들면, 이곳에서는 어떤 종류의 알코올음료도 팔지 않아. 아니, 물 외에는 음료 자체가 없어. 인간이 마실 필요가 있는 첫 번째이자 유일한 음료인 맑은 냉수 외엔 말이지."

"모유를 제외하면 말이 되네요."

코스테인이 심드렁하게 반박했다.

"그럴듯한 지적이네만, 스비로스의 고객들은 성장의 최초 단계를 넘어선 연령대라는 반박이 가능하지,"

코스테인이 웃었다.

"그 말도 맞습니다."

"좋네, 좋아. 알코올 외에도, 어떤 형태든 담배를 피우는 것도 금지되어 있어."

"너무 빡빡하군요. 그런 식이면 스비로스는 미식가의 안식처라기보다는 절대 금주가의 휴양지에 가깝지 않을까요?"

코스테인이 말했다.

"자네는 미식가와 호식가를 혼동하고 있군. 후자의 경우 과포화 상태에 이른 감각을 일깨우기 위해 점점 더 많은 것을 경험해야 하지. 반면 미식가는 소박함이 천성이야. 고대 그리스인들은 거친 키톤을 걸치고 잘 익은 올리브 열매를 즐겼고, 일본인들은 텅 빈 방에서 꽃가지 하나의 유려한 선을 감상한다네. 이들이야말로 진정한 미식가들이야."

"하지만 브랜디 한 잔이나 담배 한 모금을 때때로 즐기는 건 과하다고 볼 수 없지 않나요?"

코스테인은 여전히 납득하지 못했다.

"인간은 감각을 일깨우는 것과 감각을 잠재우는 것을 번갈아 섭취하면서 미각의 섬세한 균형을 아주 폭력적으로 뒤흔들어놓네. 그 과정에서 미각은 가장 소중한 능력, 즉 양질의 음식을 즐기는 능력을 잃게 되지. 여러 해 동안 스비로스에 드나들면서 나는 이 점을 완전히 납득하게 되었네."

"심오한 미학적 동기에서 기호품을 금지했다고 생각하시는 이유가 무엇인지 여쭤봐도 될까요? 주류 판매 면허세가 너무 높다던가, 여기처럼 협소한 곳에서는 손님이 담배 냄새를 맡고 싶어 하지 않는다던가 하는 세속적 이유일 수도 있잖습니까?"

코스테인의 말에 래플러가 난폭하게 고개를 저었다.

"스비로를 만나면 바로 알게 될 거야. 그 사람은 세속적인 이유에 근거하여 결정을 내리는 사람이 아니네. 나로 하여금 자네가 '미학적' 동기라고 부른 것을 처음으로 인식하게 만든 것도 스비로 그 사람이야."

"대단한 사람이로군요."

웨이터가 주요리를 차릴 준비를 하는 동안 코스테인이 말했다.

고기 요리를 한 점 커다랗게 잘라 음미하고 씹어서 삼킨 후에야 래플러가 말을 받았다.

"과한 표현을 사용하고 싶지는 않지만 나는 스비로가 이 시대 문명의 정점에 이른 사람을 대표한다고 생각하네."

코스테인은 할말을 잃고 한쪽 눈썹을 치켰다가 요리를 먹기 시작했다. 녹황색 채소 따위는 없는, 진한 갈색 소스의 바다에 잠긴 구운 고기에서 옅은 김이 피어나 섬세하면서도 입맛을 확 돋우는 향으로 코를 간질였다. 그는 마치 모차르트 교향곡의 복잡함을 분석하는 것처럼 군침이 도는 입으로 천천히, 신중하게 고기를 씹었다. 혀에 느껴지는 맛은 실로 훌륭하고도 속을 헤아릴 수 없이 깊었다. 고기의 바삭하게 구워진 겉 부분에서 느껴지는 톡 쏘는 듯한 자극적인 맛도 맛이지만, 반 정도는 날로 남은 속 부분을 씹을 때 풍부하게 솟아나는 육즙의 맛, 기묘하게 밍밍하면서도 영혼을 울리는 듯한 핏물의 맛이라니!

고기를 삼키자 끊임없이 고기를 입에 넣고 싶은 갈급한 허기가 미친듯이 밀려왔다. 한 입 한 입을 충분히 음미할 때 깊이 느껴지는 관능적이기까지 한 만족감을 맛보기 위해 그는 고기와 소스를 허겁지겁 입속에 밀어넣고 싶은 충동과 안간힘을 쓰며 싸워야 했다. 접시를 깨끗이 비운 후에야 그는 자신과 래플러 두 사람이 모두 한마디 대화 없이 식사의 모든 코스를 마쳤음을 깨달았다. 그 사실을 언급하자 래플러가 말했다.

"이런 음식을 앞에 두고 말을 할 필요성을 느끼나?"

코스테인은 낡고 어두침침한 실내와 조용히 음식을 먹는 손님들을 새로운 눈으로 둘러보고는 겸손하게 대답했다.

"아니요. 느낄 수가 없습니다. 제가 가졌던 모든 의심에 대해 정말 깊이 사과드리고 싶습니다. 스비로스에 대한 사장님의 칭찬에는 진정 한마디의 과장도 없었습니다."

"아! 자넨 아직도 일부분만 맛보았을 뿐이야. 내가 특별 요리를 언급하는 것을 들었지? 불행히도 오늘밤엔 나오지 않았지만 말일세. 자네가 방금 먹은 것은 특별 요리가 가진 극상의 풍미에 비하면 아무것도 아니야!"

래플러가 기쁜 낯으로 말했다.

"세상에! 그게 대체 무엇입니까? 나이팅게일의 혀 요리? 유니콘의 고기인가요?"

코스테인이 소리쳤다.

"둘 다 아니야. 램이야. 양고기라네."

"양고기요?"

래플러가 잠시 생각에 잠긴 채 조용했다. 이윽고 그가 입을 열었다.

"만약, 내가 그 요리에 대해 말을 아끼지 않고 솔직하게 느낌을 표현한다면 자네는 나를 완전히 미쳤다고 생각할 걸세. 그만큼 나는 그 요리를 떠올리는 것만으로도 깊은 감정을 느낀다네. 지방이 두둑한 양 갈비 요리도, 너무 딱딱한 다리 부위도 아니야. 실로 세상에 존재하는 가장 희귀한 품종의 양에서 특수 부위를 골라 요리한 것이 이 집의 특별 요리네. 그 양의 품종 명을 따서 '램 아미르스탄'이라고 부르지."

코스테인이 미간을 찌푸렸다.

"아미르스탄요?"

"아프가니스탄과 러시아의 경계에 자리잡은 좁고 황폐한 곳인데, 작은 언덕배기에 지나지 않지만 귀한 양들이 방목되고 있다고 스비로가 슬쩍 말하더군. 어떤 수단을 썼는지 모르겠지만 스비로는 보잘것없는 숫자만 남은 이 양떼에 대한 권리를 취득해서 식당 요리에 램 아미르스탄을 사용하는 유일한 레스토랑 주인이 되었다네.

그 요리가 나오는 경우는 심히 드물어. 요리가 나오는 정확한 날짜는 그날 오는 고객의 행운에 달려 있다고 할 정도로 예측이 불가능하지."

"하지만 말이죠, 스비로 씨라면 언제 내놓을 수 있는지 미리 알려줄 수 있지 않나요?"

"그렇게 하면 안 되는 이유는 간단해. 이 도시에는 엄청난 수의 전문 식도락가들이 존재한다네. 정보가 미리 새나간다면 그들은 궁금해서라도 그 요리를 맛보려 할 터이고, 결국에는 평소에 오던 고객들이 밀려나게 될 거야."

"설마, 여기 있는 몇 안 되는 사람만이 이 도시 전체에서, 아니, 온 세계에서 스비로스의 존재를 아는 유일한 사람들이라는 말씀을 하려는 건 아니시죠?"

코스테인이 반박했다.

"바로 그 말을 하는 거네. 그중 한두 명은 사적인 이유로 지금 여기 없을 수도 있지만."

"믿기 어렵습니다."

"손님 모두가 비밀 엄수를 신성한 의무로 받아들였기 때문에 가능한 일이야. 오늘 저녁 내 초대를 받아들임으로써 자네도 자동적으로 그 의무에 동의한 셈이네. 자네를 신뢰할 수 있길 바라네."

래플러의 목소리에 살짝이지만 매서운 기운이 감돌았다. 코스테인의 얼굴이 벌게졌다.

"사장님이 제 고용주라는 것만으로도 비밀을 엄수할 수밖에 없습니다. 저는 그저 그러한 방침이 현명한지가 의문일 따름입니다. 이렇게 굉장한 요리들을 그걸 즐길 수 있는 사람들에게서 떼어놓다니요."

"자네가 선호하는 방침이 궁극적으로는 어떤 결과를 초래할 것 같나? 얼간이들이 유입될 걸세. 초콜릿 소스를 뿌린 구운 오리를 먹고 싶다고 밤마다 불평을 해대는 치들 말이야. 그런 걸 견디고 싶나?"

래플러가 비통한 어조로 말했다.

"아니요. 사장님 의견에 동의할 수밖에 없군요."

코스테인이 인정했다.

래플러가 피곤한 듯 의자에 기대고 기운이 없는 몸짓으로 한 손을 눈 위에 대더니 나직한 어조로 입을 열었다.

"나는 혼자야. 내가 원해서 이렇게 살게 된 것만은 아니네. 자네에겐 이상하게 들릴 테고 나를 기인에 가깝다고 생각할지도 모르겠지만, 차갑고 미친 세상에서 이 레스토랑은 내게 따뜻한 피난처이며 가족이자 친구 같은 존재야. 온 마음으로 그렇게 느낀다네."

지금까지 눈앞의 남자를 독재적 성향의 고용주나 오지랖 넓은 초청인 정도로 생각해온 코스테인은 그를 향한 연민이 걷잡을 수 없이 꿈틀거리는 것을 느꼈다. 편안하게 팽창한 그의 위장 속에서.

그로부터 이 주가 지날 무렵엔 스비로스에 함께 가자는 래플러의 초대는 일종의 의식으로 자리잡았다. 매일 오후 5시 종이 울리고 몇 분이 지나면 코스테인은 사무실 문을 잠그고 복도로 나섰다. 외투를 왼팔에 단정하게 걸친 뒤 문에 끼워져 있는 유리를 통해 중절모가 적절한 각도로 씌워져 있는지 살폈다. 담배에 불을 붙여 물고 싶은 때도 있었지만 래플러의 종용하에 금연을 제대로 해보기로 했다. 그가 복도를 걷기 시작하면 래플러가 따라붙어 팔꿈치를 살짝 건드리며 헛기침을 했다.

"아, 코스테인. 오늘 저녁에 할 일이 있나? 없으면 좋겠네만."

"없습니다. 저는 얽매인 데도 없고 어디라도 갈 수 있죠"라거나 "도와드릴 게 있나요?" 등, 코스테인의 대답 또한 래플러의 질문처럼 애매모호했다. 거절도 종종 하면서 판에 박힌 의식을 다양하게 바꾸는 것이 보다 전술적이지 않을까 생각하기도 했지만, 초대를 수락할 때 환하게 밝아지는 래플러의 표정이나 팔을 잡은 래플러의 손아귀에서 서툴게나마 친애 어린 감정이 느껴지는 것을 생각하면 거절할 엄두가 나지 않았다.

배반이 난무하는 험난한 비즈니스의 세계에서 고용주와 우정을 쌓는 것보다 자기 자리를 안전하게 지키는 데 더 나은 방법이 무엇이겠는가. 코스테인은 생각했다. 더구나 회사 내부가 어떻게 돌아가는지 잘 아는 비서의 말로는, 래플러가 코스테인을 매우 높이 평가하고 있다고 했다. 좋은 일이었다.

음식은 또 어떻고! 스비로스의 요리는 비교가 불가했다. 군살 없이 마른 편이었던 코스테인은 기쁘게도 태어나서 처음으로 살이 찌고 있었다. 확실했다. 이 주일이 채 지나지 않아 뼈는 윤기 흐르는 탱탱한 피부 밑으로 사라졌고 몸 이곳저곳은 통통해질 기미까지 보였다. 어느 날 밤 코스테인은 목욕을 하며 몸을 살펴보다가 문득 깨달았다. 둥글둥글한 외모의 래플러도 스비로스를 발견하기 전에는 야위어 깡마른 남자였을지도 몰랐다.

여하튼, 래플러의 초대를 받아들여 잃을 것은 없지만 얻을 것은 많다는 것이 명백했다. 언젠가는 한두 번 초대를 거절해야 하겠지만 놀라운 요리라며 그리 법석을 떠는 램 아미르스탄을 맛보고 이제껏 모습을 드러낸 적이 없는 스비로를 한 번은 만나고 나서 거절하는 게 나을 것 같았다. 그전에는 절대 거절할 수 없었다.

스비로스를 처음 방문한 지 이 주째 되는 날, 코스테인은 두 가지 소망을 모두 이루었다. 그날 저녁 그는 램 아미르스탄을 먹었고, 스비로를 만났다. 두 경험 모두 예상을 뛰어넘었다.

"오늘밤은 특별 요리입니다, 손님."

웨이터가 두 사람을 테이블에 앉힌 후 몸을 숙여 낮게 알렸을 때 기대에 부푼 코스테인의 심장이 놀라울 정도로 쿵쿵 뛰기 시작했다. 건너편에 앉은 래플러의 양손이 테이블 위에서 격하게 덜덜 떨리는 것도 보였다. 정상이 아니야! 불현듯 그런 생각이 들었다. 지성적이며 지극히 상식이 풍부한 두 명의 성인 남자가 마치 고기

먹이를 받아 챌 준비를 하는 한 쌍의 고양이처럼 안절부절 못하는 꼴이라니!

"이거야, 이거!"

래플러의 목소리에 그는 깜짝 놀라 자리에서 펄쩍 일어날 뻔했다.

"전대미문의 미식의 제왕이 드디어! 자네, 지금 느끼고 있는 자네의 감정이 창피하지?"

"어떻게 아셨습니까?"

코스테인이 들릴락 말락 물었다.

"어떻게 아느냐고? 십 년 전 나 또한 자네처럼 창피해했다네. 자네 감정이 널을 뛰는 것도 눈에 훤히 보이지만, 아직도 인간이 고기를 보며 침을 흘린다는 사실에 큰 모욕감을 느낀다는 것도 쉽게 알 수 있다네."

"다른 사람들요……. 저 사람들도 다 같은 기분인 건가요?"

코스테인이 속삭이듯 물었다.

"자네가 직접 판단해봐."

코스테인은 슬그머니 근처 테이블들을 살펴보다가 마침내 대답했다.

"사장님 말씀이 옳군요. 아무튼 제가 다수에 속한다니 맘이 좀 편해집니다."

래플러가 옆쪽으로 살짝 고갯짓을 했다.

"그 다수 중 한 명은 오늘 실망을 하게 될 듯하구먼."

코스테인은 래플러가 고갯짓한 방향을 보았다. 그가 가리킨 테이블에 백발의 남성이 덩그러니 혼자 앉아 있었다. 코스테인은 남자 건너편에 놓인 빈 의자의 모습에 미간을 찌푸리고는 기억을 더듬으며 말했다.

"그러네요. 오늘은 아주 뚱뚱하고 머리가 벗겨진 그 남자가 없군요. 제가 드나든 이 주 동안 그 남자가 안 온 건 오늘 저녁이 처음인 것 같습니다."

"이 주가 아니라 십 년이라 하는 게 더 정확할 걸세. 내가 스비로스에 드나든 이후 그 사람을 보지 못한 적이 없는 것 같거든. 비가 오건 눈이 오건, 슬프건 기쁘건 오지 않은 적이 없었는데……. 그렇게 개근하다가 처음으로 빠진 날 램 아미르스탄이 '오늘의 요리'로 나왔다는 말을 들으면 어떤 표정을 지을지? 참 안됐구먼."

래플러가 연민 어린 어조로 말했다.

코스테인은 다소 찜찜한 기분이 들었다. 빈 의자를 다시 쳐다보며 우물우물 뇌까렸다.

"처음으로 빠진 거라고요?"

"래플러 씨! 동행분도 계시네! 정말 좋네요. 너무너무 좋아요! 아니, 일어서지 마세요. 제가 자리를 만들 테니까."

테이블 앞에 선 인물 뒤에 마법처럼 의자가 나타났다.

"램 아미르스탄은 절대적으로 만족스러우실 거예요, 그렇죠? 저 자신은 끔찍한 주방에서 하루 종일 바빴답니다. 모든 걸 아주 제대로 하라며 어리석은 요리사를 들들 볶아대느라 말이죠. 아주 딱 맞게 하는 게 중요하니까요, 그렇죠? 참, 여기 친구분은 저를 모르시지. 소개 좀 시켜주시죠."

그의 말은 부드러우면서도 거침없는 소용돌이처럼 세차게 흘러나왔다. 물결처럼 철썩이다가 고양이 소리처럼 살짝궁 신음하는 듯한 남자의 말에 코스테인은 최면에 사로잡힌 듯 가만히 쳐다보기만 할 따름이었다. 말이 구불구불 흘러나오는 남자의 입은 소스라치게 커다랬고 달싹이는 얇은 입술은 음절을 발음할 때마다 휘고 비틀어졌다. 수염이 납작한 코 아래 아무렇게나 돋아나 있었고, 미간이 넓고 동양인을 닮은 두 눈이 가스등의 깜박이는 빛에 반짝거렸다. 주름 하나 없는 이마에서 뒤로 빗어 넘긴 길고 매끄러운 머리카락은 탈색을 한 듯 창백했다. 참으로 놀라운 얼굴이었다. 어디선가 본 것 같은 얼굴이라는 생각이 코스테인의 머릿속을 고문하듯 괴롭혔다. 뇌가 꿈틀거리며 기억해내라고 그를 쿡쿡 찔러댔지만 전혀 뚜렷하게 떠오르지 않았다.

래플러의 목소리에 코스테인은 퍼뜩 정신을 차렸다.

"이곳의 주인인 스비로 씨. 이쪽은 저의 좋은 친구이자 직장 동료인 코스테인 씨입니다."

코스테인은 일어나서 스비로가 내민 손을 잡고 흔들었다. 손바닥에 와 닿는 손은 따뜻하고 건조했으며 돌처럼 단단했다.

"너무 좋네요, 코스테인 씨. 정말 너무너무 좋습니다."

예의 목소리가 가르릉거리는 고양이처럼 속삭였다.

"저의 자그만 가게가 마음에 드시죠, 그렇죠? 아주 맛난 것을 드시게 될 거예요. 약속해요."

래플러가 쿡쿡 웃었다.

"아, 코스테인은 이 주 전부터 매일 여기서 식사를 했답니다. 주인장에게 열광하는 팬이 되어가고 있어요."

예의 두 눈이 코스테인을 향했다.

"정말 대단한 찬사예요. 손님은 거듭 방문하는 것으로 저를 칭찬해주시고 저는 음식으로 보답하는 거예요, 그렇죠? 하지만 램 아미르스탄은 손님이 맛보셨던 어느 요리보다도 훨씬 우월한 요리예요. 약속해요. 아주 어렵사리 재료를 구해서 아주 공들여 준비하는 요리죠. 그런 수고를 할 가치가 진실로 있답니다."

어디서 봤기에 낯이 익은 걸까. 기억이 떠오르지 않아 답답한 심정을 코스테인은 간신히 가슴속에서 몰아냈다.

"스비로 씨도 말씀하신 것처럼, 그 온갖 어려움을 겪으면서 대중에게 램 아미르스탄을 내시는 이유가 궁금합니다. 다른 요리들만으로도 이곳의 명성을 충분히 유지할 수 있으실 텐데요."

너무나 환하게 입을 벌리며 미소를 짓는 바람에 스비로의 얼굴은 완전히 동그래졌다.

"심리적인 문제 아닐까요? 그렇죠? 너무나 좋은 것을 발견하면 다른 사람들과 반드시 나눠야 하는 사람들이 있잖아요. 멋진 것을 함께 탐구하는 사람들의 얼굴에 역력한 기쁨이 떠오르면 그 자신의 행복의 물잔이 가득 차오르는 거예요. 아니면…….”

그가 어깨를 으쓱 치켰다.

“그저 장사를 잘하는 거든가요.”

“그런 것에 비춰보면…… 그리고 주인장이 이곳 손님들에게 요구하는 모든 규칙들을 고려해본다면, 주인장이 이곳을 회원제로 운영하지 않고 대중에게 개방하는 것이 이해가 잘 안 갑니다. 왜 그러시는 겁니까?”

코스테인이 꿋꿋이 물었다.

스비로가 갑자기 눈빛을 번득이며 코스테인의 두 눈을 보았다가 시선을 돌렸다.

“엄청나게 예리하신 분이네, 그렇죠? 말씀드리지요. 세상에 존재하는 그 어느 고급스러운 회원제 식당보다 대중 식당이 사생활을 지키기에 더 적합하기 때문이에요. 이곳에서는 아무도 손님의 일에 대해 묻지 않아요. 아무도 손님 인생의 은밀한 부분에 대해 알고 싶어 하지 않죠. 이곳에서 할 일은 식사뿐이에요. 우리는 손님의 이름도, 주소도, 이곳에 드나드는 이유도 궁금해하지 않아요. 손님이 오시면 환영하고, 더이상 오시지 않아도 유감스러워하지 않아요. 제 대답이 그럴듯하지요? 그렇죠?”

코스테인은 대답에 섞인 격렬한 감정에 흠칫 놀라 더듬더듬 말했다.

"캐물으려는 것은 아니었어요."

스비로가 혀끝으로 얇은 입술을 핥았다.

"아니요, 아니에요! 손님이 캐묻는다고 느끼지 않았어요. 그렇게 생각하지 마세요. 오히려 저는 손님들이 질문하기를 원한답니다."

그가 안심시키듯 하는 말에 래플러가 끼어들었다.

"아, 걱정 말게, 코스테인. 스비로에게 겁을 먹지 마. 내가 주인장을 안 지 오래됐는데 험한 건 말뿐일세. 이 사람은 슬그머니 이곳의 은밀한 것들을 보여줄 게야. 아, 자기 소중한 주방에 초대하는 것만 빼고 말이지."

스비로가 미소를 지었다.

"아, 그건 코스테인 씨가 당분간 기다려주셔야 할 듯해요. 그 외의 것이라면 원하는 대로 해드려요."

래플러가 명랑하게 테이블을 손으로 짝 내리쳤다.

"내가 뭐라 그랬나! 자, 스비로 씨, 주인장. 진실을 말해봐요. 그 신성한 성소에 직원 아닌 사람이 발을 디딘 적이 있긴 합니까?"

그가 묻자 스비로가 위를 올려다보았다.

"손님 머리 위의 벽 보이시죠? 저 그림? 이곳 주방을 빛내주신 분의 초상화랍니다. 저의 절친한 벗이자 가장 오래된 손님이셨어요. 주방이 불가침이 아니라는 증거가 저분이에요."

스비로가 진지하게 말했다.

코스테인은 그림을 살피다 누구인지 깨닫고 깜짝 놀랐다.

"아니, 저분은 유명한 작가 아닙니까? 래플러 씨도 아실 텐데요. 걸작 단편들과 냉소적인 글을 쓰며 살다가 갑자기 자취를 감춘 작가 말입니다. 멕시코에서 실종되었다던데!"

그가 흥분해 말하자 래플러가 소리쳤다.

"아, 알아! 초상화 밑에서 몇 년 동안 밥을 먹으면서도 알지 못했군!"

래플러는 스비로 쪽으로 몸을 틀었다.

"이보게, 친구, 말해보시오. 저 사람의 실종이 쥔장에게 충격이었겠군?"

스비로의 얼굴이 축 늘어졌다.

"바로 맞추셨어요. 충격이었죠. 충격. 하지만 이렇게 생각해보세요, 두 분. 저분은 살아서가 아니라 죽어서 더 위대한 거예요, 그렇지 않나요? 아주 비극적인 사람! 제게 종종 말하곤 했어요. 바로 이 테이블에서 보내는 시간이 유일하게 행복을 느끼는 시간이라고요. 애처롭죠, 그렇죠? 그분에게 제가 뭘 해줄 수 있었겠어요? 주방의 비밀을 보여주는 거 외에……. 알고 보면 평범한 보통 주방에 지나지 않는데 말이죠."

"그분이 사망했다고 확신하시는가 봅니다. 사망을 증명할 증거는 이제까지 전혀 발견되지 않았잖아요."

코스테인이 말했다.

스비로는 초상화를 물끄러미 바라보았다.

"맞아요. 전혀 없었어요. 대단하네요. 그렇죠?"

그가 나직이 말했다.

주요리가 나오자 스비로가 펄쩍 일어나 직접 나눠주기 시작했다. 그는 눈빛을 생생하게 빛내며 쟁반에서 냄비를 들어 그 안에서 나오는 향을 킁킁 맡고는 황홀한 표정을 지었다. 그러고는 진한 소스를 한 방울도 흘리지 않겠다는 듯 매우 조심스레 육즙이 뚝뚝 듣는 고깃덩어리를 두 장의 접시에 놓고, 기진맥진한 듯 숨을 걸게 쉬며 의자에 다시 앉았다.

"두 분, 즐거운 식사 시간 보내세요."

코스테인은 아주 집중하여 첫입을 씹고 삼켰다. 그는 번들거리는 눈으로 빈 포크를 보았다.

"세상에나!"

그가 숨을 토했다.

"맛있지요, 그렇죠? 상상한 그 이상이죠?"

코스테인이 넋이 나간 듯 고개를 가로저었다.

"이런 맛이 어떻게 가능합니까."

그는 천천히 말을 이었다.

"램 아미르스탄의 맛을 처음 맛보는 건 마치…… 인간이 자기 자신의 영혼을 들여다볼 때 이런 기분을 느끼는 걸까요."

"아마도……."

스비로가 머리를 너무 가까이 들이미는 바람에 고약한 냄새를 풍기는 따뜻한 숨결이 코스테인의 콧구멍을 간질였다.

“아마도 방금 자신의 영혼을 잠시 들여다본 것 같은 기분이 든 거죠. 그렇죠?”

코스테인은 상대방이 눈치채지 못하도록 티 나지 않게 몸을 뒤로 빼려고 했다.

“아마도요.”

그리고 웃었다.

“송곳니와 발톱이 무성한 것이, 대단한 광경을 봤네요. 하지만 저는 양고기 냄비 위에 제 교회를 짓고 싶지는 않아요. 주인장에겐 불경스럽게 들릴까요?”

스비로가 자리에서 일어나 그의 어깨를 살짝 짚었다.

“역시, 아주 예리하신 분! 인간이란 어두운 방에 잠시 홀로 앉아, 이 세상을 생각하는 것 외에는 아무 일도 할 수 없을 때가 있어요. 지금의 세상에 대해, 앞으로 다가올 세상에 대해 생각하는 사람이라면 양이 종교에서 가지는 의미에 대해 조금이라도 숙고해봐야 할 거예요. 매우 재미있을 거예요.”

그가 두 남자에게 깊이 고개를 숙였다.

“저 때문에 식사를 제대로 못 하고 계시네요. 저는 아주 좋은 시간을 보냈어요.”

그가 코스테인에게 고개를 끄덕이며 말했다.

“다시 뵙게 되겠지요.”

치아를 빛내며 눈을 반짝인 그는 이윽고 다른 테이블 사이로 몸을 감췄다.

코스테인은 몸을 틀어 그의 모습을 한동안 지켜보았다.

"제가 저치의 기분을 나쁘게 한 걸까요?"

그가 묻자 래플러가 접시에서 고개를 들었다.

"기분을 나쁘게 했냐고? 저 사람은 그런 대화를 아주 좋아하네. 그에게 램 아미르스탄은 하나의 종교 의식이야. 떠들게 내버려두면 개종을 시키려는 승려보다도 더 지독하게 자네에게 들러붙을걸."

코스테인이 접시로 눈을 돌렸다. 스비로의 얼굴이 여전히 머릿속에 둥둥 떠다녔다.

"아주 재미있는 사람이네요."

그 얼굴을 어디서 봤는지 기억이 떠오를락 말락 해서 코스테인은 한 달여 동안이나 괴로웠다. 침대에 누워 있던 어느 날 밤, 그는 껄껄 웃음을 터뜨렸다. 아, 기억났다, 났어! 스비로는 『이상한 나라의 앨리스』에 나오는 체셔 고양이를 닮은 거였어!

이튿날 저녁 그는 래플러에게 자기 생각을 말했다. 둘은 차갑게 몰아치는 바람을 뚫고 레스토랑을 향해 걸어가던 중이었다. 래플러는 멍한 표정을 지을 따름이었다.

"자네 말이 맞을지도 모르겠네. 하지만 난 그쪽으론 잘 알지 못해. 그 책을 읽은 건 엄청나게 오래전이거든. 진짜로 오래됐어."

말이 채 끝나기도 전에 거리 저편에서 비명소리가 찌를 듯 울렸다. 두 사람은 우뚝 멈춰 섰다.

"무슨 일이 있나 보군! 저기!"

래플러가 외쳤다.

스비로스의 입구에서 그리 멀지 않은 곳에서 두 사람이 싸우고 있었다. 그늘 속에서 엎치락뒤치락하던 그들이 갑자기 하나로 엉킨 채 보도로 굴러 나왔다. 처참한 비명소리가 다시 높게 울렸다. 래플러는 뚱뚱한 몸을 생각하면 놀라운 속도로 그들을 향해 달려갔다. 코스테인이 조심스럽게 뒤를 따랐다.

짙은 피부에 백발. 보도 위에 누워 있는 마른 체구의 사람은 스비로스의 웨이터였다. 그의 손가락은 자기 목을 꽉 조르고 있는 커다란 두 손을 떼어내려 헛되이 애쓰고 있었고 양 무릎은 체중을 실어 자신을 잔혹하게 깔아뭉개고 있는 남자의 거대한 몸을 애처롭게 밀어내고 있었다.

래플러가 헉헉대며 다가가 소리쳤다.

"멈춰요! 무슨 일입니까!"

안구에서 튀어나올 듯한 커다란 눈망울이 애원하듯 래플러를 향했다.

"손님, 도와주세요. 이 사람…… 취했……."

"내가 취했다고? 이 더러운……."

심하게 더러워진 제복을 입은 선원이 코스테인의 눈에 들어왔다. 고약한 술냄새가 진동했다.

"내 지갑을 훔친 주제에! 취했다고? 이 나쁜 놈!"

그가 손가락에 힘을 주자 먹이가 신음했다.

래플러가 선원의 어깨를 잡았다.

"그 사람을 놔! 말 안 들려? 당장 놓으라고!"

고함을 치던 래플러가 코스테인 쪽으로 훅 밀쳐지는 바람에 코스테인이 비틀거렸다.

공격을 받은 래플러는 즉각 광포한 반응을 보였다. 그는 소리 없이 선원에게 덤벼들어 맨 얼굴과 옆구리를 미친듯이 때리고 걷어찼다. 선원은 깜짝 놀라 잠시 얼어붙었다가 벌떡 일어나 래플러에게 달려들었다. 잠시 두 남자가 엉겨붙어 다투는 사이 코스테인이 가담했다. 세 명은 함께 바닥에 나동그라졌다. 이윽고 래플러와 코스테인이 느릿느릿 일어나 눈앞에 늘어진 남자를 내려다보았다.

"취해서 정신이 나간 건지 넘어지면서 머리를 부딪힌 건지 모르겠네요. 경찰을 불러야겠습니다."

코스테인이 말했다.

"안 돼요, 안 됩니다, 손님!"

웨이터가 간신히 기어와 비틀비틀 몸을 일으켜 세웠다.

"경찰은 안 돼요, 손님. 스비로 사장님이 싫어할 거예요. 무슨 말인지 아시죠, 손님."

그가 애원하는 손길로 잡기에 코스테인은 래플러를 보았다.

"그 말이 맞네. 굳이 경찰을 부를 필요는 없겠지. 자기들이 알아서 이 주정뱅이 범죄자 자식을 챙겨갈 걸세. 대체 어쩌다 이런 일이 생긴 건가?"

래플러가 물었다.

"이 사람이 말이죠, 손님. 취해서 여기 휘청 저기 휘청 난리도 아니게 걷고 있었는데 저와 우연히 부딪혔어요. 그랬더니 저를 공격했어요. 도둑이라면서요."

"그럴 줄 알았네. 자, 안으로 들어가서 치료를 좀 받게나."

래플러가 부드럽게 웨이터를 밀었다. 웨이터는 당장 눈물이라도 쏟을 기세였다.

"손님은 생명의 은인이십니다. 제가 할 수 있는 일이 있다면……."

래플러는 스비로스 입구로 이어지는 길에 접어들었다.

"아니, 아닐세. 별거 아니었어. 자, 이제 가봐. 사장님이 무슨 일이냐고 물으면 나한테 보내게. 잘 말해주겠네."

"생명의 은인이십니다, 손님!"

안쪽 문이 닫혔을 때 마지막으로 들려온 말이었다.

"잘 봤지, 코스테인."

몇 분 후 래플러가 테이블 아래서 의자를 빼며 말했다.

"죄 없는 불쌍한 사람이 우연히 자길 건드렸다는 이유로 알코올 냄새를 풍풍 풍기면서 목을 졸라 죽이려고 하는 게 문명 세계의 인간이라네."

몸서리가 쳐지는 기억이었지만 코스테인은 좋게 포장해보려고 했다.

"신경과민에 걸린 고양이가 알코올을 좋아하는 법이라는 말도 있죠. 그 선원에게도 분명 나름의 이유가 있을 겁니다."

"이유? 당연히 있지. 인간의 타고난 야만성이 후세에 발현한 거야. 다른 게 있겠나!"

래플러가 부르르 떨면서 자기 몸을 감싸 안았다.

"우리가 모두 여기 앉아서 고기를 먹는 이유가 달리 있을까? 우리의 몸이 원하는 것을 먹어 만족하려는 것도 하나의 이유겠지만, 결국 우리의 원시적 면모를 풀어놓고자 하는 애타는 욕망 때문이야. 되돌아보게, 코스테인. 내가 스비로를 문명의 정점에 이른 사람이라고 묘사했던 거 기억하나? 이제는 그 이유를 알 수 있겠지? 그는 명석한 사람이야. 인간의 본질을 완전히 이해하고 있어. 하지만 다른 못난이들과는 달리 온갖 힘을 다해서 우리의 본성을 만족시키려고 한다네. 죄 없는 주변인에게는 해를 끼치지 않고 말이야."

"램 아미르스탄은 기적 그 자체죠. 무슨 말씀인지 깊이 이해합니다."

코스테인이 말을 받았다.

"그런데 말이죠. 다시 나올 때가 되지 않았나요? 마지막으로 나온 뒤에 한 달도 더 지난 것 같은데 말입니다."

웨이터가 물잔을 채우다가 머뭇거렸다.

"죄송합니다, 손님. 오늘 저녁에는 특별 요리가 나오지 않습니다."

"그게 답이로군."

래플러가 끙하는 소리를 냈다.

"오늘이 아니면 나는 못 먹게 되는데 말이야. 복도 지지리 없네, 없어."

코스테인이 그를 바라보았다.

"무슨 말씀이신 거죠? 못 드시다니 말도 안 됩니다."

"젠장! 말이 되네, 아주 잘 돼."

래플러가 물 반 잔을 한입에 꿀꺽 삼켰다. 웨이터가 즉시 잔을 다시 채웠다.

"불시 감사를 하기 위해서 남미로 떠나게 됐다네. 한 달이 될지 두 달이 될지는 하늘도 몰라."

"그쪽 상황이 그렇게 나쁜가요?"

"그리 좋진 않아."

래플러가 갑자기 미소를 씩 지었다.

"속세의 돈푼이 있어야 스비로스의 관세를 지불할 수 있다는 것을 잊어서는 안 되겠지."

"사무실에서는 얘기를 듣지 못했는데요."

"자네 귀에까지 들어갔다면 불시 감사가 아니지 않겠나? 나 외엔 아는 사람이 없네. 지금은 자네도 알게 됐지만. 거기서 꾸미고 있을 허튼짓을 알아내려면 녀석들이 전혀 예상하지 못하고 있을 때

짠, 하고 나타나야 한다네. 회사 사람들에게는 내가 어디로 소풍이라도 떠난 걸로 알게 할 거야. 과로 때문에 요양소에서 휴식하고 있다거나. 어쨌든, 회사 일은 유능한 사람들 손에 맡길 거야. 자네도 그중 한 명이고."

"저요?"

코스테인이 놀라서 물었다.

"내일 출근하면 승진 발령을 받게 될 걸세. 내가 자네에게 직접 건네주진 못하지만. 잠깐, 승진은 우리가 나누는 우정하고는 전혀 상관이 없어. 자네가 일을 잘해서 아주 감사하고 있을 뿐이야."

칭찬의 말에 코스테인의 얼굴이 벌게졌다.

"내일 출근을 안 하시는군요. 그럼 오늘밤에 떠나시는 겁니까?"

래플러가 고개를 끄덕였다.

"비행기 좌석을 잡으려고 여기저기 찔러보고 있었네. 만약 자리가 잡히면 오늘 저녁은 작별 회식인 셈이겠군."

"사장님, 저는 좌석이 잡히지 않기를 정말 간절히 원합니다. 사장님과 저녁 식사를 함께 한다는 것이 이제는 제가 감히 상상하지도 못할 정도의 의미를 띠게 되었거든요."

코스테인이 느릿느릿 말했다.

"지금 요리를 드시겠습니까, 손님?"

웨이터의 목소리가 끼어들자 두 사람 모두 흠칫 놀랐다.

래플러가 날카롭게 대답했다.

"물론, 물론. 자네가 기다리는 중인지 몰랐네."

웨이터가 몸을 돌렸을 때 그가 코스테인에게 말했다.

"내가 꺼림칙한 건, 램 아미르스탄을 놓칠 게 확실하다는 거지. 솔직히 말한다면 이미 출발을 일주일 늦췄어. 행운의 밤이 오길 기다리면서 말이야. 하지만 이젠 더이상 연기할 수가 없다네. 자네가 램 아미르스탄을 먹으면서 내 생각을 조금 해준다면 참으로 좋겠구먼."

코스테인이 웃었다.

"그렇게 하겠습니다."

그는 요리를 먹기 시작했다.

그가 채 식사를 마치기 전이었다. 웨이터의 손이 조용히 접시에 다가왔다. 고개를 드니 평소에 그들을 돕던 웨이터가 아니라 오늘 소동의 피해자가 서 있었다.

"아, 이젠 좀 괜찮나요? 아직도 기분이 별로입니까?"

코스테인이 물었다.

웨이터는 그의 말은 들은 척도 하지 않은 채 매우 괴로운 기색으로 래플러에게 몸을 돌렸다. 그가 속삭이듯 입을 열었다.

"손님. 손님은 제 생명의 은인이십니다. 그 빚을 제가 갚겠습니다!"

래플러가 깜짝 놀라 올려다보고는 고개를 단호하게 가로저었다.

"아닐세. 난 자네에게서 원하는 게 없어. 알겠나? 자네는 이미 충분히 감사 표시를 했고 그것으로 충분해. 자, 이제 일을 하게나. 아까 일은 이제 잊어버려."

웨이터는 미동도 없이 목소리만 살짝 높였다.

"손님들께서 믿으시는 신의 몸과 피로 맹세합니다. 손님, 저는 손님을 도울 겁니다. 설사 원하지 않으신다 해도요! 주방에는 가지 마세요, 손님. 목숨을 바칠 각오로 드리는 말씀입니다. 오늘밤에도, 다른 언제라도, 스비로스의 주방에는 절대 들어가시면 안 됩니다!"

래플러는 완전히 어리둥절해져 의자 등받이에 기댔다.

"주방에 가지 말라니? 스비로가 날 초대할 생각도 안 하겠지만, 만약 한다면 왜 내가 가서는 안 된다는 거지? 대체 무슨 소리야?"

단단한 손 하나가 코스테인의 등에 와 닿았다. 다른 한 손은 웨이터의 팔을 움켜쥐었다. 웨이터는 입술을 꽉 다물고 시선을 아래로 내리깐 채 그 자리에 얼어붙은 듯 서 있었다.

예의 목소리가 가르릉거리며 울렸다.

"정말 무슨 소리를 하는 걸까요, 여러분? 제가 아주 적기에 등장했죠? 질문에 대답해드리기에 아주 기가 막히죠, 그렇죠?"

래플러가 안도의 숨을 내쉬었다.

"아, 스비로, 주인장! 때맞춰 와줬군. 이 친구가 내가 주방에 가지 않아야 한다던가 하는 말을 하던데, 무슨 뜻인지 아시는가?"

미소로 활짝 벌어진 입속에서 치아가 드러났다.

"물론이죠. 이 착한 친구는 아주 좋은 뜻으로 충고를 드린 겁니다. 우리집 요리사가 아주 감정적인 친구잖아요. 자기의 소중한 주방에 손님이 들어올지도 모른다는 소문을 듣고서는 미친듯이 날뛰었답니다. 손님분들은 상상도 못 할 정도로 날뛰었어요. 그 자리에서 사표를 내겠다고 협박까지 했다니까요? 그러면 스비로스는 망하는 거 아니겠어요, 그렇지 않나요? 다행히 제가 말을 아주 잘했어요. 귀중한 단골 고객이자 진정한 미식가분께서 요리사의 일을 직접 관찰하는 것은 요리사에게는 대단한 명예라고 했더니 상당히 고분고분해졌답니다. 상상이 가시죠, 그렇죠?"

그가 웨이터의 팔을 놓고 나직이 말했다.

"자넨 다른 테이블 담당이야. 다시는 이런 일이 없도록 해."

웨이터는 감히 고개를 들 생각도 하지 못하고 바로 사라졌다. 스비로가 의자 하나를 테이블 앞으로 끌어와 앉더니 손으로 머리를 살짝 쓸었다.

"고양이가 주머니 밖으로 튀어나가버렸군요. 그렇죠? 래플러 씨를 깜짝 초대하려고 했는데 깜짝 부분이 틀어져버렸어요. 아, 김샜어."

래플러가 이마에 맺힌 땀방울을 훔쳤다.

"진심이오? 주인장 말은, 우리가 정말 오늘밤에 요리 조리 과정을 보게 된다는 거요?"

그가 쉰 목소리로 물었다.

스비로가 테이블보 위를 날카로운 손톱으로 죽 긁었다. 가는 일직선의 자욱이 천 위에 새겨졌다.

그는 자기가 그은 선을 음울한 눈빛으로 보았다.

"아, 저, 엄청난 딜레마에 처한 건가요. 래플러 씨는 십 년이란 긴 세월 동안 저의 고객이셨지만 여기 이분은……."

코스테인이 손을 번쩍 들어 말을 막았다.

"무슨 말씀인지 아주 잘 이해합니다. 래플러 사장님만 주방으로 초대하시는 거죠? 제가 있어서 거북하시겠습니다. 그런데 우연도 이런 우연이 없네요. 마침 저도 다른 약속이 있어서 곧 자리를 떠야 합니다. 그러니 주인장은 딜레마를 느낄 필요가 없습니다."

"아니야, 절대 그럴 순 없네. 공정하지 않잖아. 코스테인, 이제까지 우리는 이곳에서 함께 시간을 보냈네. 자네가 없다면 나는 반도 재미있지 않을 거야. 스비로 씨가 융통성을 발휘해주시지 않을까? 이번 한 번은."

래플러가 말했다.

두 사람은 모두 스비로를 보았지만 그는 미안하다는 듯 어깨를 으쓱 들먹였을 따름이었다.

코스테인이 후다닥 자리에서 일어났다.

"여기서 계속 버티면서 래플러 사장님의 신나는 모험을 망칠 수야 없죠. 게다가……."

그의 말에 장난기가 깃들었다.

"성질 더럽다는 요리사가 우리 사장님에게 칼을 들이댈 걸 생각하니 더더욱 거기 있고 싶지 않네요. 여기서 그냥 작별 인사를 하렵니다."

래플러의 침묵에 어린 죄책감을 지우고 싶은 심정으로 그는 말을 이었다.

"여기 스비로 씨에게 사장님을 맡기겠습니다. 주인장이 최선을 다해 훌륭한 쇼를 보여주겠죠."

그가 내민 손을 래플러가 으스러지도록 꽉 잡았다.

"자넨 정말 너무나 착하군, 코스테인. 우리가 다시 만날 때까지 자네는 여기서 계속 식사를 하는 거야, 알겠나? 너무 오랫동안 혼자 먹도록 두지는 않겠네."

스비로가 몸을 틀어 코스테인에게 길을 내주었다.

"또 봐요. 아안녀엉."

코스테인은 어둑한 현관에 멈춰 서서 목도리를 손보고 중절모를 적절한 각도로 고쳐 썼다. 마침내 만족하고 거울에서 몸을 돌리려던 순간, 마지막으로 눈에 들어온 것은 주방문 앞에 다다른 래플러와 스비로의 모습이었다. 한 손으로 초대하듯 문을 활짝 열고 있는 스비로가 다른 한 손으로는 래플러의 살진 어깨를 짚고 있었다. 다정한 손길이었다.

손발의 몫

The Cat's-Paw

이 여관의 객실은 다 비슷해서 굳이 방을 고를 필요가 없었다. 모두 어두침침했고 리놀륨이 깔린 바닥에 놋쇠로 만든 침대가 놓여 있었다. 하지만 신문에서 구인 광고를 보고 지원하면서 크랩트리 씨는 자기 방에 사소하나마 좋은 점이 한 가지 있음을 깨달았다. 복도 공중전화가 방문 맞은편에 위치해 있어서 귀를 기울이기만 하면 찌르는 듯한 전화벨이 울리자마자 바로 전화기 앞에 닿을 수 있다는 점이었다.

이러한 장점을 고려하여 그는 지원서에 서명을 한 후 전화번호까지 기입했다. 번호를 적을 때 손이 살짝 떨리기는 했다. 전화기가 마치 개인 소유인 양 암시하는 것이 대단한 사기처럼 느껴졌다. 하지만 전화로 위신을 세운 덕에 그에게 유리한 쪽으로 추가 기울지도 몰랐다. 그런 연유로 그는 이제껏 살면서 훼손하지 않았던 원칙들을 크게 희생하였다.

구인 광고 또한 그 자체로 기적에 다름 아니었다. '직원 구함'이라고 시작한 광고에는 '업무 강도 높음. 대우 보통. 건전, 정직, 근면하며 사무 경력을 소유한 자. 사십오 세에서 오십 세 사이 연령 선호. 자세한 이력서 송부 요망. 사서함 111번'이라고 씌어 있었다. 크랩트리 씨는 믿을 수 없는 심정으로 안경을 통해 광고를 뚫어지게 들여다보았다. 보통의 대우에 과도한 업무가 주어지는 일자리라도 기꺼이 맡으려는 사십오 세에서 오십 세 사이의 동년배들이 많을 것이다. 그런데다 그들은 같은 광고를 몇 분 전, 아니 몇 시간 전에 읽었을지도 모른다. 낭패감에 몸이 부르르 떨렸다.

그의 지원서는 입사 지원서의 표본이라고 해도 될 만큼 깔끔했다. 나이는 사십팔 세로 건강 상태 매우 양호하며 독신입니다. 삼십 년 동안 한 회사를 위해 충심으로 훌륭하게 봉사했으며 존경할 만한 개근 기록을 자랑합니다. 불행히도 회사가 다른 회사와 합병하며 규모를 불리는 과정에서 유감스럽게도 다수의 유능한 직원들이 떠나야 했습니다. 근무시간? 중요하지 않습니다. 저는 근무시간에 상관없이 직무를 훌륭히 완수하는 데에만 관심이 있습니다. 봉급? 전적으로 향후 저를 고용해주실 분께 달린 문제입니다. 이전 봉급은 주급 오십 달러지만, 수년 동안 직원으로 일하며 능력을 증명한 후에 받은 금액입니다.

추천서들을 첨부하고 서명했다. 그리고 그다음에, 전화번호.

이런 내용을 쓰고, 또 쓰고, 열두어 번은 써본 후에야 크랩트리 씨는 만족했다. 있어야 할 모든 단어들이 적절한 위치에 있었다. 이러한 상황에 대비하여 구입해놓은 질 좋은 종이에 과거 그의 장부를 아름답게 꾸몄던 가늘고 깔끔한 흘림체로 옮겨 적은 뒤 마침내 최종본을 발송했다.

답변이 서신으로 올까, 전화로 올까, 아니면 아예 오지 않는 것은 아닐까. 크랩트리 씨가 한없이 떨리는 가슴을 안고 이런저런 생각에 잠겨 홀로 끝이 없는 듯한 이 주를 보냈을 때 그 순간이 왔다. 수화기를 들었을 때 전화선 너머에서 자기 이름이 마치 세상의 종말을 알리는 소리처럼 울렸다.

그가 새된 목소리로 대답했다.

"네. 제가 크랩트리입니다! 제가 이력서를 보냈습니다!"

"진정하세요, 크랩트리 씨. 진정하세요."

가늘고 뚜렷한 목소리가 말했다. 매 음절을 골라 충분히 음미한 후 발음하는 것처럼 들리는 목소리였다. 그 목소리는 동정심이라도 짜낼 기세로 수화기를 꽉 부여잡고 있던 크랩트리 씨에게 즉각 흥분을 가라앉히는 효과를 발휘했다.

"크랩트리 씨의 지원서를 검토했습니다."

예의 괴로울 정도로 신중한 어조로 목소리가 말을 이었다.

"그리고 아주 만족했습니다. 아주 만족했어요. 하지만 최종 결정을 내리기 전에 내가 제안할 고용조건을 확실하게 밝히고 싶습니다. 지금 논의를 해도 괜찮겠습니까?"

'고용'이라는 단어가 크랩트리 씨의 머릿속에서 어지럽게 울려 퍼졌다.

그가 대답했다.

"네. 말씀하십시오."

"좋습니다. 우선, 크랩트리 씨는 혼자서 사무실을 문제없이 운영할 수 있습니까?"

"혼자서요?"

"아, 업무나 사무실의 규모에 대해서는 걱정하실 필요가 없습니다. 기밀 보고서를 정기적으로 작성하는 일입니다. 사무실에는 크랩트리 씨 혼자뿐이고요. 문에는 크랩트리 씨 이름이 붙게 됩니다. 아, 그리고 물론, 크랩트리 씨의 일을 직접적으로 감독하는 사람도 없을 겁니다. 왜 아주 믿을 만한 분을 필요로 하는지 납득이 되겠죠?"

"네."

크랩트리 씨가 대답했다.

"그런데 기밀 보고서라는 것은……."

"여러 주요 기업의 이름이 적힌 목록이 사무실에 도착할 겁니다. 그 기업들을 자주 언급하는 여러 경제지들에 구독 신청을 해둘 텐데, 사무실로 배송될 거예요. 크랩트리 씨는 기업을 언급하는 내용을 보는 대로 모두 메모한 후, 매일 퇴근 전에 그 내용을 정리한 보고서를 작성해서 내게 발송하셔야 합니다. 이 작업에 이론적 분석이나 문학적 마무리가 필요 없다는 점을 덧붙이고 싶군요. 정확하고 간결하고 명확하게, 이 세 가지만 준수하시면 됩니다. 이해하시겠죠?"

"네, 물론입니다."

크랩트리 씨가 열띤 어조로 대답하자 목소리가 말했다.

"아주 좋아요. 이제 근무시간을 이야기하죠. 9시부터 5시까지, 일주일에 육 일, 그리고 정오부터 한 시간은 점심시간입니다. 특히 강조하고 싶은 것이 있습니다. 시간을 엄수하고 빠짐없이 출근하는 게 중요합니다. 이 부분은 항상 내 아래에서 직접적으로 감독을 받는 것처럼 일 초도 어기지 않고 지키셔야 합니다. 이 점을 강조하는 것에 대해 불쾌해하지 않았으면 합니다만?"

"아, 물론입니다! 저는……."

"내 말은 아직 끝나지 않았습니다. 크랩트리 씨가 오늘로부터 일주일이 지난 후 오셔야 하는 주소와 사무실 번호를 불러드리지요……."

손에 연필도 종이도 없던 크랩트리 씨는 미친듯이 기억 속으로 숫자를 쳐 넣었다.

"……그리고 사무실은 크랩트리 씨를 위해 완전히 준비된 상태일 것입니다. 문은 열려 있고 책상 서랍 안에 열쇠가 두 개 있을 겁니다. 하나는 문 열쇠이고 다른 하나는 사무실 내 캐비닛의 열쇠입니다. 책상 안에는 아까 언급한 목록과 보고서 작성을 위한 사무용품들이 있을 겁니다. 캐비닛 안에는 업무를 시작할 수 있도록 경제지가 한 묶음 있고요."

크랩트리 씨가 끼어들었다.

"죄송합니다만 그 보고서라는 게……."

"목록에 있는 기업들에 대한 모든 사안을 빼놓지 않고 정리해야 합니다. 사업 거래로부터 인사 변화까지 전부요. 그리고 크랩트리 씨가 매일 퇴근하는 즉시 발송해야 합니다. 이해됩니까?"

"하나만요."

크랩트리 씨가 말했다.

"누구 앞으로, 어디로 발송해야 하나요?"

"그걸 물어봐야 압니까?"

매서운 어조에 크랩트리 씨는 깜짝 놀랐다.

"크랩트리 씨가 이미 잘 알고 있는 사서함 번호겠죠, 당연히?"

"당연히요."

크랩트리 씨가 대답하자 다행히도 목소리는 신중한 어조로 되돌아왔다.

"자, 봉급의 문제가 남았군요. 생각을 많이 해보았습니다. 크랩트리 씨도 아시겠지만 고려해야 할 여러 가지 요소가 있으니까요.

종국적으로는 옛 격언을 따르기로 했습니다. '좋은 일꾼이 품삯을 받는 것은 당연하다'라는 말을 기억합니까?"

"네."

목소리가 말을 이었다.

"바꿔 말하면 불량한 직원은 쉬이 일자리를 잃을 수 있지요. 이 원칙에 기초하여 나는 주급 오십이 달러를 제안할 의향이 있습니다. 만족하십니까?"

크랩트리 씨는 어안이 벙벙한 채 전화기를 바라보다 목소리를 되찾았다.

"아주요."

그가 숨을 들이쉬었다.

"아, 매우 만족합니다. 고백하자면 저는 결코……."

목소리가 날카롭게 말을 끊었다.

"하지만 조건이 있다는 걸 아셔야 합니다. 능력을 증명할 때까지는 수습이라 할까요……? 다소 어색한 표현입니다만. 일을 완벽하게 처리하여 계속 일하게 되든가, 아니면 아예 일자리를 잃든가 둘 중의 하나가 될 것입니다."

이 으스스한 제안에 크랩트리 씨는 무릎이 물처럼 흐느적거리기 시작하는 것을 느꼈다.

"최선을 다하겠습니다. 절대로, 확실히! 저의 최선의 최선을 다하겠습니다."

목소리는 쉴 새 없이 말을 이었다.

"그리고…… 크랩트리 씨가 맡은 일의 보안을 유지해야 한다는 점이 아주 중요합니다. 누구와도 논의해서는 안 되며, 사무실과 사무용품은 내가 철저히 관리할 테니 문제가 생길 경우 변명할 생각을 하지 마십시오. 또한 유혹적으로 느껴질 수 있는 전화도 없애두었으니 책상에서 전화기를 찾지 마세요. 흔히들 근무시간에 직원들이 한가하게 담소를 나눈다는데 나는 그런 행태를 아주 혐오합니다. 이런 처사가 부당하다고 생각하지 않았으면 합니다만?"

유일한 가족이었던 누나가 이십 년 전 세상을 떠난 이후 크랩트리 씨에게는 사소한 일이건 중대한 일이건 그에게 전화를 걸어 이야기를 나누겠다는 꿈을 품을 영혼이 이 세상에 없었다. 하지만 그는 그저 "부당하다고 생각하지 않습니다, 절대로요"라고만 대답했다.

"그러면 크랩트리 씨는 우리가 논의한 모든 조건에 동의하시는 겁니까?"

"네."

"질문이 있나요?"

"한 가지……."

크랩트리 씨가 말했다.

"제 봉급요. 어떻게……."

"매 주말에 지급될 것입니다. 현금으로요. 다른 질문은?"

지금 크랩트리 씨의 머릿속에는 진심으로 궁금한 질문이 겹겹

이 쌓여 있었지만 한 가지 질문만 끌어내는 것은 불가능했다. 그가 시도할 새를 주지 않은 채 목소리가 시원스럽게 말했다.

“그럼 행운을 빕니다.”

딸깍 소리가 나며 전화가 끊겼다. 크랩트리 씨도 따라서 전화를 끊으려다 손이 수화기를 너무나 꽉 움켜쥐고 있음을 깨달았다. 잠시였지만 수화기를 내려놓는 데 곤욕을 치렀다.

목소리가 준 주소로 처음 향했을 때 건물이 아예 없었다고 해도 크랩트리 씨는 그리 놀라지 않았을 것이다. 건물은 있었다. 거대해서 든든한 건물. 여러 대의 엘리베이터를 꽉꽉 채우고 복도에서 그를 대수롭지 않게 지나치며 효율적으로 일하는 데 바빠 그에겐 무관심하게 웅종거리는 사람들로 북적이는 건물이 있었다.

사무실 또한 존재했다. 구불구불하게 난 복도 끝에 숨어 있었다. 복도를 사이에 두고 마주보는 계단은 열린 문으로 통하고 있었는데 그 문 틈새로 둔탁한 회색 하늘이 보이는 옥상이 엿보여 사무실이 건물의 제일 위층임을 일깨워주었다.

사무실에서 가장 인상적인 것은 문에 선명하게 새겨져 있는 ‘크랩트리 연합 통신’이란 글씨였다. 문을 열자 놀라울 정도로 작고 좁은 공간이 나타났다. 빽빽이 들어찬 거대한 크기의 가구들 때문에 공간은 더욱 비좁아 보였다. 문 바로 안의 오른편으로는 어마어마하게 큰 파일 캐비닛이 있었다. 그 옆에 딱 붙여 놓았지만 여전히 커서 나머지 벽면을 다 차지하고 있는 구식의 커다란 책상에는 회전의자가 딸려 있었다.

매우 큰 창이 가구와 보조를 맞추며 맞은편 벽을 채우고 있었다. 창은 널따랗고 위로 높이 뻗어 있었지만 창턱은 크랩트리 씨의 무릎을 간신히 넘는 높이일 만큼 낮았다. 유리창 너머로 시선을 흘낏 던지자 눈이 팽팽 돌 듯 까마득히 멀어 보이는 지면에 잠시 아찔해졌다. 바로 맞은편에 위치한 창 없이 꽉 막힌 벽이 그 공포를 더욱 부추겼다.

한 번 본 것으로 충분했다. 크랩트리 씨는 창문 아랫부분을 꽉 잠그고, 윗부분만을 쓰기 편리하도록 조절하였다.

열쇠는 책상 서랍 안에 있었다. 펜과 잉크, 펜촉 한 상자, 압지 한 묶음, 그리고 쓸모 있다기보다 보기에 그럴싸한 것들 예닐곱 가지가 다른 서랍에 들어 있었다. 우표도 있었다. 무엇보다도 기쁜 것은 편지지가 많다는 점이었다. 편지지에는 낱장 머리마다 '크랩트리 연합 통신'이라는 이름과 사무실 번호, 그리고 건물 주소가 인쇄되어 있었다. 편지지를 발견하고 기쁨에 넘친 크랩트리 씨는 서둘러 펜을 대담하게 휘둘러 연습 삼아 두어 줄의 문장을 썼다. 그러고는 물품을 낭비하고 있는 스스로에게 놀라며 조심스럽게 종이를 잘게 찢어 발치에 놓인 쓰레기통에 넣었다.

그 후 그는 당면한 업무에 온 노력을 쏟아부었다. 파일 캐비닛이 토해내는, 기가 질릴 정도로 두터운 경제지 뭉치를 한 줄 한 줄 세심하게 검토해야 했고, 목소리가 예고했던 대로 책상에서 발견한 기업 목록을 보며, 매 쪽 읽기를 마칠 때마다 그중 이름 하나를 빠뜨린 건 아닌가 하는 껄끄러운 느낌에 시달렸다. 그래서 그는 업무 시간을 허비하고 있다는 끔찍한 느낌을 받으면서도 해당 쪽 전체를 다시 살폈다. 그리고 애초에 발견하고 싶지도 않았지만, 놓친 이름이 없다는 걸 깨닫고 끝에 이르면 신음을 토하곤 했다.

때때로 그는 자기 앞에 놓인 거대한 간행물 뭉치를 결코 다 끝낼 수 없을 것이라는 느낌에 휩싸였다. 진도가 좀 나간 듯싶어 기쁨의 숨을 내쉴 때마다 이튿날 새로운 간행물이 문 앞에 배달될 것이며, 따라서 책 더미 위에 책들이 늘어날 거라는 어두운 선견지명에 시달렸다.

하지만 이렇듯 우울한 일과에도 한숨 돌릴 틈은 있었다. 그중 하나는 일간 보고서를 준비할 때인데, 크랩트리 씨는 스스로가 놀랄 정도로 그 일을 즐겼다. 다른 순간은 봉급을 일 달러도 빠짐없이 품은 탄탄한 봉투가 정확히 매주 도착할 때였다. 어쩌면 순수한 희열을 느낄 수 있는 순간이겠지만 그는 이제 다시는 그런 기쁨을 느끼지 못했다.

크랩트리 씨는 조심스레 봉투의 한쪽 끝을 칼로 그어 열고, 돈을 꺼내 센 후 아주 오랫동안 사용해온 낡은 지갑에 깔끔하게 넣었다. 그리고 떨리는 손가락으로 봉투 안을 탐험하듯 헤집어보았다. 과거에 더이상 일할 필요가 없다는 통지를 받았던 무서운 기억이 떠올랐기 때문이었다. 봉투를 살피는 순간은 언제나 끔찍했으며 어김

없이 마음이 쓰리고 속이 울렁거렸다. 다시 업무에 집중할 때까지.

업무는 곧 그의 일부가 되었다. 그는 기업 목록을 참고하는 것을 멈췄다. 목록에 있는 모든 이름들이 머릿속에 뚜렷이 새겨졌고 잠들지 못해 뒤척이는 밤이면 목록을 두어 번 되풀이하는 것만으로 잠들 수 있는 경지에 이르렀다. 그는 기업 이름 중 하나에 유독 흥미가 일어나 특별히 주의를 기울였다. '능률 기기 유한회사'라는 기업이 폭풍에 휘말리려는 참이라는 점은 반론의 여지가 없었다. 인사에 급격한 변화가 있었고 합병설이 돌았으며 주가가 날카로운 변동을 겪고 있었다.

몇 주가 몇 달로 접어들자 목록에 있는 이름 하나하나가 크랩트리 씨에게 선명한 개성을 띠며 다가왔다. 그 점을 느낀 크랩트리 씨는 상당히 기뻤다. '어맬거메이티드'사는 바위처럼 견고한 회사로 안정적으로 성공을 구가하고 있었다. '유니버설'사는 새로운 기술 개발에 안달하며 속도를 내고 있었다. 그런 식으로 목록 위의 이름들은 개성을 보였다. 하지만 그중에서도 '능률 기기 유한회사'는 크랩트리 씨가 특히 애정을 쏟는 회사였다. 필요한 만큼보다 한 꺼풀 정도는 그 회사에 더 관심을 주는 자신을 발견하며 소심해져 겁을 먹은 적도 여러 번이었다. 그럴 때마다 크랩트리 씨는 자신을 매섭게 닦아세웠다. 반드시 공평함을 유지해야 했다. 그러지 못하면…….

그 순간은 아무런 경고 없이 다가왔다. 점심 식사를 마치고 그 어느 때보다도 시간에 딱 맞춰 사무실에 돌아와 문을 열었을 때, 크랩트리 씨는 고용주와 맞대면하고 있음을 깨달았다.

맑고 가느다란 목소리가 말했다.

"들어오세요, 크랩트리 씨. 그리고 문을 닫으세요."

크랩트리 씨는 문을 닫고 말문이 막힌 채 서 있었다.

"내 인상이 사람을 확 휘어잡을 정도인 게 확실한가 봅니다."

방문객은 언뜻 기쁜 듯이 말했다.

"당신에게 그토록 강렬한 영향을 끼치다니 말입니다. 내가 누군지는 알겠죠. 당연한 거지만?"

깜박임 없이 그에게 고정된 커다랗고 퉁방울 같은 눈과 길고 유연한 입매, 드럼통처럼 짧고 둥근 몸. 크랩트리 씨의 멍한 정신에 눈앞의 사람은 연못가에 편안하게 앉아 있는 개구리와 끔찍할 정도로 닮아 보였다. 그리고 크랩트리 씨는 근처를 날고 있던 불행한 파리 한 마리…….

크랩트리 씨가 떨리는 목소리로 말했다.

"제가 생각하기론 제 고용주 같으신데요. 성함이…… 성함이……."

뭉뚝한 집게손가락이 크랩트리 씨의 갈비뼈를 장난하듯 쿡쿡 찔렀다.

"봉급만 잘 나오면 이름 같은 건 안 중요하죠, 그렇죠, 크랩트리 씨? 하지만 시간을 절약하기 위해 내 이름이 조지 스펠빈•이라고 해둡시다. 흔해빠진 '스펠빈 씨'를 인생에서 만난 적이 있나요, 크랩트리 씨?"

"유감스럽게도 없습니다."

크랩트리 씨가 가련하게 말했다.

"그렇다면 당신은 연극을 보러 가는 사람은 아니군요. 그것만으로도 훌륭합니다. 감히 짐작을 해본다면 문학이나 영화를 즐기는 편도 아니지요?"

크랩트리 씨가 단호하게 말했다.

"일간지는 빠짐없이 읽으려고 노력합니다. 꽤 읽을거리가 많아요, 스펠빈 씨. 그리고 이곳에서 하는 일을 고려하면 다른 오락거리에 쓸 시간을 찾는 건 그리 쉽지 않습니다. 무슨 뜻이냐면, 제가 신문을 놓치지 않고 읽고 있다는 말이죠."

눈앞의 기다란 입매의 양쪽 끝이 치켜졌고 크랩트리 씨는 그것이 미소이기를 바랐다.

"그게 바로 당신에게서 듣고 싶었던 말이에요. 사실요, 크랩트리 씨, 사실 말입니다! 나는 오로지 사실에만 관심을 집중하는 사람을 원했고 지금 한 말과 직무를 수행하는 방법을 보면 당신이 바로 내가 찾던 그 사람임을 알 수 있어요. 매우 흡족해요, 크랩트리 씨."

크랩트리 씨는 피가 혈관을 따라 산뜻하게 통통거리며 흐르는 것을 느꼈다.

"감사합니다. 스펠빈 씨, 다시 한번 감사드립니다. 제가 아주 열심히 노력하고 있다는 것을 저는 잘 알고 있습니다만 다른……. 아, 여기 앉으세요."

크랩트리 씨는 앞에 버티고 있는 드럼통 몸매를 피해 팔을 뻗어 의자를 돌리려고 했지만 허사였다. 그는 더듬거리며 성급하게 덧붙였다.

"사무실은 조금 작아요. 하지만 매우 안락합니다."

"적절한 사무실이라고 확신합니다."

스펠빈 씨가 말했다. 그는 창문에 거의 닿을 때까지 뒷걸음질치더니 의자를 가리켰다.

"크랩트리 씨, 지금은 당신이 앉는 게 좋겠습니다. 내가 온 이유를 논의하는 동안에요."

그 위풍당당한 손의 마법에 걸린 크랩트리 씨는 털썩 앉은 후 의자를 돌려 창문과, 그 창문을 등지고 있는 땅딸막한 형체를 마주했다. 그가 입을 열었다.

"오늘 보고서에 궁금한 게 있으시다면……. 죄송합니다만 아직 마무리가 되지 않았습니다. '능률 기기'에 대한 메모가 좀 있습니다만……."

스펠빈 씨는 대수롭지 않다는 듯 손을 내젓고는 느릿느릿 말했다.

"그것을 논의하러 온 것이 아니에요. 내게 닥친 문제를 해결할 방안을 찾기 위해 왔습니다. 당신에게 기대를 걸고 있어요, 크랩트

● **조지 스펠빈** _ 미국에서 연극배우들이 공연 프로그램에 이름을 밝히고 싶지 않거나 두 개 이상의 배역을 연기할 때 가명으로 이용하는 이름. 조지나 스펠빈이나 조젯 스펠빈이라고 변형되기도 한다.

리 씨. 해답을 찾는 데 도움을 줄 것이라 생각합니다."

크랩트리 씨는 불안이 가시는 느낌을 받으며 가슴이 따뜻해졌다.

"문제요? 스펠빈 씨를 돕기 위해서라면 할 수 있는 건 다 하겠습니다. 가능한 것은 전부요."

튀어나올 듯한 눈망울이 우려의 눈빛으로 그를 콕콕 찔렀다.

"그럼 말씀해보세요, 크랩트리 씨. 사람을 죽이는 건 어떻습니까?"

크랩트리 씨가 되물었다.

"제가요? 제가 사람을 죽이는 게 어떻겠냐니……. 죄송하지만 무슨 말씀이신지 모르겠습니다, 스펠빈 씨."

"내 말은요."

스펠비 씨는 정성들여 한 마디 한 마디를 강조하며 되풀이했다.

"당신에게 사람을 죽이라고 하면 어쩔 거냐는 겁니다."

크랩트리 씨의 입이 떡 벌어졌다.

"전 그럴 수 없어요. 그러지 않을 겁니다. 그건……."

그가 말을 이었다.

"살인이지 않습니까!"

"맞습니다."

"농담하시는 거죠."

크랩트리 씨는 웃으려고 했지만 수축된 목구멍을 통해서 나오는 것이라곤 가늘고 가쁘게 바람이 빠지는 소리뿐이었다. 심지어 그 한심하도록 처량한 노력조차도 눈앞에 버틴 돌처럼 냉랭한 얼굴에 바로 사그라졌다.

“정말 죄송한데요, 스펠빈 씨. 정말 죄송합니다. 그게 통상적인 일이 아니라는 건 아시지요? 그러니까, 그건 일이라고 할 수 없다는 것…….”

“크랩트리 씨. 당신이 그렇게 열심히 검토하는 경제지에는 내 진짜 이름이 끝없이 되풀이해 나옵니다. 나는 여러 개의 파이를 찔러보았어요, 크랩트리 씨. 그리고 언제나 파이 속에 든 자두를 찾아냈죠. 더 직접적인 표현을 써볼까요? 나는 당신이 가장 화려하게 꿈꿀 수 있는(당신이 화려하게 꿈을 꿀 수 있다면 말이죠) 그 이상으로 부유하고 힘이 세요. 의미 없는 농담을 하며 게으름을 피우거나 고용인들과 시간을 보내는 사람은 그런 자리에 오르지 못해요. 제 시간은 제한되어 있어요, 크랩트리 씨. 요청에 응할 수 없다면 그렇다고 말하세요. 그럼 없던 일로 할 테니까요.”

“제가 할 수 있을 거라는 생각이 안 듭니다.”

크랩트리 씨가 애처롭게 말하자 스펠빈 씨가 대꾸했다.

“바로 그렇게 말했어야 했습니다. 그러면 내가 성질을 내지 않았을 텐데요. 솔직히 나는 당신이 내 질문에 제대로 답할 수 있을 거라고 믿지 않았어요. 만약 대답했다면 내가 당신을 잘못 봤다는 뜻이 되니 그도 아주 환멸스러운 일이었을 겁니다. 보세요, 크랩트리 씨. 나는 당신이 부럽습니다. 이런 질문을 할 일조차 없이 평온하게 존재할 수 있다는 것이 정말 부러워요. 불행히도 나는 그런 위치에 있지 않습니다. 경력을 쌓으면서 한 번 실수를 저질렀어요. 어마어마한 자산가로 상승하면서 그 과정에서 남긴 유일한 흠집이죠. 시간이 흐르자 그 실수가 한 남자의 시야에 포착되었습니다. 위험할 정도로 무자비하면서 교활하기까지 한 그 남자의 그늘 아래에서 나는 그때 이후로 벗어나지 못하고 있어요. 그는 사실 공갈범이에요. 자기 상품에 너무나 고가의 가격을 매긴 여느 공갈범이죠. 그래서 반드시 대가를 치러야 합니다. 당장요."

크랩트리 씨가 쉰 목소리로 불쑥 물었다.

"스펠빈 씨는…… 그 사람을 죽일 작정인가요?"

스펠빈 씨가 포동포동한 손을 항의하듯 불쑥 내밀었다.

"이 손바닥에 파리가 앉는다 해도 말입니다."

그가 날카롭게 말을 이었다.

"나는 손가락을 오므려서 파리의 생명을 앗아갈 힘이 없어요. 꾸미지 않고 말하자면요, 크랩트리 씨, 내가 폭력적인 행위를 범하는 것은 불가능합니다. 여러 면에서 존경할 만한 자질이지만 지금은 단지 창피할 따름이에요. 그 남자는 반드시 죽어야 하니까요."

스펠빈 씨가 잠시 말을 멈췄다.

"이 일은 청부업자에게 의뢰할 일도 아닙니다. 업자를 이용한다면 지금의 공갈범을 새 공갈범으로 대체하는 일밖에 되지 않는데, 완전히 쓸데없는 일이지 않겠어요?"

스펠빈 씨가 다시 말을 멈췄다 이었다.

"자, 크랩트리 씨. 결국은 한 가지 결론밖에 없다는 걸 아시겠죠. 나를 괴롭히는 사람을 부수는 책임은 전적으로 당신에게 있다는걸?"

"저라고요!"

크랩트리 씨는 고함쳤다.

"아니, 저는 결코…… 아니, 결코 안 돼요!"

"아, 그러지 좀 마요."

스펠빈 씨가 퉁명스럽게 말했다.

"너무 흥분해서 위험한 상태로 빠지고 있군요. 이야기를 더 진행하기 전에 크랩트리 씨에게 확실하게 해두고 싶은 게 있습니다. 내 요청을 수행하지 못한다는 것은 당신이 오늘 이 사무실을 떠야 한다는 것, 영원히 떠야 한다는 것을 뜻합니다. 자기 위치를 알지 못하는 고용인을 난 견딜 수가 없어요."

"견딜 수가 없다뇨!"

크랩트리 씨가 말을 이었다.

"그렇다고 해도 이건 옳지 않아. 전혀 옳지 않아요, 스펠빈 씨. 나는 열심히 일했다고요."

그는 습기 찬 안경을 만지작거리며 조심스럽게 닦아 코에 다시 얹어 놓았다.

"그리고 그런 비밀을 제게 남기고 가시다뇨. 말도 안 돼요. 말도 안 됩니다. 그리고…….”

크랩트리 씨가 퍼뜩 깨달은 점을 덧붙였다.

“이건 경찰이 관여할 일입니다!”

스펠빈 씨의 얼굴이 무섭도록 벌겋게 변했고 거대한 체구가 떨리며 내뿜는 웃음소리가 공기를 뚫고 귀가 멀도록 실내를 울려댔다. 크랩트리 씨는 질겁했다.

간신히 진정한 스펠빈 씨가 말했다.

“용서하세요. 용서하세요. 단지 당신이 경찰에 가서 고용주가 한 놀라운 요구에 대해 이야기하는 장면을 떠올려봤을 뿐입니다.”

크랩트리 씨가 말했다.

“이해해주셨으면 합니다. 스펠빈 씨를 협박하는 게 아닙니다. 그저…….”

“협박한다뇨. 크랩트리 씨, 말해보세요. 세상 사람들 눈에 우리 사이에 무슨 연관이 보이겠습니까?”

“연관요? 저는 스펠빈 씨를 위해 일을 합니다. 여기에서 일하는 고용인이고요. 저는…….”

스펠빈 씨가 온화한 미소를 지었다.

“참으로 신기한 환상을 품고 있군. 사람들 눈에 당신은 그저 초라한 소시민입니다. 내가 관심을 둘 사람으로는 어떻게도 보이지 않는, 보잘것없는 작은 회사 일을 하는 사람이에요.”

“스펠빈 씨가 저를 직접 고용하셨잖습니까! 제가 지원서를 써서 보내드렸고요."

"그랬죠. 불행히도 그 자리는 이미 차 있었습니다. 매우 정중하게 답신을 써서 알리지 않았나요? 무슨 말도 안 되는 소리냐는 표정이군요, 크랩트리 씨. 말씀드리죠. 이 일이 문제가 될 경우에 대비해 내 서류철 안에는 당신의 지원서와 내가 쓴 답신의 복사본이 안전하게 보관되어 있답니다."

"그럼 이 사무실은요? 내부 인테리어는? 제 경제지 구독은 어떻고요!"

스펠빈 씨가 무겁게 고개를 흔들며 말했다.

"크랩트리 씨, 크랩트리 씨. 당신의 주급이 어디서 나오는지 궁금해해본 적이 한번이라도 있나요? 이 건물의 관리인도, 사무용품 판매상도, 당신에게 간행물을 배달하는 신문사도 당신만큼이나 내 정체에는 관심이 없습니다. 일하는 사람들은 신속하게 대금을 지불받기만 하면 아편이라도 피운 것처럼 만족하죠. 당신 이름으로 된 우편만을 이용해 대금을 지불한 것이 나로서는 다소 변칙적이었다는 점은 인정하지만요, 크랩트리 씨."

"하지만 제 보고서는요!"

크랩트리 씨는 심각하게 자신의 존재 의의를 의심하기 시작했다.

"흠. 보고서의 문제가 있군요. 감히 말해보자면, 영리한 머리를 가진 크랩트리 씨는 지원서에 대한 부정적인 답변을 받은 후 스스로 사업을 하기로 결정한 겁니다. 그리하여 경제 전문 보고서 서

비스 회사를 세우고 이 '나'를 고객으로 삼으려는 시도도 했습니다. 나는 매섭게 거절했지요(나는 당신이 처음으로 보낸 보고서와 거기에 대해 쓴 내 답신의 복사본을 가지고 있답니다). 하지만 당신은 어리석게도 시도를 포기하지 않았어요. 어리석다고 말하는 이유는 그 보고서가 내게 전혀 쓸모없는 것이기 때문입니다. 당신이 논의하는 어느 기업에도 관심이 없는데 왜 관심이 있을 거라고 상상하는지는 내 이해력을 뛰어넘는 문제더군요. 솔직히 이 남자는 괴짜치고도 제일 질 나쁜 류가 아닌가 의심합니다만, 나는 그런 사람들을 많이 다뤄본 적이 있었기 때문에 그저 당신을 무시하면서 일간 보고서를 받으면 찢어버렸죠."

"찢어버렸다고요?"

얼어붙은 듯 꼼짝달싹 못하며 크랩트리 씨가 물었다.

"크랩트리 씨가 불평할 이유는 없지 않나요."

스펠빈 씨가 약간의 짜증을 내비치며 말했다.

"크랩트리 씨 같은 성격의 사람을 찾기 위해서는요, 광고에 '업무 강도 높음'이라는 표현을 쓰는 것이 필요했습니다. 나는 우리 사이 거래에서 과도한 업무를 제공한다는 내 몫의 역할에 충실하고 있을 따름이에요. 내가 준 업무에서 나온 결과를 최종적으로 어떻게 쓰는지 당신이 간섭해야 할 이유를 모르겠군요."

크랩트리 씨가 무력한 어조로 표현을 반복했다.

"나 같은 성격의 사람이라. 살인을 저지르기 위해서요?"

"그러면 안 됩니까?"

상대의 기다란 입매가 험악하게 다물렸다.

"알려드리죠, 크랩트리 씨. 나는 돋보기로 곤충을 관찰하는 과학자처럼 인류라는 종을 관찰하면서 인생의 한 부분을 보냈습니다. 재미있고 유익했어요. 그리고 한 가지 결론에 이르렀는데, 다른 무엇보다도 내 자신의 성공을 일구는 데 큰 도움이 되었답니다. 인류의 대다수에게 있어 중요한 것은 동기도 아니고, 결과도 아닌, 바로 기능이라는 것이 내가 내린 결론이었습니다.

크랩트리 씨, 내 광고는 그러한 사람의 조력을 얻을 수 있도록 계산된 것이었어요. 실로 크랩트리 씨는 그러한 유형을 완벽하게 대표할 만한 사람입니다. 광고에 지원한 순간부터 지금까지 당신은 기대에 제대로 부응해주었어요. 동기나 결과는 생각하지 않고 흠결 없이 기능만을 수행하면서요.

이제 살인이 기능의 일부가 된 것입니다. 내가 그 일의 동기에 대해 설명해드렸지요. 친절하지 않나요? 결과도 명확하게 정의되어 있습니다. 당신이 항상 해왔던 것처럼 계속 기능을 하든가, 아니면 간단하게 말하자면 일자리를 잃든가 둘 중의 하나죠."

크랩트리 씨가 미친듯 소리쳤다.

"일자리라고요! 감옥에 간 사람에게 일자리가 무슨 소용입니까? 교수대에 설 남자에게 무슨 소용이 있나요?"

스펠빈 씨가 잔잔한 어조로 말했다.

"참 내. 무슨 말입니까? 자칫하면 나까지 물고 들어갈지 모르는 덫으로 당신을 몰 것이라 생각하는 건가요? 이봐요, 우둔한 건가 싶어 겁나네요. 내 자신의 안전과 당신의 안전이 하나로 묶여 있다는 점쯤, 멍청한 게 아니라면 명확하게 깨달았을 텐데요. 게다가 그 안전을 보장하기 위해서는 최소한 이 사무실에서 당신이 지속적으로 일하며 업무에 대해 확고부동한 자세를 유지하는 것이 필요하답니다."

크랩트리 씨가 공허한 목소리로 말했다.

"가면 아래 숨어 있는 사람은 그렇게 말하기가 쉬울지 모르겠습니다만……."

"잘난 척하는 건 아닙니다만 크랩트리 씨, 이 세상에서 내 위치는 상당히 대단해서 약간의 노력만으로도 정체를 알아낼 수 있습니다. 하지만 당신이 내 요청을 수락하여 행한다면 당신도 범죄자가 되니 매우 신중해야 한다는 걸 기억해야 할 겁니다.

한편, 당신이 요청을 수락하지 않는다면……. 참, 당신은 그 문제에 있어서는 완전한 선택의 자유가 있습니다만, 당신이 나에게 혐의를 덧씌워봤자 오로지 당신에게만 위험합니다. 이 세상은요, 크랩트리 씨. 우리의 관계에 대해서는 아무것도 모릅니다. 그리고 나를 제물로 삼아왔기에 이제 반드시 내 먹이가 되어야 하는 그 남자와 나 사이의 일도 전혀 모르죠. 그가 맞게 될 말로도, 당신이 내게 씌울 혐의도 결코 나를 건드리지 못해요, 크랩트리 씨.

정체를 밝히는 건 내가 말했듯 어려운 일은 아닐 겁니다. 하지만 그 정보를 이용한다면 말이죠, 크랩트리 씨. 당신의 끝은 감옥이나 미치광이 수용소가 될 따름일 겁니다."

크랩트리 씨는 그나마 남아 있던 힘이 마지막 한 방울까지 빠져나가는 것을 느꼈다.

"모든 것을 생각해놓았군요."

"모든 것을 생각해놓았죠, 크랩트리 씨. 당신을 내가 그린 설계도 안에 들인 것은 계획을 가동시키기 위한 첫 단계에 불과했어요. 오래지 않아 나는 열심히 그 계획의 각 단계를 저울에 달아 재보고, 평가하는 데 힘을 쏟았죠. 예를 들면 이 방 말입니다. 이 사무실은 지칠 때까지 오랫동안 알아본 후에 내 목적에 완벽하게 맞았기 때문에 선택한 거랍니다. 실내 인테리어도 그 목적을 달성하기 위해 선택해서 설치한 거고요. 목적에 어떻게 맞느냐고요? 설명해드리죠.

당신이 책상 앞에 앉아 있으면 방문객은 지금 내가 자리잡은 이 공간, 즉 창문 앞 공간에 갇히게 됩니다. 여기서 방문객이란 물론 문제의 남자를 뜻합니다. 그는 사무실에 들어와 이곳에 설 것이고 그 뒤에 있는 창문은 '완전히 열려' 있을 겁니다. 그는 친구가 남겼다는 봉투를 달라고 당신에게 요청할 겁니다. 이 봉투죠."

스펠빈 씨가 봉투 하나를 책상으로 휙 던졌다.

"당신은 책상에 봉투를 잘 가지고 있다가 찾아내서 건넬 겁니다. 그러면 특유의 행동 양식을 철저히 고수하는 그 남자가(그 사실을 내가 잘 알게 되었죠) 봉투를 상의 안주머니에 넣을 겁니다. 그 순간에 세게 한 번 밀면 그는 창밖으로 떨어지게 되지요. 이 모든 계획을 완수하는 데는 일 분도 채 걸리지 않습니다. 그다음 당신은 바로 말이죠."

스펠빈 씨가 담담히 말을 이었다.

"창문을 창턱까지 내려 닫고 업무로 복귀하면 됩니다."

크랩트리 씨가 속삭이듯 말했다.

"누군가가…… 경찰이……."

스펠빈 씨가 말을 받았다.

"발견하겠죠. 복도 끝 계단을 올라가 옥상에서 투신한 운 없고 불쌍한 누군가의 시체를 말이죠. 상의 주머니의 봉투에 든 것은 문제의 남자가 예상했던 것이 아니라 단정하게 타자로 친 메모입니다. 이 슬픈 일과, 일을 저지른 동기와, 그것이 초래할 불편함에 대한 사과와(자살은 사과를 할 만한 대단한 이유죠, 크랩트리 씨), 신속하고 평화로운 매장을 바란다는 극히 간절한 애원이 적힌 그 메모 때문에 경찰은 고인의 사연을 알게 되는 겁니다. 그리고 말이죠."

스펠빈 씨가 손가락 끝을 살짝 맞댔다.

"그리고, 그의 간절한 애원이 이루어질 것임을 나는 의심하지 않네요."

"만약, 만약 일이 잘못되면 어쩝니까? 봉투를 받고 열어볼 수도 있지 않나요? 아니면…… 그 비슷한 일이 발생한다면요?"

스펠빈 씨는 어깨를 으쓱했다.

"그 경우 문제의 남자는 그저 조용히 이곳을 떠나 바로 나에게 오겠지요. 크랩트리 씨가 아셔야 하는 건 말이죠. 그 계통 일을 하는 사람들은 때때로 이런 일이 소소하게 시도된다는 걸 예상한다는 겁니다. 그리고 그러한 시도를 재미있다고 생각하지는 않아도 황금알을 낳는 거위를 죽일지도 모르는 무모한 시도 또한 거의 하지 않죠. 크랩트리 씨가 제시한 가능성이 현실에서 실현된다면 그건 내가 덫을 다시 놓아야 한다는 걸 뜻할 뿐입니다. 지금보다 더 영리하게요."

스펠빈씨가 주머니에서 둔중한 시계를 꺼내 살핀 후 조심스레 다시 넣었다.

"이제 나는 떠나야 해요. 당신과 함께 있는 게 피곤한 건 아니지만 그 사람이 조금 있으면 나타날 것이거든요. 그때는 당신이 이 계획을 완전히 이해하고 있어야 합니다. 내가 당신에게 요구하는 건 간단합니다. 그 사람이 도착했을 때 창문이 열려 있어야 합니다."

스펠빈씨가 창문을 위로 세게 밀어 열고 잠시 서서 흡족한 표정으로 까마득한 아래를 내려다보았다.

"봉투는 당신 책상에 있을 겁니다."

그는 서랍을 열어 봉투를 떨어뜨린 후, 서랍을 꽉 닫았다.

"문제의 순간에 당신은 어떻게 해야 할지 자유롭게 결정할 수 있습니다."

크랩트리 씨가 대꾸했다.

"자유롭게요? 그 사람이 봉투를 달라고 할 거라면서요!"

"그럴 겁니다. 당연히 봉투를 요구하겠죠. 하지만 무슨 얘긴지 모르겠다고 당신이 밝히면 그는 조용히 자리를 뜬 뒤 나중에 내게 이야기를 할 겁니다. 그리고 그건 당신이 일을 그만둔다는 사직서 역할을 하겠죠."

스펠빈 씨는 문으로 가 손잡이에 손을 얹은 채로 다시 입을 열었다.

"하지만, 내가 그에게서 연락을 받지 않는다면 나는 이후부터 성공적으로 수습 기간을 마친 당신을 유능하고 신뢰 가능한 직원으로 대우할 겁니다."

"보고서는요? 찢어버린다면서요……."

크랩트리 씨의 말에 스펠빈 씨가 살짝 놀라며 대꾸했다.

"물론 당신은 일을 계속하고 이제껏 계속 그랬던 것처럼 보고서를 보내면 됩니다. 다시 한번 말하지만 보고서는 무의미하기 때문에 내게 중요하지 않아요, 크랩트리 씨. 그건 계획의 형식적 일면이고 당신이 그 형식을 고수하면 나는 완전히 안전해질 겁니다. 이미 말한 바와 같이요."

문이 열렸다가 조용히 닫혔고 다음 순간 크랩트리 씨는 실내에 홀로 남아 있었다.

맞은편 건물의 그림자가 책상에 짙게 깔렸다. 크랩트리 씨는 손목시계를 보았지만 실내가 어두워져 몇 시인지 제대로 볼 수 없었다. 그가 머리 위로 늘어진 전등 줄을 잡아당기기 위해 자리에서 일어나는 순간 문을 부술 듯이 두드리는 소리가 들렸다.

"들어오세요."

크랩트리 씨가 말했다.

문이 열리고 두 명의 모습이 드러났다. 작고 말쑥한 남자와 동행이 왜소해 보일 정도로 체격이 꽤 큰 경찰관이었다. 작은 남자는 사무실 안으로 들어서더니 모자에서 토끼를 꺼내는 마법사 같은 몸짓으로 주머니에서 커다란 지갑을 꺼내 탁 열어 번들거리는 배지를 보인 후 다시 닫아 주머니에 넣었다.

그 남자가 간결하게 말했다.

"경찰입니다. 샤프라고 합니다."

크랩트리 씨가 공손하게 고개를 끄덕이고 물었다.

"무슨 일이신지?"

"실례가 되지 않는다면 몇 가지 질문을 하겠습니다."

샤프가 군더더기 없이 간결한 어조로 말했다.

그 말이 신호인 양, 체격이 큰 경찰관이 사용하기 편리해 보이는 수첩과 몽당연필을 가지고 들어와 자리를 잡았다. 크랩트리 씨는 안경 너머로 수첩을 살펴본 후 키가 작은 경찰 샤프에게 시선을 돌리고는 말했다.

"괜찮아요. 실례가 안 됩니다."

"크랩트리 씨가 맞습니까?"

샤프의 말에 크랩트리 씨는 움찔 놀랐다가 문에 이름이 새겨져 있다는 사실을 떠올렸다.

"맞습니다."

샤프의 차가운 눈동자가 그를 향해 번득이다가 경멸의 시선으로 방안을 훑었다.

"당신 사무실입니까?"

"그렇습니다."

"여기 오후 내내 계셨습니까?"

"1시부터는요. 정오에 점심을 먹으러 나가서 정확히 1시에 돌아옵니다."

"물론 그러시겠죠."

샤프가 말하고는 어깨 너머로 고갯짓을 했다.

"사무실 문이 오늘 오후에 열려 있던 적이 있습니까?"

"일하는 중에는 항상 닫아놓는데요."

"그렇다면 복도 끝의 계단을 올라가는 사람은 볼 수 없겠군요."

"네. 보지 못합니다."

샤프가 책상을 보더니 잠시 생각에 잠긴 듯 손가락으로 턱을 쓸었다.

"창밖에서 일어나는 일을 볼 수 있는 위치도 아닌 것 같군요."

"그렇습니다. 일하는 동안에는 볼 수 없어요."

"자……."

샤프가 말을 이었다.

"오늘 오후에 창밖에서 어떤 소리를 듣지 못하셨습니까? 제 말은, 평상시와 다른 소리요."

"평상시와 다르다뇨?"

크랩트리 씨가 막연한 듯 상대의 표현을 되풀이했다.

"비명입니다. 누가 비명을 지르는 소리 같은 것 말입니다만."

크랩트리 씨가 미간을 찌푸리다 대답을 했다.

"그러고 보니…… 들었습니다. 별로 오래전도 아니군요. 깜짝 놀란 거 같은? 아니, 겁을 먹은 것 같은 소리였을까요. 상당히 크기도 했고요. 여긴 항상 조용해서 그런 소리가 나면 듣지 못할 수가 없어요."

샤프가 어깨 너머로 시선을 돌려 경찰관에게 고개를 끄덕이자 경찰관이 천천히 수첩을 덮었다. 샤프가 말했다.

"아귀가 맞는군요. 남자는 투신한 순간 마음이 변했을 겁니다. 그래서 떨어지는 내내 소리를 질렀겠죠. 흠."

그가 확신에 찬 몸짓으로 크랩트리 씨를 향해 몸을 획 돌렸다.

"무슨 일이 있었는지 말씀드려야 할 것 같군요. 한 시간쯤 전에 어떤 사람이 바로 요 위 옥상에서 투신을 했습니다. 주머니에 있던 메모와 여러 상황을 고려할 때 명백한 자살입니다만, 가능한 한 모든 정황을 알아야 해서요."

"그 사람이 누군지는 아세요?"

크랩트리 씨가 물었다.

샤프가 어깨를 으쓱했다.

"문제를 많이 안고 있던 남자? 젊고 잘생기고 복장도 상당히 세련됐습니다. 그렇게 옷을 차려입을 돈이 있는 남자가 어째서 자기 문제가 해결 불가하다고 생각한 건지는 영 모르겠지만요."

제복을 입은 경찰관이 처음으로 입을 열어 공손하게 말했다.

"남긴 편지를 보면 약간 정신이 나간 사람 같았습니다."

"정신이 좀 나가지 않고서야 이런 식으로 세상을 뜨진 않겠지."

"인생이란 참 덧없습니다."

경찰관이 샤프의 말에 무겁게 말했다.

샤프가 손잡이를 잡고 잠시 망설이더니 크랩트리 씨에게 말했다.

"귀찮게 해드려 죄송합니다. 이쪽 일이 그렇습니다. 아무튼 어떻게 보면 당신은 운이 좋은 편입니다. 아래층에서는 여자 몇 명이 그 남자가 떨어지는 모습을 보고 바로 기절했다네요."

그가 눈을 찡긋하고 나가면서 문을 닫았다.

크랩트리 씨는 닫힌 문을 바라보며 둔탁한 발걸음 소리가 들리지 않을 때까지 서 있었다. 이윽고 그는 의자에 앉아 책상으로 몸을 끌어 붙였다. 잡지들과 편지지 몇 장이 어지러이 흩어져 있었다. 크랩트리 씨는 잡지들의 네 모서리를 딱 맞춰 단정하게 쌓았다. 그리고 펜을 잉크병에 넣어 잉크를 찍은 후, 다른 한 손으로는 편지지를 눌러 고정하고 조심스럽게 펜을 놀리기 시작했다.

능률 기기 유한회사는 움직임이 늘어나고 있으며…….

성탄 전야의 죽음

Death on Christmas Eve

어린 시절 나는 보럼 저택에 매우 깊은 인상을 받았다. 당시 지어진 지 얼마 지나지 않았던 저택은 반짝반짝 광택이 났다. 빅토리아 왕조풍의 지그재그 문양과 철문 세공, 스테인드글라스가 풍성하지만 혼란스럽게 합쳐진 거대한 집합체는 한눈에 담기도 어려웠다. 하지만 성탄 전날 이른 저녁에 다시 찾은 저택에서는 소싯적에 받았던 인상적인 면모를 찾기 힘들었다. 반짝거림은 사라진 지 오래였다. 저택의 목조 부분과 유리, 금속 부분은 침침한 회색의 덩어리로 한데 뭉그러졌고 커튼이 완전히 드리워진 창문들은 보행객들을 멍하니 쳐다보는 열두 개의 눈 같았다.

지팡이로 문을 날카롭게 탁탁 두드리자 실리아가 문을 열었다.

"초인종이 옆에 있을 텐데요."

그녀는 어머니의 옷장에서 끄집어낸 것이 분명한 검정색 드레스를 입고 있었다. 유행이 오래전에 지나고 구김도 심한 드레스를 입은 모습이 캐트린 씨의 말년을 그대로 보는 듯했다. 말라빠진 몸매와 꽉 다문 입술. 이마의 주름이 모두 펴질 정도로 뒤로 세게 당겨 묶은 빛바랜 머리카락. 누가 별생각 없이 건드리기만 해도 바로 탁 하고 닫히며 건드린 사람을 물어버릴 강철 덫이 떠올랐다.

"실리아, 초인종이 끊어졌다는 것쯤 이미 알고 있습니다."

나는 그녀를 지나쳐 복도로 접어들었다. 고개를 돌리지 않아도 나를 노려보고 있다는 것을 알 수 있었다. 그녀는 마른 콧방귀를 한 번 세게 뀌더니 문을 쾅 닫았다. 어둑하고 음울한 공기가 바로 우리를 감쌌고 목재 삭은 냄새가 주위에 일며 목구멍에 스며들었다. 전등 스위치를 찾아 더듬거리자 실리아가 날카롭게 말했다.

"안 돼요! 등을 켤 때가 아닙니다."

그녀에게 시선을 돌렸지만 눈에 들어오는 것은 허옇게 아른거리는 그녀의 얼굴뿐이었다.

"실리아, 지금 내 앞에서 연극이라도 하는 건가요?"

"이 집에서 사람이 죽었어요. 아시잖아요."

"잘 아는 이유가 있지. 하지만 지금 당신이 한 연기는 그리 인상적이지 않아."

"다른 이도 아닌, 동생의 안사람이 죽었어요. 내게는 아주 소중한 사람이었어요."

나는 어둠 속에서 그녀를 향해 한 발짝 내디디며 그녀의 어깨 위에 지팡이를 얹었다.

"실리아, 이 집안의 고문 변호사로서 조언을 한마디하겠습니다. 사건 심리는 종료되었고 당신은 혐의를 벗었습니다. 하지만 그때도 당신이 다정한 감정을 품었다고 믿은 이는 한 명도 없었어요. 앞으로도 믿을 이는 없습니다. 그 점을 기억하세요, 실리아."

그녀가 갑작스레 몸을 휙 움직이는 바람에 나는 하마터면 지팡이를 손에서 떨어뜨릴 뻔했다.

"그런 말이나 하려고 오신 건가요?"

그녀가 물었다.

"당신 동생이 오늘 보고 싶다고 하기에 온 겁니다. 그리고 실례지만, 동생과 이야기할 동안 다른 곳에 계셨으면 합니다. 큰소리 나는 것을 원하지 않아요."

"그렇다면 선생부터 그 아이와 떨어져 계셔야죠!"

그녀가 소리질렀다.

"그 아이는 사건 심리에 왔었어요. 내가 결백하다고 선고되는 것을 보았죠. 시간이 조금만 지나면 그 아이는 내게 품었던 나쁜 감정을 잊을 거예요. 그 아이가 잊을 수 있도록 거리를 두세요!"

손쓰기 힘들 정도로 격분한 여인의 주문에서 벗어나기 위해 나는 한 손으로 조심스레 난간을 짚으며 어두운 계단을 걸어 올라가기 시작했다. 그녀가 열렬한 기세로 내 뒤를 쫓는 소리가 들렸다. 그녀는 나를 향해서가 아니라 발아래 계단이 내는 신음에 대답을 하는 것 같았다.

"그 아이가 내게 오면 용서해줄 거예요. 처음엔 잘 몰랐지만 이젠 알아요. 가르침을 주십사 기도하자, 미워하며 살기에는 인생은 너무 짧다는 말씀이 들렸어요. 그러니 그 아이가 내게 오면 나는 용서하겠어요."

계단 꼭대기에 도달해 나동그라질 뻔한 나는 짜증이 솟구쳐 욕설을 뱉으며 자세를 바로잡았다.

"전등을 켜지 않을 거라면 적어도 물건을 치워놓기는 해야 하지 않겠어요, 실리아? 왜 이것들을 여기서 치우지 않은 겁니까?"

"아, 그건 다 우리 불쌍한 제시 거예요. 찰리는 제시의 물건을 보면 마음 아파하니 정리하는 게 최선이에요. 제시 걸 다 내다 버리는 거죠."

곧 그녀의 목소리에 경계의 기색이 깃들었다.

"찰리에게 말하지는 않으시겠죠? 그 애에게 이르지 않을 거죠?"

그녀가 거듭 다그쳤다. 멀어질수록 점점 높아지던 목소리는 내가 찰리의 방에 들어가 문을 닫을 무렵에는 마치 박쥐 소리처럼 새되게 울렸다.

저택의 다른 곳과 마찬가지로 찰리의 방 커튼 또한 완전히 내려져 있었다. 하지만 머리 위 샹들리에에서 전구 불빛이 번득여 잠시 눈앞이 아찔해진 나머지 두 번이나 살핀 후에야 팔로 눈을 가리고 침대 위에 너부러져 있는 찰리의 모습을 볼 수 있었다. 그가 천천히 몸을 일으켜 나를 보았다.

이윽고 그가 문 쪽으로 고개를 끄덕이며 말했다.

"흠. 변호사님이 올라와도 누나가 불을 켜주지 않았죠?"

"그래. 하지만 나는 집 구조를 아니까."

"누나는 사마귀 같아요. 어두운 데서도 내가 밝은 데서 움직이는 것보다 더 잘 돌아다닌다니까요. 그걸 선호하기도 하고. 안 그러면 거울에 비치는 자기 모습을 보고 겁을 집어먹을지도 모르죠."

"그래. 맘고생이 심한 것 같더군."

내 말에 그는 바다사자가 우는 것처럼 짧고 날카롭게 웃었다.

"누나가 여전히 겁을 먹고 있기 때문이에요. 지금 누나 입에서 나오는 말은 전부 자기가 제시를 얼마나 사랑했는지, 그리고 얼마나 마음이 아픈지 그런 말뿐이에요. 질리도록 되풀이하면 사람들이 믿어줄지도 모른다고 생각하는 건가? 시간이 조금 지나면 예전의 실리아 누나로 돌아오겠죠."

나는 침대 위에 모자와 지팡이를 내려놓고 옆에 코트를 놓았다. 시가를 꺼내고 잠시 기다리자 찰리가 더듬더듬 성냥을 찾아 불을 붙여주려 했다. 손이 격하게 떨리는 바람에 바로 불을 붙이지 못하자 그가 중얼거리며 스스로에게 화를 냈다. 나는 천장을 향해 연기를 한 모금 천천히 내뱉고 기다렸다.

찰리는 실리아보다 다섯 살 어렸다. 하지만 눈앞의 그는 열두 살은 더 늙어 보였다. 예전처럼 여전히 창백한 금발의 머리카락은 머리가 세고 있는지 판단하기 어려울 정도로 색이 옅었다. 양 뺨은 삐죽삐죽 짧게 돋은 은빛 수염으로 덮여 있었고 눈 아래에는 흑청색의 그늘이 길게 늘어져 있었다. 타협하려 들지 않는 태도로 등뼈를 꼿꼿이 세우고 다니는 실리아와는 달리, 앉으나 서나 구부정한 자세라 언제라도 금방 앞으로 넘어질 것 같았다. 그는 입가 옆으로 흐느적 늘어진 콧수염을 머뭇머뭇 잡아당기며 나를 빤히 바라보았다.

"왜 변호사님을 보고자 했는지 아시죠? 그렇죠?"

"짐작할 수는 있지만 직접 말해주면 좋겠군."

"거두절미하고 말씀드리죠. 실리아 누나 문제입니다. 누나가 응당한 죗값을 치르는 모습을 보고 싶어요. 감옥 얘기가 아닙니다. 나는 법의 손이 누나를 잡아 죽이는 모습을 직접 보고 싶어요."

커다란 재가 바닥으로 떨어졌고 나는 발로 조심스레 재를 러그 안으로 비벼 넣었다. 내가 입을 열었다.

"자네도 실리아의 사건 심리에 있지 않았나. 일이 어떻게 되었는지 봤고. 실리아는 혐의를 벗었어. 다른 증거를 제시하지 않는다면 계속 무혐의로 남게 된다네."

"증거라고요? 제길, 더이상의 증거가 왜 필요합니까! 계단 꼭대기에서 죽도록 말싸움을 했다고요. 누나는 제시를 움켜잡고 계단 아래로 밀어 떨어뜨려 죽였어요. 그건 살인이잖아요. 아니에요? 그 자리에 마침 계단이 있지 않았다면 총이든 독이든 다른 걸 사용했을 거라고요."

피곤해진 나는 낡은 가죽 안락의자에 앉아 시가가 재로 변하는 모습을 지켜보았다.

"법률의 관점에서 설명해주겠네."

내가 말했다. 마치 여러 번 연습해 암기한 공식을 읊는 듯 내 목소리는 단조로웠다.

"첫째, 목격자가 없어."

"나는 제시가 지르는 비명소리를 들었고 떨어지는 소리도 들었습니다."

그가 고집스럽게 말을 이었다.

"내가 뛰쳐나가 아내를 발견한 순간 누나가 자기 방문을 쾅 닫는 소리가 났죠. 누나는 제시를 밀어 떨어뜨리고 쥐새끼가 달아나듯 쪼르르 자리를 피한 겁니다."

"자네가 실제로 본 것은 아무것도 없어. 실리아가 거기 없었다고 주장하는 마당에 목격자가 없어. 무슨 뜻이냐면, 실리아의 말은 찰리 자네의 주장과 배치되는데, 자네가 목격자가 아닌 이상 사고였을 수도 있는 사건을 살인으로 만들 수는 없네."

그가 천천히 고개를 내저으며 말했다.

"그렇게 믿지 않잖아요. 변호사님이 진정으로 그렇게 믿는 건 아니잖아요. 변호사님이 그렇게 믿는다면 지금 이 집을 떠나셔도 돼요. 다시는 저한테 오실 필요가 없어요."

"내가 무엇을 믿는지는 중요하지 않아. 나는 이 사건의 법률적인 측면을 말하고 있는 거야. 동기는 어떤가? 제시의 죽음으로 실리아가 얻는 이득이 뭐지? 돈이나 부동산은 확실히 아니야. 실리아는 자네만큼이나 재정적으로 독립해 있으니까."

찰리는 침대 가장자리에 앉아 양손으로 무릎을 짚은 채 나를 향해 몸을 기울였다. 그가 속삭이듯 말했다.

"그래요. 돈이나 부동산 문제는 아닙니다."

나는 답답해 미치겠다는 듯 양팔을 앞으로 내밀었다.

"내 말이 그 말이야!"

"뭐가 문제인지 변호사님은 알죠. 내가 문제인 겁니다. 내 영혼은 나의 것이라고 주장할 때마다 심장에 문제를 일으키던 노파가 있었죠. 그 노파가 죽고 자유를 얻었다고 생각했더니 누나가 문제가 됐어요. 아침에 일어나 밤에 잠자리에 들 때까지 항상 내 옆에 들러붙어 있었죠. 남편도 자식도 없었지만…… 누나에겐 내가 있었던 거예요!"

나는 조용히 말했다.

"자네 누님이네. 찰리 자네를 사랑하고 있어."

그러자 그는 아까처럼 불쾌한 느낌으로 짧게 웃었다.

"담쟁이덩굴이 나무를 사랑하는 것처럼 나를 사랑하죠. 지금 생각해봐도, 누나가 어떻게 한 건지 여전히 모르겠어요. 아무튼 누나가 나를 어떤 방식으로 쳐다보기만 해도 몸에서 힘이 쭉 빠졌어요. 제시를 만날 때까지는 항상 그런 식이었어요. 제시를 집으로 데리고 와서 결혼했다고 누나에게 말하던 날이 기억나네요. 누나는 내 말을 덤덤하게 받아들였지만 눈동자에 떠오른 표정은……. 누나가 제시를 계단 밑으로 밀어 떨어뜨렸을 때도 아마 그런 표정이었을 걸요."

"누나가 제시를 협박하거나 해치려는 것을 한 번도 본 적이 없다고 찰리 자네도 심리에서 인정하지 않았나?"

"본 적이 없는 게 당연하죠! 하지만 제시가 매일 기분이 많이 상해 아무 말도 하지 않고 매일 밤 침대에서 울면서도 이유를 말해주려 하지 않을 때 나는 무슨 일이 벌어지고 있는지 아주 잘 알았습니다. 제시가 어떤 사람이었는지는 변호사님도 아시죠. 그리 똑똑하거나 예쁘지는 않았지만 언제나 착하고 내게 홀딱 빠져 있었어요. 그랬던 제시가…… 불과 한 달 후에 반짝거리던 생기를 잃기 시작했을 때 나는 이유를 알았어요. 제시와 이야기하고 누나와도 이야기했지만, 두 사람 모두 고개를 저을 뿐이었습니다. 두 사람 사이에서 우왕좌왕하는 것 외엔 할 수 있는 것이 없었어요. 그리고 그 일이 일어났을 때, 제시가 누워 있는 것을 보았을 때, 나는 놀라지 않았어요. 이상하게 들릴지도 모르겠지만 전혀 놀라지 않았어요."

"실리아를 아는 사람이라면 누구라도 놀라지는 않았을 거야. 하지만 그렇다고 형사사건이 성립되지는 않네."

내 말에 그가 주먹으로 무릎을 내려치고 몸을 양옆으로 흔들어 댔다.

"내가 뭘 하면 되나요?"

그가 물었다.

"변호사님을 그것 때문에 부른 겁니다. 뭘 해야 하는지 말씀해 주세요. 이제껏 사는 동안 나는 뭔가를 해본 적이 없어요. 누나 때문에요! 지금 누나는 그 점에 기대고 있어요. 내가 아무것도 안 할 테니 빠져나갈 수 있을 거라고 생각하는 겁니다. 시간이 흐르며 소란이 가라앉고 나면 우리는 다시 원점으로 돌아와 있겠죠."

"자네, 지금 너무 지나치게 흥분하고 있네."

찰리가 일어서 문을 바라보다 내게 눈길을 돌렸다.

"하지만 난 뭔가 할 수 있어요."

그가 속삭이듯 말을 이었다.

"그게 뭘까요?"

자기가 낸 수수께끼가 실로 기발하여 상대방을 어리둥절하게 하리라 확신하는 것처럼 찰리는 환한 표정으로 기대감을 내비치며 대답을 기다렸다. 나는 그를 보며 일어나 고개를 천천히 젓고 대꾸했다.

"글쎄. 무슨 생각을 하는지 모르겠지만 아무튼 그만두는 게 좋을 거야."

"그렇게 슬쩍 넘어가려고 하지 마세요. 실리아 누나처럼 똑똑한 사람이라면 살인을 저지르고도 무사히 넘어갈 수 있다는 걸 아시잖아요. 변호사님은 내가 누나만큼 똑똑하다고 생각하지 않으세요?"

나는 그의 양어깨를 꽉 움켜쥐었다.

"제발, 찰리. 그런 식으로 말하지 말게."

그가 내 손을 밀어내고 휘청거리며 벽에 기댔다. 눈동자가 환하게 불타고 벌어진 입술 뒤로 이가 드러났다. 그가 외쳤다.

"내가 어떻게 해야 해요? 제시가 죽어서 땅에 묻혔으니 모든 걸 잊으라는 말인가요? 누나가 나를 두려워하다 지쳐서 나까지 죽이게 될 때까지 여기 가만히 앉아 기다리라고요?"

나는 꽤 연륜이 있는 편이었지만 그의 도발에 순간 자제력이 무너져 위엄을 잃고 숨을 가쁘게 쉬었다.

"이것만 말해주지, 찰리. 심리 이후로 자네는 집밖에 나간 적이 없어. 이제는 밖으로 나갈 때가 되지 않았나? 거리를 걸으며 주위를 살펴보기라도 좀 해봐!"

"길을 걷는 나를 보며 사람들이 다 비웃게요?"

"한번 해봐. 그리고 어떤지 봐. 앨 샤프가 그러더군. 오늘밤 자네 친구들 몇 명이 바에 올 건데 자네도 오면 좋겠다고 말이야. 그렇게 해보라고 조언하지. 자네에게 얼마나 가치가 있는 조언인지는 모르겠지만."

"아무 가치도 없어요."

실리아의 목소리가 들렸다. 문이 열려 있었다. 실리아가 방안

조명 빛을 피해 가늘게 눈을 뜬 채 문가에 뻣뻣하게 서 있었다. 찰리가 누나에게 몸을 틀어 턱 근육을 꿈틀거리며 소리쳤다.

"실리아 누나! 이 방에는 절대 들어오지 말라고 했잖아!"

그녀의 얼굴은 여전히 무표정했다.

"내가 방'안'에 있니? 저녁 먹으라고 말하려고 온 거야."

그가 무시무시한 기세로 실리아를 향해 한 발짝을 내디뎠다.

"얼마나 오랫동안 문짝에 귀를 대고 있었어? 내가 말하는 걸 다 들었지? 못 들었으면 다시 말해줄까?"

그녀가 조용히 대답했다.

"불경스럽고 지저분한 이야기를 들었다. 상중인데 술을 마시며 떠들고 놀자는 초대를 받았다며. 그 초대에 반대할 권리가 내게도 충분히 있다고 생각하는데."

그는 어이없다는 눈초리로 실리아를 보았고 어떻게 대꾸해야 할지 고민하는 것이 눈에 보였다. 이윽고 그가 입을 열었다.

"누나. 방금 한 말, 진심이 아니지? 정말로 이 세상에서 가장 지독한 위선자거나 미친 사람이 아니고서야 방금 그 말을 진심으로 할 수는 없지!"

그녀가 발끈하더니 소리쳤다.

"미쳤다고? 네가 감히 그런 단어를 쓰다니! 제 방에 처박혀서 혼잣말이나 해대는 주제에 대체 무슨 생각을 하고 있는지 알 게 뭐야!"

그녀가 갑자기 내게 몸을 돌렸다.

"변호사님은 이 아이와 얘기를 했죠. 변호사님도 아셔야 해요. 혹시……."

"찰리는 당신만큼이나 멀쩡해요."

내가 무겁게 말했다.

"그렇다면 이런 때 술집에 가서 술이나 마시는 게 옳지 않다는 걸 저 애도 알고 있을 텐데요. 어떻게 변호사님이 그런 제안을 할 수 있나요?"

그녀의 목소리에 깃든 악의에 찬 승리자의 어조에 나는 완전히 이성을 잃었다.

"실리아, 당신이 제시의 소지품을 모두 버리려고 하지 않았다면 나는 그 질문의 진심을 의심하지 않았을 겁니다!"

나는 부주의하게 말을 뱉은 것을 바로 후회할 수밖에 없었다. 말릴 새도 없이 찰리가 옆을 지나쳐 실리아의 양팔을 움켜잡았다.

"제시의 방에 들어간 거야?"

그가 실리아를 무자비하게 흔들어대며 분노했다.

"말해봐!"

그녀의 얼굴에 떠오른 공포와 당혹감에 바로 답을 깨달은 그는 마치 불에 덴 듯 그녀의 양팔을 놓고 고개를 숙인 채 구부정한 자세로 그 자리에 서 있었다.

실리아가 달래듯 그를 향해 손을 뻗으며 나직이 속삭였다.

"찰리……. 모르겠니? 그 아이의 짐이 있어서 네 마음이 불편한 거야. 나는 그저 너를 돕고 싶었단다."

"제시 짐은 어디 있어?"

"계단 옆에 있단다, 찰리. 다 거기 있어."

찰리가 복도를 따라 걷기 시작했고, 머뭇거리는 발걸음 소리가 멀어질수록 내 심장박동은 정상으로 되돌아왔다. 이글거리는 분노의 표정으로 실리아가 몸을 돌려 바라보자 한시라도 빨리 이 저택을 떠나야 한다는 절박한 마음밖에 들지 않았다. 침대에서 소지품을 챙겨 그녀를 지나치려고 했지만 그녀가 문을 막아섰다.

실리아가 쉰 목소리로 속삭이듯 물었다.

"변호사님이 무슨 짓을 했는지 아시겠어요? 이제 그 짐들을 다시 다 가져다 놓게 생겼어요! 지긋지긋해죽겠는데 다시 한번 짐을 싸게 생겼어요! 변호사님 당신 때문에요!"

"어떻게 할지는 전적으로 당신에게 달려 있어, 실리아."

내가 차갑게 대꾸했다.

"당신……! 고약한 사람 같으니라고! 당신을 그 계집애와 같이……."

나는 지팡이로 매섭게 그녀의 어깨를 쳤다. 그녀가 움찔하는 것이 지팡이를 통해 느껴졌다.

"실리아, 당신의 변호사로서 말씀드리는데, 혀는 오로지 잠잘 때만 놀리기를 조언합니다. 그 경우에는 당신의 말에 책임을 질 필요가 없거든요."

그녀는 더이상 입을 열지 않았지만 나는 저택 밖으로 나와 길에 들어설 때까지 줄곧 그녀를 앞장서게 했다. 그편이 안전했다.

얼굴을 따끔거리게 하는 맑은 겨울 공기에 감사하며 보럼 저택에서 이삼 분 정도를 걸어 앨 샤프의 선술집에 도착했다. 홀로 카운터 뒤에서 분주하게 유리잔을 닦고 있던 앨은 내가 들어서자 쾌활한 어조로 나를 반겼다.

"메리 크리스마스요, 변호사 양반!"

"자네도 메리 크리스마스네."

나는 그가 카운터 위에 술병과 유리잔 두 개를 놓는 모습을 보았다. 마음이 편해졌다.

"사계절이 오가는 만큼이나 선생도 규칙적입니다그려. 지금쯤 오실 거라고 예상했지요."

앨이 독한 술을 두 개의 잔에 따르며 말했다.

우리는 서로 건배한 후 술을 마셨다. 앨이 비밀 이야기라도 하려는 듯 카운터 너머로 몸을 기울였다.

"거기서 오시는 거요?"

"그래요."

"찰리를 만나셨고?"

"실리아도."

내 말에 앨이 말을 이었다.

"허허. 놀라운 일은 아니군요. 나도 그 여자가 쇼핑을 하러 나오는 걸 본 적이 있으니까요. 머리에 검정색 숄을 뒤집어쓰고 고개를 숙인 채 뭔가에 쫓기는 것처럼 종종거리며 뛰어다니죠. 실제로 쫓긴다고 느끼는 거 같기도 하고."

"그런 것 같더군."

"하지만 찰리는 말이지……. 그 애가 문제라니까. 돌아다니는 걸 본 적이 없어. 내가 보고 싶어 한다고 전해줬습니까?"

"그랬지. 그 애에게 말했네."

"뭐라고 합디까?"

"아무 말도 안 하더군. 상중인데 여기 오는 건 잘못된 거라고 실리아가 말했지."

앨이 감정을 실어 휘파람을 나직하게 불더니 검지를 이마에 대고 빙빙 돌렸다.

"그런데 말이오. 그 남매가 지금처럼 둘만 같이 있는 게 안전하다고 생각하쇼? 무슨 말이냐면, 지금 상황으로 보나 찰리의 감정으로 보나 문제가 될 만한 또 다른 사건이 터질 수 있지 않느냐 이거지."

나는 앨의 말에 대답했다.

"한동안은, 이날밤엔 그럴 수도 있을 것 같았지. 하지만 아무 일 없이 끝났어."

"다음 그때까지는 말이겠죠."

"내가 거기 가 있겠지."

앨이 나를 바라보더니 고개를 저었다.

"그 집에선 아무것도 변하지 않는구먼요. 아무것도 안 변해. 그래서 변호사 양반이 미리 모든 질문의 답을 알고 있는 거지. 나도 딱 지금 이맘때에 선생이 여기 서서 나한테 얘기를 할 거라는 걸 알고 말이오."

저택의 나무 삭은 냄새가 콧구멍 안에 여전히 맴돌았다. 옷에서 이 냄새가 빠지려면 족히 며칠은 걸리리라.

"달력에서 영원히 오려내고 싶은 날짜가 바로 오늘이야."

"남매가 알아서 자기네 일을 해결하게 하고 말이죠. 그 두 사람은 그런 취급 당해도 싸지."

"그 집엔 둘만 있는 게 아니네. 제시가 같이 있어. 제시는 언제나 같이 있을 거야. 그 집과 집안의 모든 것이 사라질 때까지."

앨이 미간을 찌푸렸다.

"이 동네에서 일어난 일 중 가장 기묘한 일입죠, 진짜. 집은 온통 꺼멓고, 그 여자는 사냥당하는 것처럼 거리를 내달리고, 그 녀석은 자기 방에 누워서 벽만 쳐다보고 있고……. 얼마나 그랬더라? 제시가 떨어져 죽은 게 언제죠, 변호사 양반?"

눈동자를 살짝 굴리자 앨 뒤에 걸린 거울에 비친 내 얼굴이 보였다. 불그스름하고 뺨이 통통한, 약간은 어처구니없어하는 표정의 얼굴.

"이십 년 전이지."

내 목소리가 귀에 울렸다.

"딱 이십 년 전, 오늘밤이었어."

애플비
씨의
질서정연한
세계

The Orderly
World of
Mr. Appleby

애플비 씨는 작은 체격에 점잔을 떠는 남자였다. 테 없는 안경을 쓰고 희끗희끗한 머리는 가운데 가르마를 타서 넘긴 그는 제대로 계획을 잡은 인생에는 '우연'이 끼어들 여지가 없다는 점을 거듭 증명하면서 진지하게 기쁨을 누리는 사람이었다. 따라서 아내를 제거하는 데 가장 효율적인 방법을 알아내야 할 시점이 왔을 때 그는 어디에서 방법을 찾아야 하는지 알고 있었다.

그는 중고 서점의 서가에서 법의학 책 한 권을 찾아냈다. 같은 주제를 다룬 책들은 여러 권 있었지만 한 권을 제외하고는 무참히 닳아 너덜너덜한 상태라 이럭저럭 상태가 양호해 보이는 그 책을 선택했다. 세세히 살펴보니, 책 안에는 선량한 인간이라면 이 세상에 대체 얼마나 많은 괴물들이 살고 있는 것일까 놀라워하지 않을 수 없을 정도로 광기와 욕정이 자아낸 끔찍한 결과들의 연구 사례들이 그득했다(게다가 생생하게 묘사되어 있었다). 그는 찾고 있던 것에 아주 가까워 보이는 사례 하나를 집중적으로 파고들었다.

사례의 주인공 X부인(서적은 X부인, Y씨, 그리고 Z양의 사례로 가득했다)은 자택의 조잡한 소형 깔개 위에서 넘어져 사망했고 사고사로 추정되었다. 하지만 고인의 이익을 대변하는 변호사가 X부인의 남편에게 살인죄를 물었고 검시를 통해 혐의를 증명하려던 차, 피의자가 심장마비로 사망하는 바람에 사건은 갑작스레 종결되었다.

사례의 여러 가지 요소가 애플비 씨의 흥미를 불러일으켰다. 아내의 재산을 즉각 소유하기를 원하는 애플비 씨의 욕망은 X부인의 변호사가 남편의 동기로 주장한 것과 놀라울 정도로 흡사했다. 더욱 인상적인 것은 사건의 세부 사항이었다. 남편의 말로는 아내가 물을 가져다주는 중이었는데, 발밑의 소형 깔개가 갑자기 미끄러졌다는 것이다. 소형 깔개라는 것이 원래 잘 미끄러지지 않는가.

변호사는 지치지도 않고 남편의 주장을 반박하기 위해 의학 전문가를 동원했다. 전문가는 여러 장의 도면(서적에 모두 제대로 실려 있었다)을 이용하여 남편이 아내로부터 물잔을 건네받는 과정에서 한 손은 아내의 어깨 뒤에, 다른 한 손은 아내의 턱에 대고 갑자기 밀어내는 상황을 그려냈다. 이 경우 범죄의 증거를 남기지 않고도 아내가 소형 깔개 위에서 넘어져 죽는다는 극적인 결과를 초래하기가 아이의 장난처럼 쉬웠을 것임을 명백히 밝혔다.

애플비 씨는 책에 실린 도면들과 설명을 줄기차게 연구했다. 그가 욕망을 채우기 위해서라면 무슨 짓이라도 하는 탐욕스러운 남자는 아님을 분명히 밝혀두겠다. 그는 분명 돈을 원했지만, 그 돈은 신성한 소임을 다하기 위한 방편에 불과했다. 골동품 가게 '애플비의 골동품과 진귀품'을 지킨다는 신성한 소임 말이다.

애플비 씨의 우주에서 골동품 가게는 빛나는 태양이었다. 이십년 전 아버지가 남긴 유산으로 사들인 가게는 상황이 좋을 때조차도 곤궁한 가계를 간신히 꾸리게 할 정도에 지나지 않았고, 대체로 상황이 나빠서 애플비 씨는 어머니의 보잘것없는 재산과 호의에 매달려 살아야 했다. 어머니는 한푼이라도 쉽게 포기하는 사람이 아니라 가게 때문에 고성이 오가는 전투가 벌어지곤 했지만 승리는 언제나 가게가 차지했다. 따지고 보면, 어머니에게 애플비 씨가 지닌 의미와 가게가 애플비 씨에게 가지는 의미가 같았기 때문이다.

이 불행한 삼각관계가 어머니의 죽음으로 마침내 붕괴되자 애플비 씨는 자신의 질서정연한 작은 세계를 유지하는 데 어머니가 생각보다 훨씬 더 큰 역할을 수행해왔음을 깨닫게 되었다. 어머니가 때때로 아들에게 돈을 주기도 했지만, 그의 개인적인 습관도 관계가 있었다.

어머니는 까다로운 소식가인 아들의 식사를 완벽하게 굽고 찌는 데 능숙했다. 집안 물건이 하나라도 제자리에서 벗어나 있으면 신경이 격하게 곤두서는 아들이 문제를 겪지 않게 하는 해결사이기도 했다. 어머니께서 돌아가시자 삶에 거대하고 불편한 구멍이 난 애플비 씨는 구멍을 메우기 위한 방법을 고민한 끝에 결국 결혼을 선택했다.

창백하고 얇은 입술을 가진 아내는 외모와 행동거지가 어머니와 너무나 비슷하여 아내가 방에 들어올 때 애플비 씨는 때때로 둘의 유사함에 흠칫 놀라곤 했다. 유일하게 만족스럽지 못한 점이라면 가게가 지니는 중대한 의미나 가게에 대한 남편의 감정을 이해하지 못한다는 것이었다. 가게의 사업 경비를 위해 소액 융자 문제를 처음으로 언급한 날 그 사실이 드러났다.

애플비 부인이 쪼그라드는 덩굴처럼 시들어가던 참에 남편의 청혼을 받은 것은 사실이었지만 마침내 유부녀가 될 수 있다는 생각으로만 청혼을 수락했다고 한다면 공정한 판단은 아닐 것이다. 창피한 마음에 숨겼지만 사실 그녀는 테 없는 안경 너머로 보이는 애플비 씨의 슬퍼 보이는 커다란 두 눈에 매료되었다. 사회적 교양이 듬뿍 배인 점잖음의 옷 밑에 깊이 숨어 있는 감정이 슬쩍 내비치는 듯한 눈이었다. 그 감정이 실로 깊이 숨어 있어 탐색 범위를 훌쩍 벗어난다는 사실을 결혼 후 곧바로 깨달은 그녀는 눈동자에 대해서는 모두 잊고 숙련된 솜씨를 발휘하여 남편의 식사를 찌고 굽는 데 주의를 쏟았다. 하지만 결혼 전 깊은 인상을 남겼던 '애플비의 골동품과 진귀품'이 사실은 텅 빈 껍데기에 지나지 않는다는 점은 잠자코 지나가지 않았다.

서둘러 가게에 대한 조사를 마친 아내는 약간 열을 올리며 자신에 알아낸 것에 대해 애플비 씨에게 따졌다.

그녀가 째진 목소리로 외쳤다.

"골동품과 진귀품이라고요? 수집품이라는 게 다 쓰레기잖아. 먼지나 뒤집어쓴 가치 없는 것들이라고요!"

돈이나 밝히는 어리석은 무리에게는 가치 없어 보일지 모르는 물건들이 애플비 씨에게는 인생 그 자체임을 아내는 이해하지 못했다. 어릴 적부터 손에 넣을 수 있는 것은 족족 수집하여 분류, 정리하고 보존하던 애플비의 광적인 취미에서 비롯된 결과가 바로 골동품 가게였다. 가게에 자리잡은 물건의 가치는 소유 기간과 비례하여 커졌다. 금이 간 모조품 세브르 자기도, 조악한 수준의 가짜 치펀데일 가구도, 녹이 슨 검도 마찬가지였다. 자기 위치를 확보하지 못한 물건은 없었다. 적어도 애플비 씨에게는 영속적이며 변하지 않는 위치를 확보했다. 그리고 참으로 이상한 현상이지만 아주 간혹이나마 물건이 팔리면 그는 고통을 느꼈다. 물건을 포기해야 한다는 사실이 너무나 아팠다. 물건의 가치를 가늠하지 못하던 고객이라면 애플비 씨의 고통 어린 표정을 보고 자기가 고른 물건이 희귀성에 비해 저렴한 가격인 것이 분명하다고 확신할 정도였다. 인상을 쓰느라 한데 쏠린 이목구비가 고통 어린 얼굴로 변하는 이유는 물건이 남길 빈 공간이 자아낼 잠시의 무질서 때문이며 물건 자체에 대한 열정 때문이 아님을 상상할 수 있었던 고객은 다행히도 없었다.

이러한 상황에 대한 이해가 없는 애플비 부인은 남편을 매섭게 몰아세웠다.

“당신은 내가 죽어야 내 잔돈푼나마 물려받게 될 거예요. 내가 죽어서 없어진 다음에 말이에요.”

그렇게 그녀는 자신도 모르게 애플비 법정의 피의자가 되어 스스로 형까지 선고했다. 남은 것은 집행뿐. 때가 왔을 때 애플비 씨는 자신의 귀하디귀한 서적에서 훔쳐본 방법을 적용해보고는 그 내용이 모든 면에서 정확했음을 확인할 수 있었다. 일은 신속하고 조용하게, 그리고 바지에 튄 물방울들만 제외한다면 깨끗하게 종료되었다. 묘사조차 하기 힘든 소형 깔개 따위가 음주운전보다 생명을 더 많이 앗아간다는 둥 검시관이 구시렁거리긴 했다. 담당 경찰관은 원한다면 장례 준비를 어떻게든 도와주겠다고 친절하게 제안했다. 그렇게 일은 끝이 났다.

일이 너무 쉽사리 진행된 나머지(실로 너무나 별것이 아니었다) 일주일이 지난 후에야 불현듯 애플비 씨는 새로운 세계가 찬란하게 펼쳐졌음을 깨달을 수 있었다. 변호사가 예의 바르게 동정심을 표하며 아내가 남긴 재산을 정리해 온 것이다.

때로는 감정에 신경쓰는 것보다 신중하게 행동하는 데 무게를 둬야 한다. 이미 애플비 씨는 무엇보다도 신중함의 덕목이 돋보이는 남자였지만 말이다. 유산의 분배가 끝나자 골동품 가게는 처음 위치에서 멀리 떨어진 곳으로 옮겨갔다. 두 번째 애플비 부인의 갑작스러운 사망 후 가게는 다시 한번 자리를 옮겼고 여섯 번째 애플비 부인이 처리되었을 무렵엔 가게의 이주는 수확 과정의 일부로서 자리잡았다.

아내들은 모두 비슷했다. 창백하고 마른 여성. 공통적으로 입술을 꽉 다물고 있었고 음식을 굽고 찌는 솜씨가 뛰어났으며 규칙과 질서를 고수했기에 애플비 씨는 고인이 된 아내들을 개인이 아니라 한데 뭉뚱그려 막연하게 기억했다. 아내들을 구별하는 유일한 기준은 은행 계좌 총액의 자릿수였다. 처음 두 명의 부인은 '네 자릿수'짜리. 세 번째 부인은 '세 자릿수(깜짝 놀랐다. 실로 불쾌했다)'짜리였다. 마지막 세 명은 '다섯 자릿수'짜리였다. 여섯 부인의 유산을 합친다면 누구의 기준으로도 상당한 액수였지만 만족을 모르는 '애플비의 골동품과 진귀품'이 유산이 들어오는 족족 바로 낚아채갔기 때문에(마치 허기진 도마뱀이 파리를 낚아채듯) 애플비 씨는 여섯 번째 부인을 묻은 지 얼마 지나지 않아 어느 때보다도 심각한 경제적 수렁에 빠지게 되었다. 상황이 너무나 절망적이라 여느 때라면 '다섯 자릿수'짜리를 꿈꾸었을 애플비 씨가 '네 자릿수'짜리로 타협할 생각까지 했다. 이 순간 마사 스터지스가 등장했으니 삶이 실로 기가 막히다 할 것이다. 십오 분의 대화 끝에 그는 네 자릿수와 다섯 자릿수짜리를 머릿속에서 말끔히 지워버렸다.

마사 스터지스가 '여섯 자릿수'짜리였던 것이다.

마사 스터지스는 재산 규모로만 이제까지 형성된 '애플비 부인'의 전형적 이미지에서 크게 벗어난 것이 아니었다. 애플비 씨의 옛 여인들과는 달리 그녀는 큰 체격에 다소 볼품없는, 생김새도 옷차림도 예절도 조잡한(이 단어가 주는 끔찍한 느낌에 애플비 씨는 부르르 몸을 떨었다) 여인이었다.

제대로 화장을 하고 매무새를 가다듬고 머리 손질을 하고 옷을 입는다 해도 사람들 앞에 내놓을까 말까 한 주제에 그 여자는 사회에서 거부감을 느끼는 외모를 가지려고 일부러 안간힘을 쓰는 것이 역력했다. 충격적인 오렌짓빛 빨강으로 물들인 머리카락을 대강 틀어 올리고 윤곽이 흐릿한 이목구비의 단점이 두드러지게끔 아무렇게나 화장을 했다. 편안함을 추구한 것이 역력한 옷가지는 지나치게 화려한 색상들이라 천박해 보였다. 신발은 손질도 하지 않고 오랫동안 신어온 모양새가 뚜렷했다.

이런 모든 것들과 그것이 자신을 보는 사람들에게 끼치는 영향을 마사 스터지스는 전혀 깨닫지 못한 듯했다. '애플비의 골동품과 진귀품' 안에 들어서는 그녀의 기세는 실로 대단하여 실내의 물품들이 춤추듯 들썩거렸다. 그녀가 잇달아 담배에 불을 붙이며 줄기차게 담배를 피워대는 동안 애플비 씨는 얼굴 앞의 공기를 손으로 휘휘 내젓고 기침을 하며 모종의 암시를 주었다. 그녀는 쉬지 않고 시끄럽게 말을 해댔다. 가게를 길들여놓은 높고 가느다란 목소리와 달리 그녀의 쉰 듯한 깊은 목소리는 기묘하게 울렸다.

안면을 튼 후 첫 십사 분 동안, 애플비 씨는 보자마자 혐오감을 느낀 여인이 조심스럽게 상품을 감정하는 모습을 보고 아주 약간 마음을 풀었다. 그녀는 상품을 세심하게 살피고 평가하고 비교한 후에야 불만을 뚜렷이 드러내며 다음 상품으로 주의를 돌렸다. 곁에 붙어 함께 움직이면서 애플비 씨는 여자가 상품이나 그의 인내심에 해를 끼치기 전에 가게 밖으로 내보내야만 한다는 마음을 점점 키워갔다. 그때였다. 안면을 트고 십오 분이 흘렀을 때 그녀가 '그 말'을 꺼냈다.

"나는 은행에 오십만 달러가 있답니다."

마사 스터지스가 경멸 어린 어조로 경쾌하게 말했다.

"하지만 이따위 것들에 한푼이라도 쓰게 되리라는 생각을 한 적은 없었죠."

애플비 씨는 얼굴 앞으로 손을 올려 주위에 어린 담배 연기를 물리치려던 참이었다. 손이 스르르 옆구리로 흘러내리는 동안 머릿속에 놀랍도록 많은 숫자의 문제가 어지럽게 떠올랐다. 여인 왼손의 어떤 손가락에 중요한 반지가 없다는 문제. 그 밖에는 단기어음과 장기 채권, 이율에 관한 수학적 문제들이 주를 이뤘다. 손이 옆구리에 닿을 무렵엔 문제들의 해결 방안이 솟구쳐 오르고 있었다.

마사 스터지스의 단정치 못하고 천박한 본성 탓에 일을 진행하는 데 더욱 박차를 가하게 되었다는 점은 반드시 언급하고 넘어가야 한다. 돈은 되지만 매력적일 수는 없는 사진을 찍어야 할 때 정신에 막을 드리우고 카메라 렌즈 너머를 보는 현명한 사진사처럼, 여느 남자라면 '그 말'을 듣고서는 여자를 보는 눈에 다른 조치를 취했을 수도 있을 터였다. 하지만 애플비 씨는 그런 식의 자기기만이 불가능한 남자라 짐을 내려놓는 기쁨을 누리기 위해 일부러 무거운 짐을 지는 용자처럼 정신을 무장했다. 마사 스터지스와 결혼하고 나면 궁극적으로 그는 당면한 중요한 수학적 문제들을 해결하는 데 그치지 않고 불쾌한 존재를 세상에서 제거하는 기쁨 또한 누리게 될 것이다.

그는 어느 때보다도 슬픈 감성으로 눈을 빛내며 그녀에게 시선을 돌렸다.

"참으로 유감이로군요, 부인. 성함이……."

여자는 '스터지스 양'이라 불러달라며 '양'을 강조했고 애플비 씨가 사과의 미소를 지었다.

"물론입니다. 말씀드리지만, 세련되고 문화를 잘 이해하는 분이 (섬세하게 생략된 '고객님같이'라는 표현이 대기에 감돌았다) 훌륭한 예술품을 소유하는 기쁨을 누린 적이 없으시다는 건 유감스러운 일입니다. 하지만 우리는 살면서 배우죠. 무언가를 시작하기엔 결코 늦지 않아요. 그렇지 않습니까?"

마사 스터지스가 날카롭게 쳐다보더니 뱃속에서 울려나오는 듯한 큰 소리로 껄껄 웃어댔다. 고막이 얼얼할 정도였다. 유머 감각이라곤 별로 없는 애플비 씨는 한순간, 자신도 모르게 끔찍한 말을 던져서 두려운 결과를 부른 것은 아닐지 걱정에 사로잡혔다.

"재밌는 양반!"

마사 스터지스가 입을 열었다.

"내가 주인장이 파는 이따위 기괴한 것들로 인생을 지저분하게 채울 생각인 줄 알았다면 착각은 그만하세요. 친구에게 줄 선물을 사러 왔으니까. 강철 같은 본성과 태도로 사람 속을 뒤집어놓는 역겨운 종자인데, 그런 여자에게 내 감정을 알리기에 이 가게보다 완벽한 곳은 생각할 수 없네요. 여기 있는 뭘 사다 줘도 딱 맞을 거예요. 가능하다면 배달 시간을 잘 조정해서 내가 그 자리에 있을 때 그 여자가 선물을 받으면 좋겠어요."

잠시 비틀거린 애플비 씨는 의연하게 몸을 가눴다.

그가 단호하게 고개를 저으며 말했다.

"그런 거라면 불가능합니다. 절대 불가능해요."

"뭔 소리예요? 주인장이 그렇게 해줄 수 없다면 내가 손을 쓰죠. 진짜로, 이해가 안 되나요? 이런 일은 결과를 내 눈으로 직접 봐야 할 맛이 난다고요."

마사 스터지스의 말에 애플비 씨는 분노를 가까스로 억눌렀다.

"배달 문제를 이야기하는 것이 아닙니다. 분명히 해둘 것이 있습니다. 저는 제 가게의 어떤 물건도 그런 목적을 위해 팔지 않습니다. 고객님께서 아무리 높은 가격을 부르신다고 해도요."

마사 스터지스의 두터운 턱이 떡하니 아래로 떨어졌다.

"그게 무슨 말이에요?"

그녀가 멍하게 물었다.

모험의 순간이 왔다. 애플비 씨는 깨달았다. 이어질 발언에 따라 여자는 끔찍한 웃음소리를 발작하듯 뿌려대며 그를 완전히 절망의 나락으로 떨어뜨리거나, 아니면 그보다 더하게, 영원히 가게 밖으로 사라져버릴지도 몰랐다. 하지만 피할 수 없는 순간이었다. 애플비 씨는 필사적으로 생각했다. 마사 스터지스가 어떤 인간이든 여자인 건 마찬가지야.

그는 숨을 깊게 들이쉬고 조용히 입을 열었다.

"가게 방침입니다. 고객님이 구매하고자 하는 물품을 마음에 들어하시고 그에 걸맞은 정성을 쏟아 보살필 것임을 확신할 수 없다면 어떤 것도 판매하지 않습니다. 저희 가게 방침은 언제나 그러했고, 제가 주인인 한 계속 그러할 것입니다. 방침을 지키지 않고 구매하는 것은 저를 모독하는 것과 마찬가지입니다."

그는 숨을 죽이고 마사 스터지스를 바라보았다. 근처에 놓인 의자에 다리를 벌린 채 털썩 앉은 그녀의 허벅지에 치마가 팽팽하게 감겨 올라가 끔찍한 신발이 무자비하게 모습을 드러냈다. 그녀는 눈을 가늘게 뜨고 담배에 불을 붙이면서 성냥불 너머로 그를 바라보았다. 그러더니 손을 살짝 흔들어 연기를 흐트러뜨렸다.

그녀가 입을 열었다.

"그것참, 아주 재미나는 얘기군요. 좀더 해보시겠어요?"

전혀 아는 게 없는 낯선 이로부터 가장 사적인 정보를 끌어내는 것은 경험 없는 이들에게는 어려운 일로 보일 것이다. 그러한 정보에 자주 관심을 둘 수밖에 없던 애플비 씨에게는 식은 죽 먹기였다. 그는 마사 스터지스가 말한 자산 금액이 상당히 정확하며 피붙이나 친한 친구 없이 홀몸으로 이 세상을 살고 있다는 사실을 금세 알아냈다. 결혼을 그리 싫어하지 않는다는 점도.

마지막 정보는 여자가 가게에 자주 드나들기 시작했을 때 얻어냈다. 그녀는 의자에 편안하게 몸을 늘어뜨리고 앉아 끊임없이 수다를 떨었다. 대체로 애플비 씨와 흡사했다는 자신의 아버지에 관한 이야기였다.

마사 스터지스가 회상하듯 말했다.

"그러고 보니 아버지는 옷도 주인장하고 비슷하게 입었네요. 아주 단정하셨는데, 자기 몸에만 꼼꼼하게 군 건 아니에요. 집도 매일 꼼꼼하게 살피시곤 했죠……. 집안을 돌아다니며 모든 것이 정확히 제대로 있는지 확인하곤 하셨어요. 마지막 순간까지 그런 생활을 고수하셨죠. 돌아가시기 한 시간 전에 벽에 걸린 액자들을 똑바로 놓으시던 모습이 기억나네요."

마침 벽에 살짝 비뚤게 걸린 그림을 다소 짜증스럽게 바라보던 애플비 씨는 마지못해 그림에서 주의를 돌렸다.

"아버님의 마지막 순간까지 함께하신 거군요?"

그가 안됐다는 어조로 물었다.

"그래요, 그랬답니다."

"그거 아십니까? 그런 희생을 하신 분은 보상을 받아야 해요, 안 그런가요? 특히…… 아, 이런 말씀드리면 쑥스러워하실지 모르겠지만, 스터지스 양 같은 숙녀분은 내키기만 하면 노령의 아버지를 돌보는 것을 그만두고 언제라도 결혼을 할 수 있었을 테니까요. 제 말이 틀립니까?"

그가 싹싹하게 말하자 마사 스터지스가 한숨을 쉬었다.

"주인장 말이 맞을 수도, 틀릴 수도 있겠죠. 그런 꿈이 있던 것을 부인하지는 않겠어요. 하지만 꿈은 꿈일 뿐이에요. 앞으로도 꿈에 불과할 거라고 생각해요."

"어째서요?"

애플비 씨가 속내를 더 털어보라는 듯 물었다.

"어째서냐면……."

마사 스터지스가 우울하게 말했다.

"내 꿈에 들어맞는 남자를 아직 보지 못한걸요. 애플비 씨, 나는 수줍게 낯을 붉히는 여학생이 아니에요. 나 자신과 내 은행 계좌를 굳이 비교해보지 않아도 어째서 남자가 나에게 헌신하고 싶어 하는지 알 수 있어요. 솔직히 남자의 동기에 관심도 없어요. 하지만 내 남편은 반드시 선량하고 점잖은 남자로서 인생의 매 순간마다 나를 걱정하고 사랑할 사람이어야 해요. 돌아가신 우리 아버지의 기억을 생생하게 지킬 수 있는 남자여야 하고요."

애플비 씨는 여자의 어깨에 살며시 손을 얹고 무겁게 말했다.

"스터지스 양, 당신은 여전히 그런 남자를 만나실 수 있습니다."

그녀가 그를 보았다. 시선에 어린 뜨거운 감정 때문인지 매력이라곤 없는 밋밋한 이목구비가 더욱 볼품없어 보였다.

여자가 물었다.

"정말 그럴까요, 애플비 씨? 정말 그렇게 생각하세요?"

미소를 지으며 여인을 내려다보는 애플비 씨의 눈동자에 확신이 번득였다.

"당신이 생각하는 것보다 더 가까이 있을 겁니다."

그가 따스하게 말했다.

남녀 사이에 얼음이 일단 녹았다 싶으면 숨을 깊게 쉬고 바로 뛰어드는 것이 최선임을 애플비 씨는 경험으로 잘 알고 있었다. 그는 며칠이 채 지나기 전에 청혼을 했다.

"스터지스 양, 외로운 남성에게는 더이상 외로움을 견딜 수 없는 순간이 옵니다. 그러한 순간에 관심과 따스한 감정을 아끼지 않고 줄 수 있는 여성을 만난다면 실로 행운아라 할 수 있겠죠. 스터지스 양…… 제가 바로 그 행운아입니다."

마사 스터지스의 얼굴이 살짝 붉어졌다.

"어머, 애플비 씨! 상냥하신 분! 하지만……."

여인이 주저하는 기색에 애플비 씨의 심장이 쿵하고 내려앉았다.

"잠깐만요!"

그가 황급히 여인의 말을 가로막았다.

"스터지스 양, 제게 조금이라도 미덥지 못한 점이 있다면 답을 할 수 있도록 지금 말씀해주세요. 현재의 제 감정을 고려해주신다면 무리한 부탁은 아니라고 생각합니다."

마사 스터지스가 대답했다.

"뭐, 좋아요. 보세요, 애플비 씨. 나는 배우자에게 원하는 것이 분명해요. 정확하게 내가 원하는 것을 줄 준비가 되어 있지 않은 사람과는 결혼하지 않아요. 차라리 결혼하지 않는 것이 낫답니다. 나는요, 남은 인생 전부를 절대적으로 나만 생각하며 헌신하는 데 바칠 사람을 원해요."

"스터지스 양, 전 그럴 준비가 되어 있습니다."

애플비 씨가 엄숙한 어조로 말했다.

"남자들은 왜 그렇게 쉽게 말을 할까요."

그녀가 한숨을 쉬었다.

"아무튼…… 생각해보겠어요, 애플비 씨."

대강대강 사는 여인이 결정을 내리는 것을 한없이 기다려야 한다는 생각에 그는 우울했다. 며칠 후 '게인즈버러, 게인즈버러 앤드 골딩' 법률사무소에 나와달라는 일방적인 편지가 갑작스레 도착했을 때는 더욱 우울해졌다. 채권자들이 승냥이 떼처럼 달려드는 상황이라 애플비 씨는 최악의 상황을 상상할 수밖에 없었다. 법률사무소에 도착해 누구의 변호사인지 알게 된 후에는 놀랐지만 안도했다. 그들은 가게의 채권자가 아니라 마사 스터지스의 변호사였다.

사무소를 주도하는 이는 형제 게인즈버러 중 형이었다. 작은 키에 군턱이 셔츠 목깃을 가릴 정도로 흔들흔들 늘어진 무지막지하게 뚱뚱한 남자가 물고기 같은 커다란 눈동자를 희번덕거리며 애플비 씨를 보았다. 아우 게인즈버러는 형을 쏙 빼닮았지만 형만큼 턱이 늘어지지는 않았다. 골딩은 가늘고 뾰족한 얼굴의 무표정한 젊은이였다.

형 게인즈버러가 애플비 씨에게 유리알 같은 눈동자를 못박고서 입을 열었다.

"조심스럽게 접근해야 할 사안입니다. 스터지스 양은 저희의 소중한 고객이신데……."

이때 아우 게인즈버러가 고개를 끄덕였다.

"선생님과의 결혼을 언급하셨습니다."

의자에 점잔을 빼며 앉아 있던 애플비 씨는 기쁜 마음에 흥분해 말했다.

"그렇습니까?"

형 게인즈버러가 말을 이었다.

"스터지스 양은 남성이 자신의 재산을 보고 구애할 수 있다는 점을 잘 이해하고 계십니다만……."

놀란 척 항의하려는 애플비 씨를 그가 손을 들어 막았다.

"그 점에 대해서는 덮어두실 생각이라고 합니다."

"무시한다, 일단 보류한다는 뜻입니다."

아우 게인즈버러가 단호하게 말했다.

"배우자에게 기대하는 모든 부분을 상대가 이루어줄 준비가 되어 있다면 말이죠."

"전 준비되어 있습니다."

애플비 씨가 열렬한 기세로 말했다. 형 게인즈버러가 불쑥 물었다.

"애플비 씨, 전에 결혼하신 적이 있습니까?"

애플비 씨는 재빨리 머리를 굴렸다. 과거를 어설프게 부인했다가는 치명적인 덫으로 작용할 수 있었다. 반면 인정한다면 과거에 대한 안전장치로 작용할 뿐 아니라 솔직한 태도가 돋보일 것이다.

"있습니다."

"이혼하셨나요?"

"그게 무슨! 절대 아닙니다!"

애플비 씨는 진심으로 충격을 받았다.

게인즈버러 형제가 만족스러운 기색으로 서로를 보았다. 형 게인즈버러가 입을 열었다.

"좋습니다. 아주 좋아요. 애플비 씨가 무례하게 느낄 수도 있는 질문이었겠지만 요즘처럼 도덕이 땅에 떨어진 때에는……."

"그 경우라면 정말 확실히 하고 싶군요."

애플비 씨가 집요한 기세로 끼어들었다.

"저만큼 도덕적인 사람도 드물 겁니다. 담배나 독한 술이나 그리고, 음……."

"헤픈 여자들요?"

아우 게인즈버러가 싹싹하게 말했다. 애플비 씨의 얼굴이 벌게졌다.

"그렇습니다. 저는 그런 것들을 모릅니다."

형 게인즈버러가 고개를 끄덕였다.

"스터지스 양은 어떤 경우에도 성급하게 결정하지 않을 겁니다. 한 달 내에는 답을 드릴 테지만요. 이 늙은이의 충고를 꺼리지 않으신다면 말이죠, 선생. 한 달 동안 열심히 구애하세요. 그분은 여성입니다, 애플비 씨. 제 생각에 여자란 다 비슷한 존재죠."

"저도 그렇게 생각합니다."

애플비 씨가 말했다. 아우 게인즈버러가 끼어들었다.

"헌신과 변치 않는 애정. 이 두 가지가 성공의 열쇠죠."

혼자만의 오붓한 시간을 누리던 어느 날, 문득 애플비 씨는 깨달았다. 그들은 그의 가게와 가게가 상징하는 질서정연한 세계를 제쳐두고 마사 스터지스라는 전혀 매력 없는 존재를 그 자리에 들이라 요구한 것이었다. 물론 잠시만 견디면 될 일이었다. 마사 스터지스가 그와 제대로 혼인을 하고 앞서간 애플비 부인들의 뒤를 따르고 나면 찬란한 보상을 누리게 될 것이다. 하지만 여인과 친교를 쌓도록 강요받게 되자 상황은 더욱 견디기 힘들어졌다. 그녀는 결혼에 대해 갖가지 쓰잘머리 없는 의견을 쏟아냈고, 미래의 남편으로서 말고도 미래의 홀아비로서의 관점을 가지고 그녀를 대하던 애플비 씨는 그녀가 의도치 않고 쏟아내는 동의할 수 없는 발언에 이를 악물어야 하는 경우가 허다했던 것이다.

마사 스터지스가 어느 날 말했다.

"난 이렇게 생각해요. 아내와 이혼하는 남자는 다른 어떤 여자와 결혼하더라도 이혼을 하고 말 거예요. 오늘날 볼 수 있는 실패한 결혼의 수많은 예들을 봐요. 아마 거의 모든 경우에 자기가 원하는 것을 결코 찾지 못하고 언제나 여기저기 엿보고 다니는 남편이 존재할걸요? 반면, '내'가 결혼할 남자는……."

그녀가 그에게 들으라는 듯 말했다.

"반드시 한군데 자리를 잡고 뿌리를 내릴 마음가짐이 있어야 해요."

"물론입니다."

애플비 씨가 말했다.

특히 견디기 힘들었던 또 다른 어느 날 마사 스터지스가 말했다.

"어디선가 들은 건데요, 흡족한 결혼은 여자의 수명을 연장해준대요. 결혼이 긍정적인 것이라는 훌륭한 증거예요. 그렇죠?"

"물론입니다."

애플비 씨가 말했다.

한 달의 평가 기간 동안 그는 다양한 억양을 곁들인 "물론입니다"라는 한 가지 문장에 철저히 의존하며 대화를 했는데 그 전술은 맞아떨어졌다. 마의 한 달이 저물었을 때 그는 공식처럼 읊던 표현을 게인즈버러와 게인즈버러, 골딩이 유일한 하객으로 참석한 결혼식에서 결혼 선서로 바꿔 읊을 수 있었다.

결혼식 직후 애플비 씨는 (불편한 마음으로) 새신부와 함께 사진관으로 향해 뚱한 골딩의 지휘하에 셀 수 없이 많은 사진을 찍었다. 그 후 애플비 씨는 (기쁜 마음으로) 아내와 각종 서류를 교환했다. 서로를 둘의 모든 소유물과 재산과 그 외 등등을 물려받을 상속자로 지명하는 서류였다.

이러한 과정을 거치는 중에 애플비 씨가 때때로 멍해 보인 건 오로지 앞으로 다가올 일들을 머릿속에서 차근차근 계획하고 있었기 때문이다. 깔개(여섯 번이나 목적을 잘 수행했던 바로 그 깔개)를 깔아야 할 것이고 물을 한 잔 청할 순간이 올 것이다. 그때 여자의 어깨에 한 손을 얹고 다른 한 손으로…… 흠흠. 적절한 시간이 올 때까지 기다려야 했다. 그러나 가게의 탐욕스러운 채권자들이 행사하는 압력을 생각하면 너무 오래 미룰 수도 없었다. 유언장에 서명을 하느라 아내가 손에 쥐고 있는 펜을 바라보며 그는 몇 주 안에 행하리라 결정했다. 유언장이 손에 들어온 이상 더 오래 기다리는 것은 의미가 없었다.

그러나 결혼 후 첫 주가 끝나기도 전에 애플비 씨는 계획을 크게 바꿔야 한다는 것을 깨달았다. 다른 도리가 없었다. 그는 그저, 그렇게 오랫동안 결혼 생활을 감내할 깜냥이 없었다.

일단 아내의 집(이제는 그의 집이기도 하지만), 그녀가 어머니로부터 상속받은 고급 저택은 꿈에서조차 보고 싶지 않은 무질서 자체였다. 중요하지 않아 던져놓은 것이라면 정리할 가치도 없다는 원칙(어차피 다시 던져놓을 테니까) 탓일까? 동굴 같은 저택의 모든 방에는 끔찍할 정도로 많은 쓰레기가 쌓여 있었다. 꽉꽉 찬 옷장과 서랍 밖으로 비져나온 것들이 여기저기 아무렇게나 너부러져 엉뚱한 곳에 가 있거나 다른 잡동사니 위에 쌓여 있었다. 그리고 그 모든 것 위에 먼지가 얇게 쌓여 있었다. 난장판인 집안 꼴은 마치 손톱으로 칠판을 한없이 긁어대는 소리처럼 애플비 씨의 떨리는 신경을 자극했다.

아내가 제발 하지 말았으면 하고 기도하듯 바란 바로 그 일이 하필 애플비 부인이 헌신적으로 행하는 단 하나의 일이었다. 그녀는 요리를 좋아해서 식사 시간이 되면 애플비 씨가 전혀 먹지 않는 요리를 잔뜩 들고 주방과 식당 사이를 분주하게 드나들었다.

남편이 처음에 미약하게 항의를 하자 아내는 요리에 대한 어떠한 비판도 견딜 수 없다고 차근차근 설명해주었다. 접시를 비우지 않은 것조차 암묵적으로 비판하는 것이라며 정확하게 꼬집어주었다. 애플비 씨는 희망을 버리고 핏물이 뚝뚝 듣는 고기 요리와 느끼한 소스, 속을 더부룩하게 만드는 과자의 세계로 휩쓸려 들어갔고 그가 겪는 고난의 목록에는 끊임없는 소화불량의 고통이 더해졌다. 자신의 정성에 감사하는 마음을 대식가가 되어 증명하라는 아내의 주장에 그의 고통은 줄어들 날이 없었다. 소화가 불가능한 음식이 수북이 담긴 접시들을 떨리는 코앞에 들이밀면 애플비 씨는 사자를 대적하는 순교자의 심정으로 할당된 분량을 꾸역꾸역 입안에 밀어 넣었다. 적절하게 찌거나 구운 단순한 요리를 달라고 울부짖는 소화기관 속으로.

아내의 장례식을 끝내고 집에 와 뜨거운 차와 토스트, 그리고 하나 더한다면 반숙 달걀 정도로 저녁을 해결하는 모습이 그가 즐기는 백일몽이었다. 하지만 이 꿈이나 후속편으로 식사 후 집안을 정리하는 꿈조차도, 매일 아침에 깨어나 하루를 맞을 때 느끼는 암울한 기분을 개선시키기에는 역부족이었다.

날이 갈수록 아내는 더욱 집요하게 남편의 관심을 확인하고 증명받으려 들었다. 남편이 아내보다 가게에 관심을 더 많이 쏟는다며 공공연히 비난당한 어느 날, 애플비 씨는 종막을 준비할 때가 왔음을 알았다. 그날 저녁 그는 깔개를 가져와 주방으로 이어지는 복도와 거실 사이에 조심스럽게 깔았다. 마사 애플비는 별다른 반응 없이 바라보더니 말했다.

"낡아 보이네요, 상당히요. 뭐예요, 애피. 골동품이라도 되나요?"

언제부터인가 아내는 그 흉한 이름으로 그를 부르기 시작했는데 그때마다 남편이 움찔하는 것을 알아차리지 못하는지 유쾌하게 불렀다. 지금도 그는 움찔했다.

"골동품은 아니에요. 여러 이유로 소중하게 여기는 물건이지. 내게는 아주 큰 추억이 있는 소중한 물건이에요."

애플비 씨의 솔직한 말에 애플비 부인이 다정한 미소를 지어 보였다.

"당신은 그걸 나를 위해서 가져왔군요."

"맞아요. 그래서 가져왔어요."

"당신은 참으로 좋은 사람이야. 진짜로요."

아내가 뒤축 닳은 신발을 끌고 깔개 위를 걸어 복도 맞은편 작은 테이블 위에 놓인 전화기를 사용하러 가는 모습을 보며 애플비 씨는 곰곰이 생각했다. 아내는 매일 저녁 같은 시간에 전화를 이용했다. 그 시간에 사고를 계획하면 일을 치르기 상당히 편리할 것이다. 아내가 저녁마다 하는 전화 통화는 무계획적인 그녀가 어김없이 지키는 유일한 일과였다. 아내가 특정 시간에 깔개 위를 걸으면 그때 그 자리에서 막을 내릴 수 있을 것이다.

그런데 문제가 있어. 애플비 씨는 안경을 닦으며 생각했다. 그 상황에서 그녀에게 어떻게 접근하는 것이 가장 나을 것인가? 검증된 기존 방식이 가장 좋을 것임이 분명했지만, 전화 통화와 물잔이 과연 어울릴 것인가?

"뭘 그리 생각해요, 애피?"

애플비 부인이 쾌활하게 물었다. 전화를 끊은 아내는 복도를 가로질러 지금은 깔개 위에 우뚝 서 있었다. 애플비 씨는 안경을 걸치고 안경알 너머로 아내를 바라보았다.

그가 불평하듯 입을 열었다.

"여보. 그 끔찍한 이름으로 날 부르지 마요. 싫어하는 거 알잖아요."

아내가 짧게 대답했다.

"말도 안 돼. 귀여운데."

"난 안 귀여워요."

"뭐, 난 좋으니까 됐어요!"

애플비 부인이 그만하자는 분위기를 풍기며 말했다.

"어쨌든, 내가 말을 걸기 전에 당신이 하고 있던 생각은 그게 아닐 텐데요. 그렇죠?"

아내가 부루퉁하니 입을 내밀었다.

땅딸막하고 단정치 못한 여인이 입을 내민 모습은 꼭 손을 많이 타 닳아빠진 밀랍 인형처럼 보였다. 애플비 씨는 보다 적절한 대답을 꾸며내기 위해 그 생각을 억눌렀다.

"내 옷 상태가 엉망이라는 생각중이었어요. 가지고 있는 옷 중에 단추가 제대로 달린 게 한 벌도 없다는 걸 다시 알려줘야 해요?"

애플비 부인이 입을 크게 벌리며 하품을 했다.

"조만간 손을 볼게요."

"내일은 어때요?"

"내일은 힘들 것 같아요."

애플비 부인은 계단으로 몸을 틀었다.

"이제 자요, 애피. 죽도록 피곤해요."

애플비 씨는 생각에 잠겨 아내의 뒤를 따랐다. 내일은 재단사에게 양복을 보내 수선을 맡겨야 하리라. 몸에 맞을 옷이 한 벌은 있어야 장례식에서 입을 테니까.

그는 양복을 집에 가져와 단정하게 걸어놓았다. 저녁을 먹고 거실에 앉아 아내의 말을 들었는데, 쉰 목소리가 한없이 울린 것 같았건만 시계를 보니 아직 9시도 되지 않았다.

이윽고 그는 아내가 천천히 의자에서 일어나 거실을 가로질러 복도로 향하는 것을 보았다. 흥분이 스멀거리며 올라왔다. 아내가 전화기에 손을 뻗었을 때 애플비 씨가 헛기침을 크게 했다.

"여보, 귀찮지 않다면 물 한 잔만 가져다줘요."

애플비 부인이 고개를 돌려 그를 보았다.

"물요?"

"귀찮지 않으면요."

애플비 씨는 입을 다물고 기다렸다. 아내는 잠시 머뭇거리다 수화기를 내려놓고 주방으로 향했다. 주방에서 유리잔을 헹구는 소리가 들려오더니 이윽고 애플비 부인이 다가와 물잔을 내밀었다. 그는 감사의 표시를 하듯 아내의 통통한 어깨에 한 손을 얹고 아내의 뺨에 흐트러져 있는 머리카락을 뒤로 치우려는 듯이 다른 한 손을 들었다.

"다른 사람들한테도 이랬어요?"

애플비 부인이 조용히 말했다.

애플비 씨의 손이 허공에서 얼어붙었다. 손에서 차가운 냉기가 내려와 골수에 스며들었다. 그가 간신히 대꾸했다.

"다른 사람들? 무슨 다른 사람들?"

아내가 음산한 미소를 지었다. 아내의 손에 들린 물잔은 꼼짝도 하지 않았다.

"여섯 명의 다른 사람들요. 아니, 내가 아는 게 여섯 명이란 뜻이에요. 왜요? 더 있어요?"

"아니……."

그가 무심결에 대답하다가 황급히 말을 멈췄다.

"당신이 무슨 이야기를 하는지 모르겠어요."

"애피, 여보. 여섯 명의 아내가 그렇게 간단히 잊힐 리 없잖아요. 내 존재가 당신 안에서 너무 커져서 다른 아내를 생각조차 할 수 없게 되었다면 모르겠지만요. 그렇다면 참 행복할 텐데."

애플비 씨가 큰 소리로 말했다.

"나는 결혼한 적이 있어요. 내가 전에 명확히 밝혔을 텐데. 하지만 여섯 명의 아내라니!"

"물론 당신은 결혼한 적이 있죠, 애피. 당신이 누구와 결혼했는지 알아내기는 쉬웠어요. 그전에 결혼했던 여자를 알아내는 것도 똑같이 쉬웠고요. 다른 여자들도 마찬가지였지. 심지어 당신 어머니에 대해서도, 당신이 어디에서 학교를 다녔는지, 어디에서 태어났는지 알아내는 것도 쉬웠어요. 애피, 여보. 게인즈버러 씨는 진짜 똑똑한 사람이거든요."

"당신에게 이런 짓을 시킨 게 게인즈버러요?"

"전혀 아니죠, 어리석은 남정네 같으니."

아내가 경멸 어린 어조로 말했다.

"당신이 계획을 짜고 있던 내내 그 계획을 앞서 알고 있었어요. 당신을 본 순간 당신이 어떤 사람인지 알았어요. 내 말이 놀라워요?"

애플비 씨는 끙끙거렸다. 나뭇가지를 집었는데 알고 보니 독사라는 걸 깨달은 남자처럼 복잡한 심경을 다스리느라 바빴다.

"어떻게 알 수 있었습니까?"

그가 숨을 가쁘게 쉬었다.

"당신이 우리 아버지 같았기 때문이죠. 옷을 입는 방식이나, 징글징글한 단정함이나, 젠체하는 거만함이나, 당신이 좋아하는 소소한 도덕 강의까지 모든 면에서 아버지와 똑같았어요. 나는 아버지를 증오하며 살아왔죠. 아버지의 인성도, 아버지가 어머니에게 한 짓도 싫었어요. 돈을 보고 어머니와 결혼한 아버지 때문에 어머니는 매일매일 악몽 속에서 살았어요. 아버지는 어머니가 남길 재산 때문에 어머니를 죽였죠."

"죽였다고요?"

애플비 씨는 소스라치며 묻자 아내가 날카롭게 말했다.

"아, 좀! 그런 짓을 저지를 남자가 당신밖에 없는 것 같아요? 그래요, 아버지가 어머니를 죽였어요. 다른 표현을 원해요? 살해했어요. 물 한 잔을 달라고 청하고는 어머니가 물잔을 내밀었을 때 목을 부러뜨렸어요. 당신 방법과 기묘할 정도로 비슷하네."

실로 믿기 어려운 답이 애플비 씨의 머릿속에 떠올랐지만 그는 그 답을 받아들이기를 거부했다.

"아버지는 어떻게 됐습니까?"

그가 다그쳤다.

"어떻게 됐는지 말해요! 체포됐나?"

"아니요. 안 잡혔어요. 목격자가 없었거든요. 하지만 어머니의 변호사인 게인즈버러 씨는 어머니의 절친한 벗이기도 했죠. 의심을 품은 변호사님이 심리를 요청한 뒤 의사를 데리고 왔어요. 아버지가 어머니를 죽이고 마치 어머니가 깔개 위에서 미끄러진 것처럼 보이도록 만들었을 가능성이 있다고 의사가 명백히 밝혔지만, 판결이 나기 전에 아버지는 심장마비로 죽어버렸어요."

"그 사례였어……. 내가 읽은 그 사례!"

애플비 씨가 신음하다가 아내의 냉소적 시선에 입을 다물었다.

아내는 냉혹하게 말을 이었다.

"아버지가 죽었을 때 맹세했어요. 언젠가 아버지와 똑같은 남자를 찾아내서 아버지가 살아야 했던 인생을 살게 만들겠다고요. 나라면 그 남자의 습관과 취향을 알 수 있으니 그중 어느 것도 맞춰주지 않을 수 있어요. 내 돈을 보고 결혼한 남자가, 내가 죽어 사라질 때까지 땡전 한푼 못 얻게 하는 거예요. 그리고 내가 죽기까지는 아주 오랜 시간을 기다려야 하죠. 왜냐하면 내가 마지막 숨을 쉴 때까지, 내가 최대한 오랫동안 살도록 인생을 다 바쳐서 돌봐야 할 테니까요."

애플비 씨는 정신을 가다듬었다. 아내가 감정이 격해진 와중에도 여전히 같은 자세를 취하고 있는 것이 눈에 들어왔다.

"어떻게 그 남자가 그렇게 하도록 할 수 있다는 겁니까?"

그가 나직이 묻고는 살짝 앞으로 움직였다. 아내가 말했다.

"이상하게 들리겠죠. 그렇죠, 애피? 하지만 당신의 여섯 아내가 당신에게 물을 가져다주다가 깔개 위에서 미끄러져서 죽은 것만이야 하겠어요? 그 깔개는 이거랑 아주 비슷하고. 물잔도 딱 이거랑 비슷하네요. 너무 이상해서 게인즈버러 씨가 말할 정도였죠. 너무 많은 우연은 남자를 교수대로 보낸다나요. 살인 용의로 재판에 붙일 만한 이유가 있을 때는 특히 그렇죠."

애플비 씨의 목깃이 견디기 힘들 정도로 답답하게 느껴졌다.

"내 질문에는 아직 대답을 안 했군요."

그가 살짝 화제를 돌렸다.

"당신 수명을 연장하기 위해 내가 인생을 바치도록 만들 방법이 무엇인지 물었습니다."

"남편을 교수대에 보낼 수 있는 위치에 있는 아내라면 확실히 알 수 있어요."

"아니, 그런 상황에 있는 남자라면 가능한 한 빨리 아내를 없애려고 할 텐데요."

애플비 씨가 목소리를 깔며 말했다.

"오, 조치를 취해놓았거든요."

"조치라? 어떤 조치 말이지?"

애플비 씨가 묻자 아내가 대답했다.

"나도 설명해주고 싶어요. 설명이 꼭 필요한 시점이 온 것 같군요. 하지만 여기 이렇게 서서 얘기하는 건 불편해요."

"그런 건 상관없지 않습니까."

애플비 씨가 짜증스럽게 말하자 아내가 어깨를 으쓱하더니 차갑게 말했다.

"뭐, 맘대로 하세요. 게인즈버러 씨는 당신이 했던 결혼에 대한 자료를 모두 가지고 있어요. 아내들이 어떻게 죽음을 맞이했는지, 어떻게 항상 적절한 시점에 유산이 생겨 가게의 빚을 갚았는지 등등요.

이것 말고도 변호사님한테 내가 써놓은 편지가 있어요. 내가 사망할 경우 즉각 수사를 개시하고 필요한 모든 행동을 취해달라고 요청하는 편지요. 변호사님은 아주 효율적인 분이에요. 지문하고 사진하고……."

"지문하고 사진?"

애플비 씨가 고함을 쳤다.

"당연하죠. 아버지가 죽은 후에야 안 건데, 아버지는 해외에 잠시 나갈 준비를 해놓았더군요. 당신이 그런 생각을 한다 해도 포기할 수밖에 없을 거라며 변호사님이 안심시켜줬어요. 당신이 어디에 있든지 송환하기는 쉬울 것이라고 하셨어요."

애플비 씨가 멍하게 물었다.

"원하는 게 뭡니까? 내가 여기 머무는 것을 원할 리는 없을 테고 또……."

"오, 아니에요. 머무르세요. 이 시점까지 왔으니 얘기하는 건데요, 당신은 그 쓰잘데기 없는 가게를 영원히 포기하고 하루 종일 나와 함께 집에 있게 될 거예요."

"가게를 포기하라고?"

그가 외쳤다.

"애피, 여보. 이 점을 기억하세요. 내가 사망할 시에 전면 수사를 요구하는 편지가 있다고 했죠? 그건 내가 어떻게 죽느냐와는 관련이 없어요. 그러니 당신을 항상 내 곁에 둔 채로 길고 쾌적한 인생을 사는 것을 고대할 만하지요. 어쩌면…… 어느 날 내가 편지와 증거물을 전부 당신에게 돌려줄 수도 있겠죠. 어디까지나 '어쩌면'이지만. 당신이 나를 아주 조심스럽게 돌보아야 당신도 안녕할 수 있다는 걸 이제 알겠나요?"

전화벨이 발작하듯 울렸다. 애플비 부인이 그쪽을 향해 고개를 끄덕이더니 부드럽게 말했다.

"게인즈버러 변호사님만큼이나 조심스럽게요. 내가 매일 저녁 9시에 전화를 걸어 잘 있고 행복하다는 것을 보고하지 않으면 변호사님은 두말 않고 가장 충격적인 결론을 내릴 거예요."

"잠깐."

애플비 씨가 말했다. 그가 수화기를 들자 건너편에서 도저히 헷갈릴 수 없는 목소리가 들려왔다.

"여보세요. 여보세요, 애플비 부인?"

형 쪽의 게인즈버러였다. 애플비 씨는 잠시 머리를 굴렸다.

"아닙니다. 죄송하지만 아내는 지금 통화할 수가 없어요. 무슨 일입니까?"

그의 귀에 와 닿는 목소리에 냉혹한 위협이 깃들었다. 착각의 여지가 없었다.

"게인즈버러 변호사요, 애플비 씨. 부인과 즉각 통화하고 싶소. 십 초 드릴 테니 부인을 바꾸시오. 애플비 씨, 이해했습니까?"

애플비 씨는 느릿느릿 아내 쪽으로 몸을 틀고 수화기를 내밀었다.

"당신 전화요."

그녀가 물잔을 내려놓기 위해 몸을 틀었다. 그 순간 아내의 발밑에서 깔개가 살짝 미끄러지는 모습에 공포가 그를 덮쳤다. 아내의 양팔이 균형을 잡으려는 듯 허공에서 허우적거렸고 유리잔이 발치에 떨어지며 단정한 바지를 흠뻑 적시고 박살이 났다. 아내의 얼굴이 소리 없는 비명을 지르며 일그러졌다. 곧 그녀의 몸이 바닥에 부딪히더니 너무나 낯익은 자세를 취하며 활기를 잃고 늘어졌다.

그는 아내의 모습에서 눈을 뗄 수가 없었다. 손에 쥔 수화기에서 쇳소리처럼 시끄럽게 울려 나오는 목소리도 들리지 않았다.

목소리가 째지게 소리쳤다.

"십 초가 지났습니다, 애플비 씨! 들립니까? 시간이 다 됐어요!"

체스의 고수

Fool's Mate

그날 저녁, 직장에서 퇴근한 조지 허니커는 기묘하게 흥분한 상태였다. 평상시에는 창백하던 뺨이 빨갛게 달아올랐고 무테안경 뒤로 두 눈이 반짝거렸다. 다른 날에는 현관 한편에 깔려 있는 매트 위에 조심스럽게 장화를 벗어 단정하게 놓던 그가 오늘밤에는 서두르며 아무렇게나 벗어 옆으로 던져 놓았다. 모자와 오버코트는 벗지도 않고 가지고 온 꾸러미의 포장을 벗겨 작고 납작한 가죽 상자를 꺼냈다. 그가 연 상자 속에서 루이즈는 낡아빠진 녹색 벨벳 안감 위에 놓인 단순한 모양의 흑백 체스 말 세트를 보았다.

"아름답지 않아?"

조지가 말했다. 그가 애정을 담아 손가락으로 말 하나를 쓸었다.

"이 말 참 잘 만들었지. 유리 상자에 넣어 진열할 정도로 화려한 건 아니지만, 여보. 단정하고 깨끗하고 바로 사용할 수 있게 되어 있어. 체스 말이면 응당 이래야지. 진짜 상아와 흑단이고 수제야. 말 전부 다."

루이즈가 눈을 가늘게 떴다.

"이거 사는 데 얼마나 줬어요?"

조지가 대답했다.

"한푼도 안 줬어. 무슨 말이냐면, 산 게 아니라고. 올렉스 씨가 주신 거야."

"올렉스 씨라고요? 예전에 당신이 저녁 식사에 초대한 괴팍한 노인네요? 카나리아를 삼킨 고양이처럼 자리에 앉아서 빤히 쳐다보기만 하고 당신이 옆구리를 찌르지 않으면 한마디도 안 하던 그 사람요?"

"여보, 말이 심하잖아!"

"심하긴 뭐가 심하담. 내가 그 사람을 어떻게 생각하는지는 오래전에 확실히 얘기했을 텐데요. 아무튼, 우리의 멋진 올렉스 씨께서 대체, 왜 갑자기 당신한테 이것을 주기로 결심하신 건지 물어봐도 되나요?"

"그게……."

조지가 껄끄러워하는 어조로 입을 열었다.

"올렉스 씨가 몸이 꽤 안 좋았던 건 당신도 알지? 은퇴까지 두

달 남짓밖에 남지 않아서 내가 대부분의 일을 대신 해주고 있었어. 오늘이 올렉스 씨가 회사에 나오는 마지막날이었는데 감사의 뜻으로 주신 거야. 가장 좋아하는 세트래. 가능한 한 가장 좋은 걸 주고 싶으셨대."

루이즈가 쌀쌀맞게 말했다.

"너그럽기도 하셔라. 당신의 시간과 수고에 보답하기 위해서라면 뭔가 실용적인 것이 훨씬 더 나을 수 있다는 생각은 안 했대요?"

"무슨 말이야, 여보. 그저 조금 도왔던 것뿐이야. 돈 같은 걸 주신다고 해도 받지 않았을 거야."

그녀가 콧방귀를 뀌었다.

"당신이 달리 바보겠어요. 알았어요. 이제 옷 벗어서 걸어놓고 저녁 먹을 준비해요. 다 됐으니까."

조지는 회유하듯 주방 쪽으로 향하는 그녀의 뒤를 따랐다.

"여보, 있잖아. 올렉스 씨가 되게 재미있는 걸 말해줬어."

"아무렴, 그러셨겠죠."

"올렉스 씨가 그러는데, 이 세상에는 체스가 '필요한' 사람들이 있대. 체스 두는 법을 제대로 배우고 나면 자기들한테 얼마나 체스가 필요했는지를 저절로 깨닫게 된다는 거야. 무슨 생각을 했냐면, 당신이랑 내가 그렇게 되지 말라는 법이 없……."

아내는 우뚝 멈춰 서서 양손으로 허리를 짚은 채 남편을 바라보았다.

"당신 말은, 내가 집을 치우고 장을 보고 당신한테 따뜻한 밥을 해주고, 옷을 깁고 꿰매는 일을 한 다음에도 당신이랑 게임하는 법까지 배워야 한다는 거예요? 조지 허니커 씨, 그게 쉰이 다 되어가는 남자가 할 생각이에요?"

내가 나이를 잊을 일은 없겠어. 현관 복도에서 오버코트를 벗으며 그는 생각했다. 나이를 일깨워주는 일을 아내가 즐기는 한은 그럴 것이다. 처음으로 나이 타령을 들은 것은 결혼한 지 두어 달이 지났을 무렵으로, 서른을 눈앞에 두고 개인 사업을 할 기회가 왔을 때였다. 그 이후로 매년 그는 무슨 일이 생길 때마다 예의 나이 타령에 시달렸다. 하지만 아내에 대해 점점 더 잘 파악하게 되면서 그런 궁지에 빠지는 횟수는 점차 줄어들었다.

문제는 아내가 언제나 한 수 위라는 점이다. 남편이 안정된 좋은 직장을 그만두는 것이나 형편이 어려울 때 아기를 가지는 것(그런데 형편은 항상 어려웠다), 저렴한 월세로 집을 빌릴 수 있는데 저택을 사는 것 같은 사안에 아내는 무조건 강하게 반대부터 하고 나설 것이었다. 시간이 흐르면서 깨달은 점이었다. 하지만 집에 손님을 초대하고 싶다거나 방금 재미있게 읽은 책을 아내도 읽어보면 어떨까 하는 제안, 라디오 주파수를 교향악 방송에 맞추자거나 오늘처럼 체스를 배우면 어떻겠냐는 제안에도 매섭게 반대하는 것을 보면 여전히 놀라지 않을 수 없었다.

손님이란 귀찮은 존재이자 비용에 불과하며 작은 활자는 눈을 아프게 하고 교향악을 들으면 찢어질 듯한 두통이 오고 체스를 둘 짬은 도저히 낼 수가 없다며, 아내는 명백히 입장 표명을 했다. 결혼하기 전에는 이렇지 않았는데. 조지는 다소 불만스럽게 생각했다. 두 사람은 언제나 조지의 친구들과 어울리곤 했다. 책이나 음악이 화제에 오르면 루이즈는 관심을 보이며 밝고 생생하게 사람들의 대화를 좇았다. 이제 아내는 매일 밤 그저 뜨개질감을 챙겨 코미디언이 큰 소리로 떠드는 라디오 방송만 듣고 싶어했다.

물론, 이 모든 건 아내의 건강이 시원찮기 때문일 수도 있었다. 아내는 쑤시고 아픈 증상에 줄곧 시달렸는데, 때때로 통증을 너무나 생생하게 묘사한 나머지 공감한 조지까지 고통을 느낄 정도였다. 집안 약장은 여러 가지 치료제로 가득찼다. 식사는 밍밍하고 무미한 혼합물로 변했다. 조지가 '부인병 증상'이라고 뭉뚱그려 추측하는 증상 때문에 아내는 언제나 상당한 병원비를 지출해야 했다.

이렇듯 각종 문제에 시달리고 있었지만, 누가 뭐라 한다면 조지는 루이즈가 남자가 바라는 좋은 아내의 역할을 충분히 하고 있다고 당당히 말할 것이다. 지난 수년 동안 도저히 고액이라 말할 수 없는 그의 봉급을 가지고도 아내는 한 푼 두 푼 모아 만 오천 달러를 은행에 저금해놓았다. 두 사람만이 아는 사실이었다. 아내는 다른 사람들과 대화를 나눌 때마다 남들과 비교해 그들이 얼마나 빈곤하게 사는지 반드시 짚고 지나갔다. 조지는 그런 아내가 곤혹스러웠다. 루이즈는 그들의 재산을 세상 사람들이 모르게 해야 한다고 했다. 그게 돈을 절약하는 최선의 방법 중 하나라고. 그리고 한 푼을 아끼는 것은 한 푼을 번 것과 마찬가지이기 때문에 조지만큼이나 그녀 또한 가계 수입에 기여하는 셈이라고 주장했다. 아내의 주장을 받아들인다고 곤혹스러운 감정이 사라지는 것은 아니었지만, 나름 그럴듯하게 포장할 수는 있었다. 아내의 지혜와 능력에 점점 더 감탄하게 된다고 말이다.

아내는 항상 집을 깔끔하게 가꾸고 조지의 옷가지를 세심하게 수선해놓으며 남편의 건강을 광적으로 돌보았다. 조지가 아내와 체스를 두고 싶다는 사소한 문제에 집착하기보다 자신이 누리는 축복을 하나하나 되새김질하기로 한 이유이기도 했다. 물론 다그쳐서 속마음을 말하게 한다면, 단념했을 뿐이라고 조지는 인정했을지 모른다. 체스 세트를 받은 후 그는 곧바로 체스 게임의 열정적인 신봉자가 되었기 때문이다. 라디오 소리가 귓전을 울리고 아내는 흡족한 기색으로 딸깍딸깍 뜨개바늘을 놀리는 저녁 시간, 그는 체스보드를 보며 골똘히 게임에 열중하면서 체스란 상대가 있을 때 실력이 대단히 향상될 수 있는 게임인 것 같다고 생각하곤 했다. 자신이 처한 상황을 비꼬는 건 아니었다. 조지의 사전에 비꼰다는 말은 없었다.

올렉스 씨는 세트를 주면서 체스를 배우고 싶다면 언제든지 연락하라고 했다. 하지만 아내가 그 양반을 초대하는 건 환영할 수 없다고 이미 밝힌데다, 별 이유 없이 자기집의 안락한 난롯가를 떠나 여기저기 어슬렁거리는 사람에게는 그게 누구건 상당히 칼 같은 입장을 자주 표명했기 때문에 조지는 올렉스 씨에게 연락하는 것은 고려할 가치도 없다고 생각했다. 대신 그는 『체스로의 초대』라는, 그럴듯한 제목이 붙은 얇은 책자로 관심을 돌렸다. 그리고 그 초대에 이끌려 더 어려운 책자들을 읽어나가다가 체스 문헌의 광활한 세계로 이끌려 들어갔다. 그 세계의 거대한 규모와 복잡함에 그는 휘청거렸다.

그는 체스를 먹고, 마시고, 체스와 함께 잤다. 현재의 명인들과 함께 옛 명인들을 공부하고 또 공부해서 그들이 미미한 승리를 거둔 덜 유명한 게임에서도 아주 세세하게 수를 인용하게 되었다. 그는 게임 초반의 수와 본격적으로 전투를 벌일 때의 수, 말이 얼마 남지 않았을 때의 수를 공부했다. 조심성 없이 약탈하는 건 좋은 결과를 가져오지 않는다는 것을 알게 되어 피했고, 영리한 전략을 통해 진형을 세우고 잔혹한 힘을 발휘하여 궁극적으로 적을 처참하게 쳐부수는, 이른바 포지셔널 플레이를 선호하게 되었다. 알레힌과 카파블랑카, 라스커와 님조비치 등, 귀에 선 발음의 이름들이 눈앞에 떠다녔고 발견의 기쁨에 취한 그는 명인의 우주에 존재하는 흑단과 상아의 미로 사이를 헤치며 그들 뒤를 쫓았다.

하지만 이 모든 것에도 불구하고 여전히 부족한 것이 하나 있었으니, 체스를 같이 둘 상대였다. 피와 살로 이루어진 상대가 있어 겨루어 자기 실력을 가늠해볼 수 있다면 얼마나 좋을까. 책을 옆에 두고 다음 수를 생각하는 것도 나쁘지 않지만 같은 수를 두더라도 체스보드 너머에서 기다리는 상대를 두고 어떻게 수를 유리하게 돌려 적을 박살낼 것인가를 고민하는 게 훨씬 더 재미있을 텐데, 하고 조지는 때때로 쓸쓸하게 생각했다. 한 수를 놓고 테이블 너머에서 다른 한 손이 그의 수에 답하는 것을 보고픈 열망과 허기는 점점 커진 끝에 이윽고 유별난 집착으로 변해서, 아내의 그림자가 벽에 불쑥 드리울 때나 장작이 난로 안에서 툭 떨어지는 소리에 흠칫 놀라 고개를 들 때마다 종종 건너편 의자에 앉은 남자의 모습을 상상할 지경에까지 이르렀다.

시간이 더 흐르자 조지는 남자의 모습을 상당히 뚜렷하게 떠올릴 수 있게 되었다. 심사숙고하며 수를 두는 조용한 남자는 조지를 닮았다. 희게 세어가는 머리칼과 체스보드 위로 몸을 숙일 때 살짝 미끄러지는 무테안경을 쓴 모습까지 꽤나 비슷했다. 실력은 조지보다 살짝 위. 결코 무찌를 수 없을 만큼 잘 두지는 않았다. 하지만 조지가 이따금이나마 승리를 거두기 위해서는 온 힘을 다해야만 할 정도로 실력이 있었다.

남자에게 바라는 점이 한 가지 더 있었다. 체스의 예식에 까다롭게 구는 사람이 본다면 약간은 이단적이라 할 희망이었는데, 남자가 언제나 백을 선호해야 한다는 것이었다. 백을 쥐는 쪽은 선공을 하며 보통 조수의 방향이 자신에게 불리하게 바뀔 때까지 공격을 한다. 조지로 말할 것 같으면 절대적으로 흑을 선호하는 편으로,

백이 치고 들어오는 것을 받아넘기며 서서히 굳건한 방어벽을 세워 극에 달하는 백의 움직임에 대비하기를 좋아했다. 이게 체스를 배우는 올바른 방법이지, 하고 조지는 스스로에게 말했다. 절대 방어의 강자가 되는 법을 익히면 어떤 공격에도 맞설 수 있다.

하지만 방어하는 법을 연습하기 위해서는 여전히 공격을 하는 손이 필요했고, 마침내 조지는 해결책을 찾아냈다. 이 정도면 상당히 영리한 방법이 아닌가, 하면서 잔잔하게나마 자부심을 느낀 해결책은 이랬다. 체스보드에 말을 세우고 흑 쪽에 앉은 후 백을 가지고 자신이 선공을 하는 것이다. 그 수를 그가 흑으로 받고, 다시 백을 대신 움직여준다. 이런 식으로 승부가 날 때까지 계속 둔다는 것이 그가 찾아낸 해결책이었다.

이 방식의 단점은 오래지 않아 괴로울 정도로 명확해졌다. 원래 그가 흑을 선호하는 성격인데다 양편의 전투 계획을 시작부터 아는 터라 흑은 우스꽝스러울 정도로 쉽사리 이기고 또 이겨버렸다. 이런 의미 없는 게임을 스무 번이나 되풀이한 후 조지는 절망에 빠져 의자에 털썩 주저앉았다. 한쪽을 위해 말을 움직일 때 상대편을 완전히 머릿속에서 몰아낼 수만 있다면, 그렇게 할 수만 있다면 아무 문제도 없을 터인데! 뱀을 두 동강 내면 잘린 반 토막들이 서로에게 달려들어 상대를 죽일 때까지 야만스럽게 싸운다는 옛이야기가 떠올랐다. 예전에 읽었던 이야기만큼이나 논리적으로 불가능한 소망임을 자각한 그는 맥이 빠졌다.

그는 침울한 생각을 가까스로 멈추고 다시 보드에 말을 세운 뒤 테이블 옆을 돌아 백 쪽에 앉았다. 백을 쥐고 게임을 하는 지금은 어떻게 해야 하는가. 경기는 수를 두는 사람의 기술에만 달려 있는 것이 아니라고 그는 뇌까렸다. 상대방에 대한 지식에도 영향을 받는다. 상대방의 경기 스타일뿐 아니라 성격과 개성, 본성 전반의 영향을 받는다. 조지는 엄숙한 태도로 테이블 맞은편, 지금은 비어 있는 흑의 의자를 보며 곰곰이 생각에 잠겼다. 그러고는 마침내 천천히, 신중하게, 첫수를 두었다.

그는 재빨리 테이블 옆을 돌아 흑 쪽에 앉았다. 이런 식으로 진행하자 훨씬 더 수월함을 느끼며 거의 기계적으로 백의 움직임에 답했다. 흥분의 도가니에 빠진 그는 재빨리 자리에서 일어나 흑의 일을 머릿속에서 최대한 몰아내려고 애쓰며 백의 편으로 향했다.

"세상에, 여보! 지금 뭐하는 거예요?"

조지가 흠칫 놀라 주위를 멍하니 둘러보았다. 아내가 뜨개질감을 무릎에 내려놓고 입을 꽉 다문 채 쳐다보고 있었다. 못마땅해하는 태도가 너무나 역력하여 온 방안이 그를 향해 인상을 쓰는 것처럼 느껴졌다. 그는 설명을 하기 위해 입을 열었다가 황급히 생각을 바꿨다.

"응? 별거 안 했어. 아무것도 안 했어."

아내는 신랄한 어조로 받아쳤다.

"아무것도 안 했대! 당신이 쿵쿵거리며 움직이는 모습을 누가 보면 우리집엔 편한 의자가 없는 줄 알겠어요. 알잖아, 내가…….”

아내의 목소리가 잦아들었다. 눈동자를 번들거리며 몸을 죽 펴더니 라디오로 주의를 돌린 그녀는 곧 몸에 빳빳하게 힘을 주며 집중하기 시작했다. 방송에서 코미디언 한 명이 동료 코미디언의 공격을 심한 모욕과 함께 멋들어지게 받아쳐서 청중이 정신없이 웃음을 터뜨리고 있었다. 루이즈의 입꼬리마저 보일락 말락 살짝 올라갔다. 다시 뜨개질감을 드는 아내의 모습에 조지는 감사한 마음으로 기회를 놓칠세라 흑 쪽의 의자에 앉았다.

방금 대단한 발견을 할 뻔했던 것 같은데, 뭐였더라? 실제로 자리를 바꿈으로써 나 자신을 두 선수의 형태로 투영하는 것, 즉 서로 뚜렷이 다른 두 선수로 나 자신을 분리하는 것이 가능하다는 거였던가? 그렇다면 막다른 골목에 막힌 셈이다. 그는 생각했다. 왜 그가 두 자리 사이를 오가며 야단법석을 떠는지 아내를 납득시킬 자신이 없었다.

수를 둘 때마다 보드 자체를 돌리는 건 어떨까? 아니, 어차피 체스는 철저하게 정신적인 게임이니 충분히 단련한다면 실제로 보드를 돌릴 필요조차 없을 것이다. 조지는 점점 흥분에 휩싸였다. 상대의 차례가 되면 그저 ‘상대방이 되어버리는 것’, 이것이 비결일지도 몰랐다.

이제는 백의 차례. 조지는 당면한 과제에 착수했다. 그는 백의 편에서 게임을 하고 있었기에 백이 해야 할 것을 해야 했다. 그뿐 아니라 백이 느끼는 감정을 느껴야만 했다. 하지만 집중하려고 애를 쓰면 쓸수록 목표는 더욱 멀어져갔다. 그가 손을 뻗으려는 그 순간, 거듭 또 거듭 흑이 의도한 수의 생각이, 흑이 '둘 것'이 분명한 수의 생각이 머릿속으로 수은 방울처럼 떼구르르 굴러 들어왔다. 사람을 미치게 만드는 패배의 느낌에 휩쓸려 그는 마음속으로 괴로워했다.

이제 남은 것은 집착뿐. 그는 매일 저녁 열심히 도전했다. 체중이 줄었다. 얼굴이 뼈만 남게 야윈 탓에 루이즈가 식사 때마다 찰싹 들러붙어 남편이 전혀 흥미로워하지 않는 그녀의 조리법에 관심을 보이게 하려고 안달할 정도였다. 일에 대한 관심 또한 줄어 간신히 형식적인 일만 할 수 있었다. 처음에는 그저 살짝 놀라 짜증을 비치는 정도로 끝내던 상사는 이제 험악한 기세로 고개를 내젓게 되었다.

한편 게임을 거듭하고 수를 거듭 두고 노력을 거듭할 때마다 그는 목표에 가까워지고 있었다. 조지는 승리의 환희를 느꼈다. 보드 너머에 있는 상대편을 공평무사하게 볼 수 있는 날이 올 거야. 상대는 마치 피와 살이 있는 진짜 인간과 같아서 그 의도와 계획을 내가 짐작만 할 수 있을 뿐, 타인으로서 객관적으로 볼 수 있게 되는 날이 올 거야. 그는 강렬한 확신을 느끼며 되뇌었다. 그날이 오면 이전의 어떤 체스 선수보다도 더 대단한 승리를 거두는 셈일 것이다.

조지는 스스로를 굳게 믿었다. 한 수를 둘 때마다 다음 수 뒤에는 성공이 기다리고 있다는 확신에 차 있어서 마침내 그 순간이 왔을 때는 편안한 흡족함과 함께 온 신경이 느긋하게 풀리는 기분을 맛보았다. 고단한 하루의 일을 마치고 집에 와서 밤에 침대에 눕는 기분이야. 그는 기쁜 마음으로 생각했다. 딱 그런 느낌이었다.

그때 살짝 부주의했던 나머지 흑 편이 아주 위험한 상황에 놓였고, 기세를 회복하려고 노력한 끝에 킹을 지키던 비숍을 움직여 산뜻하게 방어하며 백 편을 큰 곤란에 처하게 했다. 백 편이 어떻게 대응할 수 있을까 살피기 위해 고개를 들자 실제의 '백'이(화이트라 부르자) 테이블 맞은편 의자에 앉아 있는 모습이 눈에 들어왔다. 화이트는 가볍게 양손의 손가락을 톡톡 마주치며 얄궂다는 듯한 미소를 입술에 머금고 있었다. 그가 싹싹하게 말했다.

"좋은 수야. 자네치고는 놀라울 정도로 좋군, 조지."

이 말에 조지의 흡족한 기분은 손가락에 찔려 얼떨결에 터져버린 비눗방울처럼 사라져버렸다. 그가 동요한 것은 화이트의 말에서 느껴지는 친근감 섞인 비웃음 때문만이 아니었다. 눈앞의 남자가 조지가 기다리던 남자와는 엄청나게 다르다는 사실이 꺼림칙했다. 그는 화이트가 자기를 쌍둥이처럼 닮았을 것이라고 상상한 적이 없었다. 그럼에도 화이트는 조지와 생김새 하나하나가 똑 닮았다. 매일 아침 거울 속에서 면도를 하며 마주보는 사람이 화이트라고 해도 될 만큼 닮았다. 하지만 조지와는 다르게 주변을 압도하는 강력하고 오만한 인상 탓인지 조지는 그에게 살짝 거부감을 느꼈다. 화이트는 책상에 구부정하게 앉아 지루하게 숫자만 계산하는 사람이 아니라 활력이 넘치며 기다란 회의실 테이블 상석에서 중대한 결정을 하는 명석한 사람이었다. 내일의 일보다는 오늘을, 오늘이 제공하는 좋은 일을 훨씬 더 많이 생각하는 사람이었다. 그리고 그 좋은 일의 가치를 언제나 가늠할 수 있는 사람이었다.

비길 데 없이 말쑥하게 재단된 옷을 보아도 알 수 있지만 잘 손질된 날렵한 손에 깃든 우아함과 강인함, 그리고 조지의 눈동자를 바라보는 눈동자에서 번득이는 무자비하지만 동시에 즐거워하는 느낌에서 화이트의 그런 면모가 확연히 드러났다. 화이트의 눈동자를 쳐다보았을 때 조지는 손에 닿을락 말락 하는 구체적인 생각을 찾아 더듬거리고 있는 자신을 보았다. 자신의 모습이 화이트의 눈동자 속에 비치고 있었다. 그것은 그저 상像에 불과한 것일까? 아니면…….

화이트가 말을 움직이자 조지는 꼬리를 물고 이어지던 생각에서 퍼뜩 깨어났다. 화이트가 태평스러운 어조로 말했다.

"자네 차례야. 게임을 계속하고 싶다면 말이야."

조지는 보드를 보았다. 그가 갖춘 진형은 여전히 탄탄했다.

"내가 게임을 계속하지 않을 이유가 뭐겠나? 각자의 진형을 보면……."

화이트가 바로 말을 막고 들어왔다.

"이 시점에서 우리는 동일해. 자네는 멀리까지 내다보는 데 실패했어. 나는 이길 게임을 하고 있고, 자네는 오로지 지지 않기 위해 게임을 하고 있지."

"그게 그거 아닌가?"

조지가 받아치자 화이트가 대답했다.

"그렇지 않아. 내 말을 증명해볼까? 이 게임을 이겨보지. 그리고 체스를 둘 때마다 족족 이겨 보이겠네."

대담무쌍한 선언에 조지는 가슴이 철렁해 반박했다.

"마로치는 방어 전략에 크게 의존한 명인이었어. 자네가 마로치의 게임을 잘 알고 있다면……."

"나는 딱 자네 정도로 마로치의 게임에 익숙해. 그런데 말이지, 난 한 치의 망설임도 없이 말할 수 있어. 내가 마로치와 체스를 뒀다면, 모든 게임에서 이겼을 거야."

조지의 얼굴이 벌게졌다.

"자기 자신을 꽤 높게 평가하는군."

화이트는 기분 나빠하기는커녕 그를 가없는 연민의 눈으로 보았다. 조지는 약간 놀랐다.

화이트가 이윽고 입을 열었다.

"아니. 나를 높게 평가하는 건 자네야."

그리고 눈앞에 슬그머니 놓인 덫을 가까스로 피한 양 고개를 내젓고는 냉소하듯 입매를 뒤틀고 다시 말했다.

"자네 차례야."

조지는 머릿속에 쌓여가는 막연하고 꺼림칙한 생각들을 애써 뿌리치고 수를 두었다. 두어 수 정도를 더 두었을 때 그는 자신이 일말의 여지도 없이 부끄러울 정도로 처참하게 패배했음을 뼈저리게 깨달았다. 두 번째 게임도 졌고 그다음에도 져서 네 번째 게임을 할 때는 전략을 바꿔보는 암담한 시도까지 했다. 열한 번째 수에서 공격을 취할 수 있는 강력한 기회가 왔지만 망설이다가 기회를 놓친 뒤 또다시 지고 말았다. 조지는 우울하게 체스 말을 상자에 넣기 시작했다.

"내일 올 건가?"

조지는 화이트가 즐거워하는 기색이 너무 뚜렷해서 완전히 짜증이 난 어조로 물었다.

"날 방해하는 게 없다면."

두려움에 갑작스레 소름이 돋았다.

"자넬 방해할 게 뭐가 있는데?"

조지가 가까스로 물었다. 화이트가 백색 퀸을 집어 들어 손가락 사이에서 천천히 돌렸다.

"흠……. 루이즈? 자네가 이런 식으로 재미를 보는 걸 자네 안사람이 막으려 들면 어떻게 하지?"

"왜? 그럴 이유가 없어. 지금까지 상관하지 않았다고!"

"이봐, 친구, 루이즈는 극도로 멍청한데다 짜증에 절어 있는 여자야……."

"잠깐만. 그런 식으로 말할 필욘 없잖아!"

조지는 속내를 따끔하게 찔려 움찔했다.

조지의 말이 들리지 않는 듯 화이트는 아랑곳 않고 말을 이었다.

"게다가, 이 집의 주인은 그 여자잖아? 루이즈 같은 부류의 사람은 자기가 집을 지배하고 있다는 걸 이따금 확인하고 싶어 한단 말이야. 별다른 이유도 없어. 허영심을 만족시키기 위한 짓이거든. 숨을 쉬려면 공기가 필요한 것처럼 그런 사람들에게는 그런 행위가 필요한 게지."

조지는 자기 안의 용기와 분노를 한껏 끌어모아 용감하게 맞섰다.

"그게 자네의 솔직한 의견이라면 자네가 이 집에 다시 올 권리는 없다고 생각해."

그가 말을 마치자마자 루이즈가 안락의자에서 일어나 그에게로 몸을 돌리고는 이름을 날카롭게 불렀다.

"조지, 오늘 저녁 유흥은 그 정도면 충분하지 않아요? 게임 실컷 했잖아요. 시간을 좀더 유익하게 쓸 수 없어요?"

"지금 치우고 있어."

그가 황급히 대답하고 적수의 손가락 사이에 끼어 있는 체스 말을 돌려받으려 손을 뻗었을 때 화이트는 루이즈를 살피고 있었다. 그의 표정에 조지는 움찔했다. 화이트가 조지를 향해 얼굴을 돌렸다. 어두운색의 유리알 같은 눈동자에서 마주보기 힘들 만큼 눈이 부신 불꽃이 타올라 빛을 뿜어냈다.

"그래, 그게 내 의견이야."

화이트가 느릿느릿 대답했다.

"저 여자의 사람됨도 싫고 이제껏 자네한테 해온 짓 때문에 저 여자를 혐오해. 증오로 숨이 막힐 것 같다고. 자, 이제 자넨 내 의견을 알았어. 아직도 내가 오기를 바라나?"

조지를 바라보는 그의 눈동자는 더이상 매정하지 않았다. 조지는 그 눈빛을 보았다. 화이트가 손에 쥐여주는 체스 말이 따뜻하고 든든하게 느껴졌다. 그는 잠시 머뭇거리다 헛기침을 하고 마침내 말했다.

"그럼, 내일."

화이트의 입술이 예의 낯익은 냉소로 뒤틀렸다.

"내일도, 그다음 날도, 자네가 원하면 언제든지 올 거야. 하지만 결과는 언제나 같을걸. 자넨 결코 날 이기지 못해."

화이트가 과장해서 말하지 않았다는 것은 시간이 증명해주었다. 조지는 또한 시간이라는 것이 달력이나 시계와 같은 도구가 아닌, 끝없이 계속되는 여러 번의 체스 게임이나 체스 게임 한 판을 하며 두는 수의 개수로 가늠하는 것이 훨씬 더 쉽다는 것을 깨닫게 되었다. 기쁜 발견이었다. 그보다도 더 기쁜 건 주위의 세계가 실은 마치 망원경을 거꾸로 쥐고 보는 풍경과 같다는 깨달음이었다. 그를 밀치고 건드리고 쑤셔대던 사람들, 그에게 계속 설명과 사과를 요구하던 모든 사람들이 어느 때보다도 선명하게 보였지만 동시에 렌즈 너머에 있는 것처럼 멀리 보이기도 했다. 그들은 아무리 가깝게 다가온다 해도 결코 아무것도 건드리지 못할 터였다.

루이즈만 유일한 예외였다. 매일 저녁, 세상은 체스보드와 조지의 맞은편 의자에서 평안히 앉아 있는 화이트를 중심으로 돌았지만 실내 한구석에 루이즈가 뜨개질을 하며 버티고 있었다. 그녀가 잔뜩 머금고 있는 불만의 기운은 때때로 그의 주위를 휘몰아쳤다. 루이즈는 조지가 결코 벗어날 수 없도록 꼬치꼬치 꼬투리를 잡으며 불평불만을 해댔다.

"어떻게 당신은 그 바보 같은 게임을 하는 데 시간을 다 쓰는 거예요? 말 좀 해봐요!"

그녀가 다그쳤다.

사실 그는 할말이 없었다. 결혼한 바로 그해부터 그랬다. 가정 내에서 남편은 목소리도 투표권도 없다는 것, 아내는 남편의 사무실 동료에 대해 듣고 싶지 않으며, 아내의 표현을 옮기면 '지식인인 척'하는 여러 주제에 대해서는 남편 혼자만 생각하는 게 최선이라는 사실을 통보받은 그때부터 아내에게 할말이 없었다.

"그런데 그 여자 말이 맞긴 하잖아."

한번은 화이트가 조롱 조로 정성껏 설명해주기도 했다.

"자네가 뜻대로 집을 깨끗하고 품위 있게 꾸몄다면 루이즈는 낯선 나머지 자기 집이 아닌 것처럼 느꼈을 거야. 자네와 일하는 사람을 잘 알게 되면 친해져야 할 것 같아서 집에 불러 대접을 해야 할 수도 있지. 그렇게 되면 자기의 숨길 수 없는 무식함이 드러날 수밖에 없으니 절대 피해야 해. 지금 하는 것처럼 자기 안의 공허한 공간에서 사는 게 훨씬 좋은 거야. 사람들이 그 여자 맘에 들지 않는 판단을 하도록 두지 않아도 되고."

화이트의 태도에 언제나 그렇듯 조지는 격분해 화를 냈다.

"근거 없는 의견치고는 그럴듯하네. 루이즈에 대해 어떻게 그리 잘 아는 거지? 말 좀 해봐."

화이트가 반쯤 내리감은 눈으로 그를 바라보며 말했다.

"나는 자네가 아는 것만을 알아. 더 많이 알지도, 더 조금 알지도 않아."

조지는 이러한 논쟁에 상처를 입고 아팠지만 게임을 하기 위해서 꾹 참았다. 루이즈가 조용히 있을 때면 세상은 실재하지 못하고 사라졌다. 실재하는 것은 체스보드뿐이었다. 화이트의 손이 일견 무모한 듯한 공격을 강화하며 현란하게 보드 위의 모든 것을 쓸어갔다. 그런 화이트를 우러러보며 조지는 실망에 잠길 수밖에 없었다.

화이트의 단점은 게임에선 전혀 의미가 없어. 조지는 슬프게 생각했다. 화이트의 단점은 불쾌한 말버릇이었다. 게임 도중에 체스의 과학에 대한 잡설을 늘어놓다가는 으레 건방진 어조로 조지의 개인사를 지나치게 왜곡하며 이야기를 끝내는 것이다.

언젠가 화이트가 말했다.

"남자가 체스를 두는 방법을 보면 그 남자의 본성을 알 수 있다는 거 알지? 이런 관점에서 본다면 자네가 항상 방어하는 편을 선택해 계속 진다는 것에 어린 중대한 의미를 알 수 있지 않나?"

이런 말도 이미 충분히 불쾌했지만, 루이즈가 조지에게 무슨 요구를 한다든가 아니면 보드를 치우라며 대놓고 게임을 방해하면 화이트는 극도로 야만적으로 굴었다. 턱에 힘을 잔뜩 주고, 그는 루이즈를 볼 때마다 으레 그러듯 속에서 들끓어 오르는 듯한 끔찍한 증오로 눈을 불태웠다.

한번은 루이즈가 보드에서 말 하나를 집어 체스 세트 상자 안에 홱 던져 넣은 적이 있었다. 도가 지나친 그녀의 행동에 화이트가 벌떡 자리에서 일어났고, 너무나 빠르고 냉혹한 기세에 놀라 조지 또한 펄쩍 일어났다. 혹시 발생할지 모르는 경솔한 행동을 막기 위해서였다. 루이즈가 조지를 노려보았다.

"그렇게 펄쩍 뛸 필요는 없잖아요?"

그녀가 쏘아붙였다.

"내가 뭘 부수기라도 했나? 조지 허니커 씨, 분명히 말하는데, 바보 같은 짓거리를 멈추지 않는다면 손수 멈춰드리겠어요. 말 하나하나를 가루 내버릴 테야. 그래서 당신이 다시 인간처럼 행동하게 된다면 말이야!"

"대답해! 대답하란 말이야, 왜 자네는 저 여자에게 대꾸를 못하나!"

화이트가 말했다. 불처럼 뜨거운 두 사람 사이에서 조지는 아무 것도 할 수 없었다. 그저 그 자리에 서서 무기력하게 고개를 흔들 뿐이었다.

이 사건으로 화이트의 태도에 새로운 변화가 생겼다. 그의 입에서 나오는 모든 단어와 구절에 사악한 의도가 깔리게 된 것이다.

"저 여자가 체스 두는 법을 알면 게임을 존경하게 될 수도 있고, 자네가 두려워할 게 사라질 수도 있어."

"그렇긴 하지만 루이즈는 체스를 두기엔 너무 바빠서……."

조지가 변명하듯 대답했다.

화이트가 의자 안에서 몸을 돌려 그녀를 보더니 음울한 미소와 함께 몸을 되돌렸다.

"뜨개질을 하고 있군. 그런데 말이야, 저 여자는 항상 뜨개질을 하는 것 같아. 그걸 보고 바쁘다고 하는 건가?"

"자네 생각은 다른가?"

화이트가 대답했다.

"다르지. 나는 전혀 그렇게 생각지 않네. 페넬로페는 들러붙는 구애자들을 뿌리치기 위해 남편이 돌아올 때까지 베를 짜며 여러 해를 보냈지만, 저 여자는 삶을 뿌리치기 위해 죽는 순간까지 뜨개질을 하며 시간을 낭비하고 있어. 자기가 하는 일을 즐기지 못한다는 거, 장님이라도 알아챌 정도 아닌가? 바늘 끝에 코가 하나하나 꿰일 때마다 그녀 또한 한 순간 한 순간 죽음에 더 가까이 다가가고 있어. 깨닫지는 못하는 듯싶지만, 실은 그러면서 기쁨을 느끼고 있는 거라네, 저 여자는."

"안사람이 체스를 두려고 하지 않는다는 단순한 사실에서 그 모든 것을 짐작할 수 있다는 건가?"

조지가 말도 안 된다는 듯 다그쳤다.

"체스만이 아니야. 인생을 살려고도 안 하잖아."

화이트가 대답했다.

"인생을 살려 하지 않는다니, 대체 무슨 말인가?"

"많은 의미가 있지. 배우고자 하는 허기, 창조하고자 하는 욕망, 거대한 감정들을 느끼는 능력. 아, '인생'이란 말에는 많은 뜻이 있어."

화이트의 말에 조지가 조롱 조로 대꾸했다.

"많기는 하네그려. 대단한 단어들이라는 거 외엔 별 의미는 없는 것 같지만."

화이트는 움찔하지도 않고 예의 냉소적 표정으로 입술을 뒤틀며 말했다.

"대단한 단어들이고말고. 유감스럽게도 저 여자에게 쓰기엔 너무나 대단한 단어들이지."

그가 체스 말을 움직이는 바람에 조지 또한 어쩔 수 없이 체스보드로 주의를 되돌릴 수밖에 없었다.

조지의 약한 고리를 발견하여 찌르고, 찌르고 또 찌르며 화이트는 가학적인 기쁨을 누리는 것 같았다. 그는 체스 게임에서 그러듯 대화에서도 선공을 퍼부었다. 언제나 잔혹하고 대담하게 정해져 있는 결론을 향해 전진하였다. 조지는 무력감에 몸부림치며 아내에 대한 이야기를 제발 집어치우라고, 다시는 말도 꺼내지 말라고 요구하고 싶을 때가 한두 번이 아니었지만, 언제나 마음만으로 그쳤다. 머릿속 깊숙이에서 경고가 들려왔기 때문이다. 화이트가 즐기는 도락적 대화는 체스 실력만큼이나 화이트의 일부였다. 조지가 화이트를 원한다면 화이트의 얘기도 견뎌야 할 것이다.

조지는 그를 원했다. 필사적으로 원했다. 어느 날 저녁, 집에 와 당분간 출근하지 않게 되었다고 아내에게 말한 끔찍했던 날은 특히 더 그랬다. 아니, 해고를 당한 건 물론 아니지. 예전처럼 상태가 괜찮아졌다고 느낄 때까지는 휴직을 하라는 뭐 그런 말이야. 아내의 얼굴이 축 처지며 창백해지는 것을 보았을 때 그는 놀라서 서둘러 덧붙였다. 이제까지 살면서 지금처럼 상태가 좋았던 적은 없는 거 같아.

그다음에 벌어진 일은 이랬다. 아내가 눈앞에 버티고 서서 열정적으로 쏟아내는 의견을 듣고 그는 속이 울렁거릴 정도로 충격을 받았다. 화이트가 했던 말들이 쓰디쓴 물결을 타고 머릿속을 헤치고 들어왔다. 기진맥진한 루이즈가 이윽고 뜨개질감을 들고 안락의자에 앉아 눈앞의 벽에 공허하게 시선을 고정했을 때 그는 테이블에 체스 말을 늘어놓기 시작했다. 짠내가 흠뻑 밴 고통의 물결은 그 때서야 잦아들었다.

"이 모든 것에 대한 해결책이 하나 있다니까."

화이트가 부드럽게 속삭이며 루이즈를 향해 시선을 돌렸다.

"생각해보면, 정말 놀라울 정도로 손쉬운 해결책이야."

조지의 몸속을 싸늘한 기운이 훑고 지나갔다.

"듣고 싶지 않아."

그가 쉰 목소리로 말했지만 화이트는 집요했다.

"눈치챈 적 없나, 조지? 루이즈가 그토록 숭배하는 저 그림 말이야. 액자는 지독할 정도로 화려한 바로크 양식이지만 알맹이는 흔해빠진 보잘것없는 그림이지. 저 그림을 보면, 최대한 음량을 키워 연주를 하고 있는 오케스트라 사이에서 튀려고 안간힘을 쓰는 피리랑 똑같다는 생각이 들어. 한심하지."

조지는 체스보드를 가리켰다.

"어서 첫수나 둬."

"아, 체스. 체스가 급한 게 아니잖아, 조지. 난 말이지, 지금은 이 방, 아니, 근사한 이 저택 전체가 전부 자네 것이라면 어떨지 생각해보고 싶어. 자네 혼자서 차지한다면 어떨지 말이야."

"체스 좀 두자."

조지가 애원했다.

"또 있어, 조지."

화이트가 느릿느릿 말하며 몸을 앞으로 숙였다. 그의 눈동자 속에서 조지가 자기 자신을 이상한 듯 쳐다보고 있었다.

“근사한 생각이 또 있다고! 이 방에 자네 혼자 있다고 상상해봐. 체스를 그만두라고 말할 사람이 없어. 그렇다면 자네는 아침에도, 정오에도, 밤에도 체스를 둘 수 있다네. 아니, 원한다면 이튿날 아침까지도 둘 수 있어!

그게 다가 아니야, 조지. 저 그림 따위는 창밖으로 던져버리고 좀더 그럴듯한 작품을 벽에 걸 수 있어. 괜찮은 명화 복사본 두세 장? 값비쌀 필요는 전혀 없어. 아침에 일어나서 볼 때마다 자네를 살짝 흥분시켜주는 그림인 거지. 음반은 또 어떻고! 조지, 요새 좋은 음반들이 꽤 많다며? 오페라와 교향곡과 협주곡과 실내악 사중주가 이곳을 꽉 채운다고 생각해봐. 그저 원하는 음반을 골라서 진저리가 날 때까지 틀어대는 거야!”

화이트의 눈동자 속에 비친 그의 모습이 계속 다가왔고, 기쁨에 찬 단어들의 물결과 단어들에 깃든 끔찍한 의미에 조지의 머리가 핑핑 돌았다. 그는 양손으로 귀를 틀어막고 미친듯이 고개를 내저었다.

그가 소리를 질렀다.

“돌았어? 그만해!”

그는 양손이 귀를 막고 있는데도 화이트의 목소리가 어느 때보다 뚜렷하고 명백하게 들린다는 사실을 깨달았다. 끔찍했다.

"외로울까 봐 두려운 건가, 조지? 어리석구만! 자네와 말을 섞고 싶어 하고, 더 나아가서는 자네의 이야기를 듣고 싶어 하는 사람은 많아. 기꺼이 자네 친구가 되고자 하는 사람이 많다니까? 심지어는 자네가 원한다면 자네를 사랑해줄 사람들도 있다고."

"외로울까 봐 두렵냐고? 내가 두려워하는 게 외로움이라고 생각하는 거야?"

조지가 어이없다는 어조로 말했다.

"그럼 아닌가?"

조지가 떨리는 목소리로 말했다.

"그 답은 자네가 나만큼이나 잘 알고 있지. 자네가 원하는 결론은 정해져 있잖나. 어떻게 내가 그렇게 잔인하게 행동하기를 바랄 수 있지? 나뿐 아니라, 양심적인 인간이라면 누구라도 그럴 수는 없어!"

화이트가 경멸하듯 이를 드러냈다.

"약하고 멍청한 여자가 한 명 있어. 자기보다 한없이 우월한 남자와 결혼해놓고 남편을 자기 수준으로 떨어뜨리는 여자야. 그래야 자신의 약하고 멍청한 면을 숨길 수 있으니까. 그런 게 인생의 유일한 야심인 여자가 여기 있다는 것보다 더 잔인한 게 뭐가 있나?"

"안사람에 대해 그런 식으로 말하지 마! 자네가 무슨 권리로!"

"내겐 그럴 권리가 있어."

화이트가 냉혹하게 대답했고 조지는 은연중에 그의 대답이 끔찍하지만 진실임을 깨달았다. 그는 솟구쳐 오르는 공포에 어쩔 줄 모르며 테이블 가장자리를 꽉 움켜쥐었다.

그가 심란한 어조로 말했다.

"안 할 거야! 그런 짓은 절대 못 해, 알겠나!"

"하지만 그렇게 될걸."

화이트가 말했다. 그의 목소리에 뚜렷이 어린 끔찍한 단정에 조지는 흠칫해 고개를 들었다. 루이즈가 날카로운 기세로 종종거리며 테이블을 향해 다가왔다. 이윽고 테이블 너머에 멈춰선 그녀는 화난 듯이 입을 달싹거렸다. 같은 말을 하고 또 하는 아내의 목소리가 갖가지 혼란스러운 생각 사이를 뚫고 울려 퍼졌다. 아내의 어조는 격렬했다.

"어쩌면 그렇게 멍청할 수가 있어요? 이게 다 체스 때문이야! 더이상 참을 수 없어!"

그녀가 갑자기 체스보드 위로 한 손을 휘둘러 보드 위에 있던 말들을 쓸어 내쳤다.

"안 돼!"

조지가 외쳤다. 루이즈의 손짓을 향해 외친 것이 아니었다. 아내 앞에 서 있는 화이트의 모습에, 그의 손에 들린 둔중한 불쏘시개의 모습에 놀라 외친 것이었다.

"안 돼!"

조지가 다시 소리치고 서둘러 불쏘시개의 낙하를 막으려고 했지만 늦었다는 것을 이미 알고 있었다.

자기 유해가 경찰 궤에 너저분하게 수습된 꼴을 보았다면 루이즈는 놀라 넋을 잃었을 것이다. 윤을 낸 마룻바닥 위에 시신이 든 궤가 현관까지 질질 끌려나가며 꼴사나운 흠집을 낸 것을 보았다면 분명히 큰 소리로 비명을 질렀을 것이다(비명을 지를 수 있는 상황이었다면 말이다). 하지만 룬드 총경은 운구가 끝나자 대수롭지 않은 듯 문을 닫고 거실로 몸을 돌렸다.

경위가 테이블 옆 의자에 조용히 앉아 있는 체구가 작은 남성의 신문을 마쳤지만 만족할 만한 대답을 얻지 못한 것이 뚜렷했다. 경위는 한 눈을 찌푸린 채 메모를 살피며 빠르게 거실 중앙으로 향했고 그런 그를 남자가 움직이지 않은 채 조용히 지켜보았다.

"다 됐나?"

룬드 총경이 물었다.

"다 됐습니다만……."

경위가 입을 열었다.

"아귀가 맞지 않는 게 하나 있습니다. 저자의 말을 종합해보면 이렇습니다. 이제까지 아무 문제 없이 다른 사람들과 잘 어울리며 살아온 남자가 있는데요. 그런데 갑자기 그 남자가 또 다른 자신, 또 다른 자아가 있다는 걸 알게 된 겁니다. 무슨 뜻이냐면 두 쪽으로 갈라진 한 사람이라고 할까요."

"정신 분열이군. 특이한 건 아니야."

룬드 총경의 말에 경위가 대답했다.

"아니죠. 어쨌든, 이 다른 인격은 전혀 착하지 않았고, 아니나 다를까 살인을 저지르게 된 겁니다."

"아귀가 맞는 것 같은데. 뭐가 문제라는 건가?"

"딱 한 가지인데요. 신원 문제가 걸립니다."

경위가 메모장을 보며 인상을 쓰고는 테이블 옆의 의자에 앉은 작은 체구의 남성에게 시선을 돌렸다.

"이름이 뭐라고 했죠?"

경위가 물었다.

작은 체구의 남자가 힐책하듯 냉소적으로 입매를 살짝 뒤틀었다.

"벌써 몇 번이나 말하지 않았습니까, 경위님. 또 잊어버리신 건가요?"

그가 산뜻한 미소를 지었다.

"제 이름은 화이트입니다. 화아이이트."

최상의 것

The Best of Everything

아서의 눈에 그들은 모두 같은 틀에서 찍어낸 것처럼 보였다. 모두 하나같이 키가 크고 체격이 좋았다. 짧게 친 머리칼과 근사하게 그을린 얼굴에 이목구비가 번듯했다. 점잖은 스타일의 값비싼 옷을 입은 그들은 흠잡을 데 없이 예의 발랐다. 대단한 가문 출신에 대단한 학벌을 갖췄으면서도 그런 것들을 대수롭게 여기지 않았다. 벌집처럼 빽빽한 도심을 무리 지어 다니는 사람들 사이에서, 금테두른 증권 문서의 산뜻한 향이 풍기는 고딕풍 고층 건물 사이에서, 마치 어항처럼 보이는 초현실적인 분위기의 유리 첨탑들 사이에서 그들은 눈에 띄게 두드러져 보이지도 않았지만 가려져 있지도 않았다.

그들은 좋은 가문과 학벌, 그리고 상사의 말을 예의에 어긋나지 않는 한도에서 열심히 듣는 척하는 태도 같은 자질을 갖추고 직장 생활을 시작했다. 모든 것에 그리 연연해하지 않는 그들의 태도는 일에 대해서도 마찬가지였다. 돈이라는 것의 보호를 받고 있기에 가능한 일이었다. 이런 여러 이유로 아서는 그들을 혐오하는 한편 그 부류에 속하기 위해서라면 영혼이라도 팔 기세였다.

신체적인 조건만 보면 그 또한 기준을 통과할 수 있었다. 아서는 키가 크고 매우 잘생긴 젊은이였다. 그가 지나칠 때마다 여성들은 으레 관심을 보이며 (그를 실제로 사귈 수 있는지는 관계없는 일이었다) 그를 향해 시선을 살짝 던졌다. 그는 날카로운 관찰력과 훌륭한 자제력에서 나온 침착한 태도를 지녔다. 하지만 좋은 가문이나 명문교 출신이 아니었고 초라한 액수의 봉급을 제외한 기타 수입도 없었다. 부모님은 장례 비용을 간신히 지불할 정도의 유산만 남긴 채 돌아가셨고 그는 일을 하기 위해 고등학교를 중퇴해야 했다. 이리저리 직장을 옮기던 아서는 최근 '호턴 앤드 선'이라는 회사에 정착했다. 그는 불시에 질문을 받아도 곧바로 자기 총자산을 페니 단위로 대답할 수 있었다. 도련님과의 준수한 청년들과는 달리 삶에 연연하지 않을 수 없었다. 부인할 수 없는 사실이었다.

'준수한 청년'이라는 말은 아서가 그런 부류를 극명하게 혐오하도록 만든 표현이다. 어느 날 아침 그가 호턴 씨의 사무실 밖에 서 있을 때였다. 호턴 씨가 고객의 아들 두 명을 배웅하기 위해 밖으로 나왔다. 두 젊은이의 시선이 잠시(몇분의 1초 정도) 아서를 향해 번득였다. 자기 부류가 아님을 바로 알아차린 그들의 눈동자는 곧 공허한 무관심의 빛을 띠었다. 누가 무슨 말을 한 것도, 어떤 행동을 취한 것도 아니었지만 그 순간 아서는 뚜렷하게 자신의 위치를 강제로 확인당한 채 그 자리에 남겨졌다. 증오와 분노가 내면에서 끓어올랐지만 이런 경우 무엇보다 불쾌한 부분은 보복을 할 수 없다는 것이었다. 그들을 건드릴 도리가 없었다. 그들이 사는 집과, 그들이 속한 클럽과, 그들의 삶은 그에게 접근 불가 영역이었다.

호턴 씨는 엘리베이터가 닫힌 후에야 아서의 존재를 깨달은 듯했다.

"준수한 청년들이야."

호턴 씨가 아쉬움에 가까운 어조로 엘리베이터를 가리키며 말하는 순간 그 표현이 아서의 머리에 뿌리를 내리고 비료까지 뿌려졌다. 아서의 열받은 마음에 호턴 씨의 저 말은 '그들은 우리 세계에 속해 있지만 자넨 아니군'이라고 덧붙이는 듯 들렸기 때문이다.

설상가상으로, 조금은 진부하게도, 앤 호턴이라는 존재가 있었다.

업무뿐 아니라 연애에도 열심히 도전하여 상사의 딸과 결혼함으로써 두 분야에서 모두 최고의 성공을 얻고자 하는 소망은 사회에 진출한 모든 젊은이들이 전통적으로 향유하는 일종의 권리였다. 상사의 딸이 아름답고 매력적이라면, 더군다나 그녀의 지인들이 감탄할 만큼 소박하기까지 하다면 더이상 바랄 게 없을 터였다. 앤 호턴이 그런 상대였다.

하지만 아서는 소박함에도 여러 수준이 있다는 점을 본능적으로 깨달았다. 사십 피트 규모의 요트를 간절히 열망하던 여자가 결과적으로 이십 피트 규모의 쾌속정에 만족한다면 그 또한 소박하다고 할 수 있으리라. 그런 점에서 앤 호턴은 소박했지만 오로지 불타는 열정과 용을 무찌르겠다는 열렬함으로만 접근하는 것은 상당히 무리였다. 금빛 갑옷을 입고 좋은 혈통의 말을 탄 기사가 되어 도시에서 가장 잘나가는 뮤지컬코미디의 오케스트라 좌석 정도는 가지고 와야 공주를 얻을 수 있었다. 게다가 구애자가 자기 의사를 확실히 하려면 한두 번에 그치지 않고 여러 번 그럴 수 있어야 했다.

아서는 매일 밤 마시 부인의 하숙집 방 침대에 누워 천장을 바라보며 곰곰이 생각했다. 자기 꼬리를 물고 스스로를 허기지게 먹어치운다는 전설 속의 뱀처럼, 여러 생각이 뒤섞여 자기들끼리 미친 듯이 회오리쳤다. 다른 여자들이 그를 바라보는 눈길로 앤 호턴이 아서를 본 적이 몇 번이나 있었다. 그녀를 만날 수만 있다면, 그녀가 필요로 하는 남자라는 인상을 심어줄 수 있다면 결혼도 비현실적인 일은 아닐 것이다. 하지만 그녀의 조건을 충족하려면 돈이 필요했고, 아이러니하게도 그가 돈을 얻을 수 있는 유일한 방법은 그녀와 결혼하는 것이었다. 제기랄! 결혼만 할 수 있다면 '준수한 청년'들의 밉상 얼굴에 흩뿌릴 정도로 돈이 많이 생길 텐데.

아서의 생각이 자기도 미처 깨닫지 못하는 새 천천히 모양새를 잡아가면서 앤 호턴은 그에게 목적이 아니라 수단을 뜻하는 존재가 되었다. '목적'이란 돈 계산 따위를 하지 않고도 최상의 것을 얻을 수 있는 사람들에게나 주어지는 영광을 뜻했다. '최상의 것'이라 꿈꾸듯 읊조리는 아서의 눈앞에 아름답고 값비싼 것들의 환영이 천장 위를 흐르는 구름처럼 펼쳐졌다.

찰리 프린스는 최상의 것이 뭔지 잘 아는 젊은이임이 분명했다. 그가 아서의 인생으로 들어온 것은 어느 날 점심시간 아서가 커피를 다 마셨을 즈음이었다. 아서는 눈으로는 테이블 위에 펼쳐진 호턴 앤드 선의 투자 설명서를 보고 있었지만 마음으로는 앤 호턴과 함께 이십 피트짜리 쾌속정 선상에 있었다.

찰리 프린스가 말을 걸었다.

"이렇게 물어봐도 기분 나빠하지 않았으면 좋겠는데, 노인네 밑에서 일해요?"

양갓집에서 태어나 명문 학교를 졸업한 사람의 목소리였다. 심지어 '노인네'란 단어를 쓰는 것마저도 그런 배경을 가진 자들에겐 자연스러운 것이었는데, 그 단어가 지금 그들 사이에서 유행이었기 때문이다. 진짜 나이는 상관없었다. 아서는 구두에서부터 양복, 셔츠, 넥타이, 모자로 차례차례 시선을 옮기며 머릿속으로 '올리버 무어', '브룩스', '설카', '브론지니', '카바나' 하고 기계적으로 브랜드를 읊다가 그의 얼굴에서 우뚝 멈췄다. 이목구비가 번듯한 그을린 얼굴이 예의 짧게 친 머리칼로 감싸여 있긴 했지만 뭔가 다른 점이 있었다. 눈가의 잔주름이라든지 살짝 비틀린 입술이라든지.

아서가 조심스럽게 대답했다.

"그렇습니다만. 호턴 앤드 선 직원입니다."

"여기 앉아도 될까요? 찰리 프린스라고 합니다."

이야기를 해보니 찰리 프린스는 테이블 위에 놓인 투자 설명서를 본 적이 있었고 전에 호턴 앤드 선에서 일한 적도 있기에 옛 직장이 어떻게 굴러가고 있는지 물어보지 않을 수 없었다고 했다.

"그러시군요."

아서가 대답하고는 덧붙였다.

"그런데 그쪽을 회사에서 본 기억이 없는데요."

"아. 당신이 이 회사에 오기 전이었나 봐요. 회사에서 내 이야기는 쉬쉬하고 있을 겁니다. 사실 나는 이 회사에 있어 오명 같은 존재거든요. 모종의 의심을 받아 일을 그만두게 되었답니다. 무슨 말인지 짐작하세요?"

"아."

아서는 자격 없이 입사해 심지어 회사에 순종적이지 않아도 될 만한 여유가 있는 자들, 대수롭지 않다는 듯 호턴 앤드 선 같은 회사를 떠날 수 있는 자들에 대한 씁쓸한 부러움을 살짝 느꼈다.

찰리 프린스는 그의 생각을 정확히 간파한 모양이었다. 그가 입을 열었다.

"아니, 업무 능력을 의심받은 건 아니었어요. 그렇게 생각하신 거라면요. 부정직함이 문제였답니다. 수표 서명을 날조한다든가…… 뭐, 그런 거요."

아서의 입이 떡 벌어졌다.

"놀랐어요?"

찰리 프린스가 유쾌한 어조로 말했다.

"그런 짓을 하다 잡혔으면 눈물을 흘리고 후회하고 슬픔에 잠겨 뉘우쳐야 하는 게 맞지만, 난 안 그래요. 아, 물론 그 자식한테 잡힌 건 잘못했어요. 쓸데없이 참견하던 경리 녀석! 이런 나를 당장 비난하고 싶겠죠?"

"왜 그랬습니까?"

찰리 프린스가 미간을 찌푸렸다.

"내가 도둑질 자체에서 흥분을 느끼는 바보 정신병자처럼 보이는 건 아니겠죠, 그렇죠? 당연히 돈이 필요했으니까 그랬죠. 언제나 돈 때문입니다."

"언제나요?"

"아, 호턴 앤드 선 말고 다른 회사에서도 근무했거든요. 언제나 의심을 받고 회사를 그만뒀어요. 사실 호턴에서 일하고 나서야 인생의 가장 큰 교훈을 배웠답니다."

그가 몸을 앞으로 숙이고 집게손가락으로 의미심장하게 테이블을 두드렸다.

"필적 추적이라는 게 허풍이라는 걸 알게 됐죠. 완전 허풍이라니까. 서명을 조작하려면 손으로 계속 따라 쓰는 연습만 하면 돼요. 아무렇게나 써도 비슷해질 때까지 계속 써보는 거예요. 그게 전부고, 유일한 방법이에요."

"하지만 걸렸다면서요."

"주의를 안 해서 그런 거예요. 수표를 현금화하면서 장부에 기재를 하지 않았거든요. 아시죠? 장부가 맞지 않을 때 경리들이 어떻게 구는지."

아서는 꽤 흥미를 느꼈지만 궁금한 것을 어떻게 돌려 질문해야 할지 감이 잡히지 않은 탓에 예절을 지키는 선에서 물어보았다.

"그래서 어떻게 되었나요? 회사에서…… 그쪽이……?"

"체포됐냐, 감옥에 갔냐, 그런 거요?"

찰리 프린스가 동정하듯 아서를 보았다.

"당연히 아니죠. 그런 게 외부에 공개되는 거, 회사들이 신경쓰는 거 알죠? 게다가 아버지가 돈으로 무마했으니 그걸로 끝이었어요."

"그래서 그쪽한테 아무 일도 없었다고요?"

아서가 경악하자 찰스 프린스가 인정했다.

"흠. 무슨 일이 있기는 했죠, 물론. 특히 우리 아버지가 시끄럽게 소리지르면서 난리를 친 다음이었으니까요. 완전 열받은 주전자 같았다니까. 하지만 그리 나쁘진 않았어요. 진짜로. 나는 그저 일종의 송금 생활자? 그런 게 되었죠."

"일종의, 뭐요?"

아서가 멍하니 물었다.

"송금 생활자요. 왜, 예전에 영국의 유서 깊은 가문들이 말썽쟁이 자식들을 오스트레일리아 등지로 멀리 보내서 눈에 띄지 않게 했던 거 있잖아요. 일단 치운 후엔 생활비를 보내주면서 눈에 띄지만 않는다면 정기적으로 송금해주겠다고 약속하죠. 그게 나한테 일어난 일입니다. 노인네는 처음엔 동전 한푼 주지 않고 이 차갑고 어두운 세상으로 나를 내던질 생각이었지만 우리집 여자들이 마음이 약하거든요. 아버지가 설득당했죠. 다달이 생활비를 받기로 했는데 나와 살아보니 그 두 배는 필요하더군요. 아무튼, 그 대가로 나는 살아 있는 한 우리 가족 앞과 가족이 활동하는 범위 내에서는 모습을 드러내면 안돼요. 그런데 그 범위가 무진장 큰 게 문제입니다."

"그럼 뉴욕에 있으면 안 되는 거 아닙니까?"

"송금 생활자라고 했잖아요. 그게 어떤 거냐면, 이 지역에 있어도 우리 가족이나 가족의 지인들 눈에만 띄지 않으면 송금은 계속된다는 거예요. 지인이 삼백만 명은 되는 것 같지만요. 고문 변호사에게 주소를 적은 메모를 주면 매달 초하루에 그 주소로 생활비가 와요."

"그 정도면, 모든 걸 고려했을 때 부친께서 상당히 너그럽게 처리하신 것 같습니다."

아서가 말하자 찰리 프린스가 한숨을 쉬었다.

"솔직히 말하자면 우리 아버지는 꼰대는 아니에요. 하지만 아들이 일종의 성스러운 젊은 학자 같기를 바라는, 괴상한 취향의 저주를 받았다고나 할까. 그런데 나는 그런 학자가 아니거든. 무슨 뜻인지 알죠? 아버지는 어디서나 볼 수 있는, 겉으로도 속으로도 지루해빠지고 탁탁 튀는 활기 따위 없는 그런 꼬마를 원한 거예요. 내가 그렇게 자랐다면 모든 게 아주 매끄럽게 흘러갈 뻔했지만 난 그렇게 자라지 않았고 그래서 이 모양 이 꼴이 되었어요. 성경에 나오는 버려진 아들 이스마엘이 나예요. 생활비가 오려면 두 주나 남았는데 호텔 방이 잠겨 들어가지 못하는……."

아서는 말로 설명할 수 없는 흥분이 살랑이는 것을 느꼈다.

"잠겨 들어가지 못해요?"

"방세를 내지 못하면 그렇게 되는데 법인지 조롄지에 정해져 있대요. 그게 뭐든 진짜 배려라곤 손톱만큼도 없죠. 어쨌든 내가 하려는 말은, 내 인생담을 이렇게 다 들은 이상 당신은 나와 무관하지 않은 셈이에요. 내게 돈을 빌려줄 이유로는 충분하지 않나요? 너무 적은 금액은 좀 그렇고 중간은 되는 액수로요. 이자를 톡톡히 붙여서 다음달 첫날에 갚겠다고 약속할게요. 보장해요."

찰리 프린스의 목소리가 대놓고 애원하는 기색을 띠었다.

"내가 부정직한 면이 있다는 건 인정하지만 이제까지 살면서 빚에 대한 약속을 어긴 적은 한 번도 없어요. 오히려 빚을 갚는 데 강박관념이 있어서 이런 문제에 봉착한 거죠."

아서는 찰리 프린스의 완벽한 옷차림을 보았다. 태도는 시원시

원하고 잘 조절된 목소리는 듣기 좋았다. 잠시 전 살짝 일렁였던 흥분이 갑자기 중대한 의미를 띠었다.

그가 이윽고 입을 열었다.

"저기요. 지금 어디에 살아요?"

"당연히 아무데서도 못 살고 있죠. 문이 잠겨 못 들어가니까. 하지만 다음날 초하루에 이 시간대에 딱 맞춰 여기로 당신을 만나러 올게요. 돈을 돌려받는 것에 대해 걱정할 필요가 없을 것이라 맹세합니다. 이렇게 솔직하게 털어놓았잖아요. 내가 그쪽하고 눈높이를 맞추고 솔직하게 대했다는 걸 믿어도 되지 않아요?"

"그런 뜻이 아닙니다."

아서가 말을 이었다.

"내 말은…… 나와 방을 같이 쓰지 않겠어요? 호텔 방값을 청산하고 소지품을 가지고 나올 수 있을 만큼 돈을 빌려주면 내 방으로 올 수 있어요? 내가 사는 방은 꽤 괜찮습니다. 집 자체는 오래됐지만 잘 관리되고 있어요. 마시 부인은, 아, 집주인요. 마시 부인은 수다쟁이에 까다로운 편이긴 하지만 집을 깨끗하게 유지해요. 그리고 아주 싸죠. 그쪽이 돈을 많이 아낄 수 있어요."

어느덧 열렬한 영업으로 흐른 말투에 찰리 프린스가 의아한 표정으로 살피자 아서는 말을 우뚝 멈췄다.

"그게 무슨 얘기죠? 당신도 돈이 없어요?"

찰리 프린스가 물었다.

"아니, 돈하고는 전혀 상관없어요. 당신에게 빌려줄 돈이 있다니까요."

"그럼 왜 그렇게 열을 내면서 방을 같이 쓰려고 해요? 나 같은 놈과 같이."

아서는 갖고 있는 모든 용기를 짜냈다.

"알았어요, 말할게요. 내가 원하는 걸 그쪽이 갖고 있기 때문입니다."

찰리 프린스가 눈을 깜박거렸다.

"내가요?"

"내 말을 들어봐요. 나는 그쪽이 가지고 있는 걸 한 번도 가져본 적이 없어요. 그게 티가 나죠. 어째서인지, 티가 나요. 티가 난다는 걸 어떻게 아느냐면, 그런 청년들…… 그쪽 부친이 좋아하는 그런 청년들에게는 당신도 나한테 말한 식으로는 절대 이야기를 하지 않을 거잖습니까. 다르게 대하는 건 상관없습니다. 내가 원하는 건 당신처럼 보이는 방법이 정확히 뭔지, 당신 같은 청년들이 공통으로 공유하는 것이 뭔지 알아내는 겁니다. 좋은 가문과 돈을 칠했을 때 나는, 절대 바래지 않는 광택. 그게 내가 원하는 겁니다."

찰리 프린스가 신기하다는 듯 그를 보았다.

"우리가 방을 같이 쓰면 당신이 말한 그 신비로운 광택이, 그게 뭐든지 간에, 당신한테도 묻어날 거라고 생각하는 겁니까?"

"그건 내가 알아서 할 바입니다."

아서가 대답했다. 그는 개인 수표책과 펜을 꺼내 테이블 위에 놓았다.

"결론은?"

찰리 프린스가 생각에 잠겨 수표책을 쳐다보았다.

"솔직히, 내가 뭘 팔게 되는 건지 전혀 감이 안 오긴 하지만……"

그러고는 덧붙였다.

"매매가 성립되었습니다!"

함께 살아보니 두 사람은 환상적인 룸메이트였다. 한 명은 이야기를 하기 좋아하고 다른 한 명은 듣기를 좋아하는 것만큼 조화로운 상성은 없다. 각종 일화와 추억거리가 담긴 우물은 바닥이 보이지 않을 정도로 깊어서 찰리 프린스는 더없이 기쁘게 물을 길어냈고 아서는 청중으로서 열병을 앓는 것처럼 뜨거운 관심을 보였다. 마시 부인네 하숙집 2층 앞쪽 방에서 펼쳐지는 삶은 평온했다.

옥에 티가 있기는 했다. 찰리 프린스는 아서가 지나치게 훌륭한 청중이라는 생각을 때때로 했을 것이 틀림없다. 하지만 세부 사항에 대한 아서의 허기는 쉽게 채워지지 않았다. 요트 여행담을 기껏 시작했는데 요트의 규모와 구조, 가동 방법을 설명하고 여러 가지 다양한 소형 보트의 대비되는 장점들에 대한 강의를 한 후에야 이야기의 핵심으로 넘어갈 수 있다는 것은 이야기꾼에게는 당혹스러운 일이었다. 또는 어떤 레스토랑에서 만난 젊은 여성에 대한 소소하지만 흥미로운 일화를 이야기하려고 하는데 그 일화에서 가치 있는 정보란 정보는 모두 얻고 싶어 하는 청중 때문에 여러 다른 상황에서 레스토랑 수석 웨이터에게는 어떻게 말을 건네야 하고 주문은 어떻게 하며 팁은 어떻게 주고 어떤 복장을 갖춰야 하는지 등등 여러 설명을 끝없이 덧붙여야 하는 것도 고역이었다.

찰리는 상당히 훌륭한 관찰력을 가지고 있었기에 아서가 서서히 자신과 비슷해져가는 모습을 보면서 꽤 괴로웠을 법하다. 목소리의 억양, 단어의 선택과 사용, 앉고 걷고 서는 자세나 손짓의 모양 등등 아서가 세세한 부분까지 차용한 모습에 찰리 프린스는 살아 있는 거울을 보는 듯, 다소 불편한 감정을 느꼈으리라.

아서 또한 찰리와의 관계에서 크게 충격을 받은 점이 있었다. 찰리 프린스와 그의 작은 세계는 실로 유치했다. 아서가 캐낸 정보를 종합하여 냉철히 판단한 바에 따르면 찰리 프린스나 그가 속한 부류는 유년기에서 청소년기로 접어든 이후 성장을 멈춘 것으로 보였다. 신체적으로는 계속 성장하며 더 근사해졌지만 정신적으로나 감정적으로는 사춘기에서 벗어나지 못했다. 어른의 말과 행동 양식을 익혔지만 표면 밑에 숨은 알맹이는 과연 어떨까? 물론, 아서가 그런 판단을 입 밖으로 낼 일은 없었다.

아서가 받은 느낌은 찰리 프린스가 받는 생활비 때문에 더욱 깊어졌다. 매달 초하루마다 마시 부인은 찰리 프린스가 수신자로 된 봉투 하나를 들고 미소를 지으며 그들의 방으로 왔다. 값비싸 보이는 봉투를 위로 들어 전등빛에 대면(찰리 프린스는 봉투를 열기 전마다 으레 그렇게 했다) 고액권으로 추정되는 종이의 그림자가 비쳐 보였다. 제임스 루엘린이 서명한 오백 달러짜리 수표의 그림자였다.

"우리집 고문 변호사야."

찰리 프린스가 설명하다 슬며시 씁쓸함을 드러내며 덧붙였다.

"우리 아버지 같은 아버지 한 명도 힘든 판인데 루엘린 노인네는 어릴 때부터 두 번째 아버지처럼 굴었어."

찰리 프린스에게 오백 달러는 소액이었다. 아서에게 그것은 열쇠였다. 아서의 손이 닿을락 말락 한 마법의 정원으로 가는 열쇠. 입장을 거부당한 푸른 수염의 방을 열어줄 열쇠이자 그를 앤 호턴에게 인도해줄 열쇠였다. 원하는 것을 사주지는 못하지만 적어도 문은 열어줄 터였다.

아서를 더욱 애태우는 것은, 매달 두어 시간은 수표가 전적으로 아서의 소유라는 사실이었다. 찰리 프린스가 수표에 배서를 하면 아서는 자기의 보잘것없는 개인 계좌가 있는 은행에 가서 현금화하는 수고를 했다. 그는 찰리 프린스 몫의 집세와 전달의 마지막 주나 그 전주에 빌려간 액수를 꼼꼼히 계산하여 제한 후 나머지 금액을 찰리 프린스에게 넘겼다. 그렇게 하자고 주장한 이는 찰리 프린스였다.

"내 몫의 방세와 내가 빚진 금액을 확실히 셈하고 싶다면 이게 가장 좋은 방법이야. 게다가 너는 현금화를 쉽게 할 수 있지만 나는 그쪽으로는 문제가 많거든."

그리하여 매달 두어 시간 동안 아서는 다른 사람이 되었다. 찰리 프린스는 의복을 빌려주는 데 너그러운 편이라 아서는 특히 수표를 현금화하는 날에는 반드시 훌륭하게 재단된 고급 원단의 양복을 입었다. 마치 아서를 위해 지어진 것처럼 잘 맞는 양복 가슴께의 주머니에는 빳빳한 신권으로 받은 오백 달러가 든 지갑이 있었다. 수표를 현금화하는 날은 아서가 사람들에게 풍기고자 했던 바로 그 인상을 실제로 풍길 수 있는 날이었다.

그가 고용주의 사무실에 들어갔을 때 앤 호턴이 책상 한구석에 앉아 아버지에게 이야기를 하고 있었다. 자리에 선 아서를 흘낏 본 그녀는 말을 바로 멈추고 노골적으로 호의를 드러내며 그를 아래위로 훑었다.

"아버지. 이 젊은 분을 회사 여기저기서 여러 번 뵌 적이 있는데 이제까지 소개를 시켜주시지 않다니 아버지도 참 매너가 별로예요!"

그녀가 아버지를 대하는 방식에 아서는 깜짝 놀랐다. 무슨 이유에선지 그는 항상 호턴 씨를 산 정상에서 번개를 소환하는 무시무시한 존재라고 상상하고 있었던 것이다. 더욱 놀라웠던 것은 호턴 씨가 잠시 주저하다가 (아서가 누군지 기억하지 못한 듯 어색한 순간이 잠시 흘렀다) 아서의 귀에 음악처럼 들리는 단어들을 써서 소개를 했다는 점이었다. 그가 따뜻하게 말했다. 준수한 청년인 아서 군을 소개할 수 있게 되어 참 기쁘구나.

황금 같은 기회가 드디어 찾아온 것이다. 하지만 그는 기회를 망쳤다. 끔찍하게 망쳤다. 요점을 찌르지 못하고 말을 늘어놓은 탓에 그의 말은 상상 이상으로 감상적이면서 촌스럽게 들렸다. 앤 호턴의 얼굴에서 빛이 채 사라지기도 전에 무엇이 문제인지 깨달은 그는 자기 자신과 세상 전체를 저주했다.

돈은 그의 것이 아니었다. 그 점이 문제였다. 돈이 그의 것이라면 그는 그날 저녁에 그녀를 만날 수 있었을 테고 다음날도, 또 그 다음날도 만날 수 있을 것이다. 하지만 돈은 그의 것이 아니었다.

그 돈은 지갑을 아무 의미 없이 불룩하게 만들 뿐이었다. 그를 여기까지만 인도할 뿐, 그 이상은 하지 못하는 존재였다. 그런 생각이 들자 다른 모든 것 또한 의미 없게 느껴졌다. 옷도, 몸가짐도, 자신이 바꾸려고 노력한 다른 모든 것이 의미를 잃었다. 돈 없이는 모두 장난에 불과했다. 하지만 돈만 있다면…….

그 돈만 있다면! 그때까지 그가 단지 그 자리를 어색해하는 것처럼 보였다면, 지금의 그는 진짜로 아픈 것처럼 보였다. 뇌리를 치고 들어온 충격적인 생각 탓이었다. 앤 호턴의 사랑스러운 눈동자에 우려의 빛이 깃들었다. 모성 본능이 강한 여자였다.

"몸이 좋지 않나 봐요."

그녀가 말했다.

그의 찬란한 깨달음이 그를 화염처럼 휩싸고 있었다. 그는 불사조처럼 화염에서 날아올랐다.

"네, 몸이 좋지 않네요."

그렇게 대답하는 자신의 목소리가 남의 목소리 같았다.

"심각한 건 아닙니다. 걱정하지 마십시오."

"그렇지만 바로 퇴근하셔야 될 것 같아요."

그녀가 단호하게 말했다.

"아래 차를 대놓았는데 지금 전 바쁜 일도 없고 하니……."

아서는 머릿속에서 주먹으로 이마를 세게 후려쳤다. 그는 이미 한 번의 기회를 놓쳤다. 이 기회 또한 놓쳐야 할 것인가? 하지만 그 순간 마시 부인의 하숙집이 너무나 형편없게 여겨졌다. 그런 하숙집으로 그녀를 데리고 갈 수는 없었다.

불현듯 떠오른 영감이 입속에 할말을 넣어주었다. 아버지와 딸에게 좋은 인상을 줄 적절한 말이었다.

"할 일이 많아서 도저히 퇴근할 수가 없겠어요."

그는 아련한 기운을 살짝 실어 씩씩하게 말했다. 그리고 마치 여러 시간 동안 연습한 대사처럼 편안하게 덧붙였다.

"하지만 호턴 양을 다시 만나고 싶습니다. 제가 내일 저녁 전화를 드려도……?"

선택의 여지가 없었어. 그 후로 그의 내면에서 불안함의 불꽃이 깜박이려 들 때마다 그는 단호하게 자신에게 말했다. 물론 찰리 프린스에게도 선택의 여지가 주어지지 않았다. 정확히 자정 칠 분 전, 목이 졸려 거세게 항의의 몸부림을 치던 찰리 프린스는 죽은 채로 침대에 누워 있었다. 숨은 완전히 끊겼다. 만약을 위해 아서의 손가락이 목덜미에 일 분이라는 긴 시간 동안 더 붙어 있었다.

'잡힐 가능성이 가장 적은 살인자는 군중 속에서 희생자에게 총을 쏜 후 사라지는 사람'이라는 말이 있다. 지나치게 머리를 쓴 살인 방법은 살인자를 교수대로 인도한다는 말을 달리 표현한 것이다. 그런 면에서 보면 아서는 현명하게 살인을 저지른 셈이었다. 실제로 현명해서 그랬던 건 아니지만.

실제로 일어난 일은 이렇다. 앤 호턴 곁을 떠난 순간부터 마침내 찰리 프린스의 목덜미에서 손아귀를 뗀 순간까지, 그는 눈이 먼 듯 열병에 사로잡혀 있었다. 무엇을 해야 하는지는 확실했지만 어떻게 해야 하는지는 생각조차 하지 않았다. 시체를 내려다보고 있을 때에야 비로소 무슨 짓을 했는지에 대한 깨달음이 소스라치듯 뇌리를 덮쳤다. 아서는 어안이 벙벙하여 완전히 길을 잃은 듯한 기분이었다. 한 영혼이 이 세상을 떠났다. 의문의 여지가 없었다. 하지만 육체는 남아 있었다. 제기랄, 이걸 어찌해야 한다?

뭔가로 둘둘 싸서 벽장 안에 넣는다면 당장은 눈에 띄지 않을 것이다. 하지만 그래서 얻는 것이 무엇인가? 마시 부인은 매일 아침마다 방안을 정돈하고 휴지통을 비웠다. 벽장문에 잠금장치가 달려 있지 않은 이상, 부인이 안을 들여다보지 않게 만들 도리가 없었다.

구석에 있는 찰스 프린스의 트렁크를 이용하는 건 어떨까? 시체를 넣은 후 어딘가로 부칠 수도 있을 것이다. 어디로? 그는 머릿속에서 질문에 대한 대답을 애타게 찾았지만 허사였다. 살인을 들키지 않고 시체를 넣은 트렁크를 보낼 수 있는 곳은 이 세상에 없다는 결론을 내릴 수밖에 없었다.

하지만 트렁크가 올바른 실마리인 건 맞았어! 마침내 해답에 이르렀을 때 그는 즉각 실행 방법에 몰두했다. 이 하숙집에는 마시 부인이 창고로 쓰는 축축한 동굴 같은 지하실이 있었다. 입구를 막고 있는 둔중한 문(비록 잠겨 있던 적은 없지만) 탓에 계절에 상관없이 적막하고 서늘했다. 사람이 잘 가지 않으므로 몇 년 동안 시체가 썩는다 해도 아무도 눈치채지 못할 터다. 별문제 없이 시체를 처리할 방법을 찾았으니 트렁크에 시체를 넣어 지하실로 가져가는 일만 남았다.

짜증이 났다. 트렁크는 커 보였지만 시체가 간신히 들어갈 정도여서 일을 산뜻하게 처리하기가 쉽지 않았다. 마침내 그는 트렁크를 꽉 닫아걸고 복도로 나섰다. 계단을 반쯤 내려갔을 때 사고가 발생했다. 트렁크가 등에서 미끄러져 내리는 것 같아 바로 세우려고 힘껏 들어올린 순간, 트렁크는 머리 위를 훌쩍 넘어 계단 밑의 바닥으로 떨어지면서 천둥이라도 치듯 집안 전체를 흔들었다. 그는 바로 내달려 트렁크가 단단히 닫힌 것을 확인했지만 곧바로 자신과 눈을 맞추며 서 있는 마시 부인을 맞닥뜨렸다.

발목까지 오는 하얀 플란넬 잠옷을 입은 마시 부인은 겁에 질린

유령 같은 모습으로 눈을 휘둥그렇게 뜨고 손가락으로 입술을 막고 있었다.

부인이 입을 열었다.

"이게 대체 뭔 일이래? 이봐, 총각, 조심했어야지!"

부인에게 트렁크 속을 꿰뚫어보는 능력이 있는 것처럼 아서는 트렁크 앞으로 몸을 던져 시야를 막았다.

"죄, 죄송합니다."

그가 말을 더듬었다.

"정말 죄송해요. 시끄럽게 하려던 건 아니었어요. 이게 미끄러져서……."

부인이 상냥하면서도 깐깐한 기세로 고개를 내둘렀다.

"벽이 긁혔을지도 몰라. 다친 건 아니우?"

그는 서둘러 부인을 안심시켰다.

"아닙니다. 아무 문제 없습니다, 전혀요."

마시 부인이 그의 옆으로 고개를 돌려 트렁크를 살폈다.

"어머? 그건 찰스 프린스라는 잘생긴 청년 트렁크 아니우? 이런 시간에 그걸 가지고 어딜 가는 게야?"

아서는 이마에 땀이 나기 시작하는 것을 느꼈다.

"아무데도 안 가요."

그는 쉰 목소리로 말했고, 대답을 이해하지 못한 부인이 인상을 쓰자 재빨리 덧붙였다.

"제 말은, 지하실에 가져다 둘 거라는 애기였어요. 찰리, 아니, 프린스 씨가 돕기로 했는데 보이지가 않아서 제가 혼자 하려고 한 거예요."

"꽤 무거울 텐데."

따뜻하고 연민이 어린 부인의 어조가 곤두선 신경을 어루만지며 가라앉혔다. 머릿속이 고급 손목시계의 초침처럼 매끄럽고 순조롭게 움직이기 시작했다.

"그렇긴 합니다."

그가 겸연쩍은 듯 웃었다.

"하지만 프린스 씨를 기다리기보다는 저 혼자 하는 게 나은 것 같아서요. 그 사람은 예측하기 힘든 사람이거든요. 내키면 그냥 사라져서 얼마나 오랫동안 안 보일지 알 수가 없어요."

"민폐를 끼치는 사람이구려."

마시 부인이 단호하게 말했다.

"아니, 아니요. 조금 괴짜일 뿐이에요. 친해지면 정말 좋은 사람이죠."

아서가 트렁크의 손잡이를 잡았다.

"여기서부터는 쉽게 가지고 갈 수 있어요."

마시 부인에게 한 가지 생각이 떠올랐다. 그녀가 재잘대듯 말했다.

"신기하기도 해라. 모든 일엔 이유가 있다는 게 진짜 맞는 말인가 봐. 내 말은, 총각이 시끄럽게 해서 내가 나온 것 말이우. 왜냐하면, 이제 지하실을 잠가놓아서 내가 없으면 거기 못 들어가거든. 열어줄 테니 기다려요. 가운만 걸치고 올게."

부인은 앞장서서 삐걱거리는 계단을 밟고 내려가 그가 트렁크를 밀고 들어올 때까지 지하실 안에서 기다려주기까지 했다. 조명이 희미하게 타고 있었고 그의 기억대로 눈에 보이는 모든 것 위에 먼지가 두껍게 앉아 있었다. 마시 부인이 고개를 절레절레 흔들었다.

"지독하지? 하지만 손댈 필요가 없다우. 일 년 넘게 여길 쓰는 사람이 아무도 없거든. 문에다 자물쇠를 단 건 오로지 보험회사가 원했기 때문이야."

아서는 발걸음을 옮기려 했다. 임무를 완수한 지금 기꺼이 자리를 뜨고 싶은 심정이었다. 아니, 간절히 떠나고 싶었지만 마시 부인은 눈치채지 못한 듯싶었다.

그녀가 말을 이었다.

"난 단기 하숙객은 별로라우. 내가 원하는 건 선량하고 안정된 신사지. 말썽도 안 부리고 귀찮게도 하지 않는 손님. 자, 트렁크를 저기다 놔요."

부인은 앙상한 집게손가락으로 잿덩어리처럼 보이는 것을 가리켰다. 다시 보니 그것은 재가 아니라 수년간 먼지에 묻힌 다른 트렁크였다.

"그 신사 양반이 들어왔을 때……."

나긋나긋한 재잘거림이 끝없이 이어지는 동안 아서의 다리는 계속 후들거렸다. 그는 1층 뒤편에 사는 신사와 2층 뒤편에 사는 신사, 그리고 3층 앞쪽에 사는 신사에 대해 알게 되었다. 그녀의 말은 댐 안에서 오랫동안 고여 있다가 방류된 물길처럼 끊임없이 쏟아져 나왔다. 그는 한 가지 생각에 집중하며 버텼다. 그는 살인을 무사히 덮었다. 진실로 그는 살인을 덮은 것이다. 그가 지하실 밖으로 나온 뒤 문이 닫히면 찰리 프린스는 이 안에서 썩어갈 것이며 이 세상 어느 누구도 알지 못할 것이다. 수표는 매달 도착할 것이다. 매달 오백 달러씩 계속……. 눈앞에 앤 호턴과 영광의 세계가 펼쳐졌다. 최상의 것! 마시 부인의 지치지 않는 목소리를 들으며 공상을 하고 있자니 황제가 잠행을 하는 기분이 어떤 것인지 알 것도 같았다.

부인의 혼잣말은 어느 순간 드디어 끝이 났고 둔중한 문은 닫혀서 자물쇠가 걸렸다. 그리고 아서는 새로운 신원을 접수했다. 올바른 사람들에게만 어울릴 것 같은 자신감, 그러나 살인을 덮고 무사히 빠져나왔다는 사실을 일말의 의심 없이 확신하는 부류에게 걸맞기도 한 자신감을 가지고. 불안감이 조금 남아 있었을 수도 있지만 두어 주 후가 흐른 어느 날 저녁에 그조차 깨끗이 사라져버렸다. 그는 복도에서 마시 부인을 마주쳤다.

"총각 말이 맞았어."

부인이 동정하듯 입술을 비죽 내밀며 말했다.

"프린스 씨는 괴짜야, 그렇지?"

"그런가요?"

아서가 머뭇머뭇 말했다.

"그렇다니까. 손에 닿는 종이마다 자기 이름 쓰는 걸 연습하는 버릇이 있더라고. 프린스라는 이름만 씌어 있는 종이가 한두 장이 아니라니까."

방안 휴지통! 모든 것이, 당치도 않은 부주의까지 오히려 이점으로 작용하다니 이 얼마나 끝내주는 일인가. 그는 이 얄궂은 행운에 얼굴이 상기되었다.

"다 자란 남자는 그런 것보다는 할 만한 일이 더 많을 거라고 생각하는데, 안 그러우? 그것만 봐도 알 수 있지."

아서가 냉큼 대답했다.

"네. 그렇지요."

이리하여 마시 부인의 하숙집은 평안함에 살포시 잠겼다. 아서가 예의 소중한 수표들을 적절하게 배서하는 데는 아무 문제도 없었고 돈을 쓰는 데는 더더욱 문제가 없었으므로 모든 것이 평화로웠다. 찰리 프린스의 의복을 시작으로 그는 자기 인생을 차분하게 고급화했다. 찰리 프린스의 이야기에서 배운 교훈으로 무장하고 그는 상류사회 사람들이 오가는 장소에서 상류사회 사람들이 행동해야 하는 식으로 행동했다. 고용주는 그를 따뜻한 눈빛으로 보며 환하게 웃었다. 너그러운 친척 아주머니께서 남겨주신 수입을 언급하자 눈빛의 따뜻함은 애정 수준으로 격상했다. 묘하게도 처음 함께 보낸 저녁 시간부터 그에게 끌리는 것처럼 보이던 앤 호턴과의 친분은 로맨스로 피어났다.

열정적이고 매혹적이며 헌신적인 여성. 앤 호턴에게서 그는 자신이 상상하던 이상적인 여성이 갖추어야 할 모든 것을 발견했다. 물론 그녀도 기묘하게 침묵하는 부분이 있었다. 말하기를 꺼리는 것으로 미루어 보아 다소 어두운 사정이 있는 듯했지만 그가 뭐라고 돌을 던진단 말인가? 따라서 그는 흠결 없이 매끄럽게 행동했고 그들이 처음으로 다툰 것은 결혼식에 대해 논의하기 시작했을 때였다.

결혼 자체에는 아무 문제가 없었다. 신부의 달이라는 유월에 식을 치른 후에는 호화로운 신혼여행을 계획하고 있었다. 여행에서 돌아오면 아서는 호턴 앤드 선에서 중요한 직책을 맡고 직책에 맞는 봉급도 받게 될 것이다. 그렇다. 결혼 자체에는 아무 문제가 없었다. 앤 호턴에게 구애했던 모든 '준수한 청년'들의 눈에 비친 부러움이 그 점을 증명했다. 하지만 예식에는 한 가지 중대한 문제가 존재했다.

그녀가 다그쳤다.

"어째서 그렇게 성대한 예식을 원하는 거예요? 저는 크게 치르는 게 싫어요. 사람들도 너무 많이 오고 야단법석도 싫고. 로마 서커스 같단 말이에요."

이유를 설명할 수 없었기에 문제는 더욱 복잡했다. 결혼식이 두 사람을 짝짓는 의식만이 아닌, 복수의 달콤한 도구라는 것을 아내될 사람에게 쉽게 설명할 길이 없지 않은가. 결혼식은 여러 신문에 보도될 것이고, 전 세계의 준수한 청년들이 그 모습을 보기 위해 참석할 것이다. 그들은 결혼식에 와야만 했다. 그렇지 않으면 입맛이 쓸 것이었다.

"당신은 어째서 다 생략하고 우리끼리만 작게 하길 고집하는 겁니까?"

그가 되물었다.

"신부에게 결혼식은 세상에서 가장 중요한 일이라고 생각했는데요. 보통은 자랑스러울 정도로 예식을 성대하게 치르고 싶어 하지 않나요? 당신 아버님과 고모님만 모시고 거실에서 치르는 건 전혀 결혼식처럼 느껴지지 않아요."

"당신이 거기 있잖아요. 당신만 있으면 결혼식은 충분해요."

그 정도의 여성스러운 입발림에 넘어가지는 않을 거라고 그는 명확히 밝혔다. 결국 그녀는 눈물을 터뜨리며 자리를 박차고 나갔고 그의 태도는 더욱 강경해졌다. 내 목숨이 걸렸다 해도 속전속결 예식으로 진짜를 대신하게 하지는 않을 거야. 그는 화가 나서 생각했다. 도시에서 가장 큰 예배당과 가장 중요한 사람들, 즉 최상의 것들을 전부 갖춰 식을 치를 작정이었다.

두 사람이 다시 만났을 때 그녀는 감정을 다스린 상태였고 그 또한 어느 정도 관대한 모습을 보였다.

그녀가 입을 열었다.

"내가 그렇게 행동한 게 참 바보 같았죠?"

"무슨 소립니까, 앤. 당신이 예민한 상태고 이 문제를 심각하게 생각하고 있다는 사실을 내가 모를 거라고 생각해요?"

"아서 당신은 참으로 다정한 사람이에요. 정말 다정해. 그리고 아마도 성대한 결혼식을 올리자는 당신 주장이 우리에게 좋은 영향을 끼치게 될지도 모르겠어요. 당신이 생각하는 이상으로요."

"어떻게요?"

"아직은 말할 수 없어요. 일이 잘 풀리면 몇 년 만에 내가 큰 행복을 느낄 거라는 건 말해줄 수 있지만요."

"일이 잘 풀리다뇨?"

예의 여성스러운 애매모호한 표현에 혼란스러워진 그가 물었다.

"내가 이야기하기 전에 당신이 대답해줘야 하는 게 있어요, 아서. 그런데 약속해야 해요. 꼭 솔직하게 대답하기로?"

"물론 약속합니다."

"당신은 정말 큰 잘못을 저지른 사람을 진심으로 용서할 수 있어요? 잘못을 저질렀지만 그래서 벌을 받은 사람요."

그는 내심 움찔했다.

"물론입니다. 누가 무슨 잘못을 저질렀는지는 내겐 중요하지 않아요. 용서가 내 천성입니다."

그는 '당신이 무슨 잘못을'이라고 말하려던 자신을 가까스로 추

슬렀다. 혼례를 앞둔 젊은 여성이 잘못을 고백하기 위해 이런 식으로 뜸을 들이는 것이라면 그걸 망칠 이유는 없지 않은가. 하지만 고백은 나오지 않았다. 그녀는 그 주제에 대해 더이상 말하지 않았고, 대신 한껏 흥분하여 저녁 내내 결혼 계획과 준비에 대해 이야기했다. 그녀와 헤어졌을 즈음 그는 완전히 잊고 말았다.

이튿날 오후 늦게 부름을 받아 호턴 씨의 사무실로 들어갔을 때 앤이 있었다. 그는 부녀가 무엇을 논의하고 있었는지 두 사람의 표정에서 미루어 짐작할 수 있었고, 즐거운 승리감을 느꼈다.

호턴 씨가 입을 열었다.

"아서, 자리에 앉게."

아서가 자리에 앉아 다리를 꼬고 앤에게 미소를 지었다.

"아서, 자네와 논의해야 하는 일이 있네. 심각한 일이야."

호턴 씨가 말했다.

"네, 사장님."

아서는 호턴 씨가 세 자루의 연필과 펜 한 자루, 종이칼, 메모장, 그리고 전화기를 책상 위에 가지런히 늘어놓는 동안 참을성 있게 기다렸다.

마침내 호턴 씨가 말했다.

"아서, 내가 말하려는 건 아는 사람이 거의 없어. 자네 또한 다른 사람에게는 절대 이야기하지 않았으면 하네."

"네, 사장님."

아서가 대답했다.

"자네가 모든 걸 제대로 갖춘 화려한 예식을 주장하고 있다고 앤한테 들었네. 그런데 그게 문제야. 가까운 사람들만의 조용한 예식이면 지금 상태를 건드리지 않고 문제를 일으키지 않았을 거야. 여기까지는 무슨 말인지 알겠나?"

"네, 사장님."

그는 싹싹한 목소리로 거짓말을 했다. 슬그머니 앤을 보았지만 실마리를 얻을 수 없었다.

"물론입니다, 사장님."

"좋네. 나는 핵심을 짚는 걸 좋아하는 사람이니 거두절미하고 말하겠네. 아들이 하나 있네. 자네는 그 애와 참 비슷해. 어찌나 비슷한지 얼마 전부터는 앤이나 나나 깜짝 놀랄 정도라네. 유감스럽게도 아들놈은 속속들이 몹쓸 놈이야. 하도 사고를 많이 쳐서 생활비를 줄 테니 알아서 살라고 하고 그놈을 쫓아냈지. 그 후엔 소식을 들은 적이 없네. 우리집 변호사가 알아서 일을 처리하고 있고. 모든 사람들이 참석하는 성대한 결혼식을 할 거라면 그놈도 와야만 해. 자네도 물론 이해하겠지?"

사무실 벽이 아서를 향해 점점 조여들고 호턴 씨의 얼굴이 악마의 가면으로 변해 벽 위에 떠돌기 시작했다.

"네, 사장님."

아서가 속삭이듯 대답했다.

"결국, 앤이 몇 년 동안이나 애걸해왔던 일을 할 수밖에 없게 됐어. 아들 녀석의 주소가 여기 있네. 지금 다함께 그곳으로 가서 그 애를 만날 거야. 그 애가 자네를 본받아 새로운 삶을 시작할 수 있는지 얘기를 해볼 참이네."

앤이 다정한 목소리로 끼어들었다.

"프린스 찰리라고 해요. 우린 모두 그렇게 불렀어요. 오빠는 매력이 넘쳤거든요."

사면의 벽이 코앞으로 다가왔다. 취조실의 벽처럼……. 앤의 얼굴이 그녀의 아버지의 얼굴과 함께 떠다니기 시작했다. 신기하게도, 마시 부인의 얼굴 또한 있었다. 수다스러운 마시 부인의 상냥한 얼굴은 다른 두 사람의 얼굴보다 훨씬 더 크게 부풀고 있었다.

그리고 트렁크가 기다리고 있었다.

배반자들

The Betrayers

그들 사이에는 벽이 있었다. 날림으로 세운 얄따란 칸막이에 불과한 벽은 아파트 사이의 공명판 역할까지 한 탓에 로버트는 그 여자를 알게 되었다.

처음에 여자는 발걸음 소리로 그에게 다가왔다. 하이힐을 신고 잔걸음으로 단호하게 또각또각 걸으며 방안을 돌아다녔다. 틀림없이 아주 젊을 거야. 그는 멍하니 생각했다. 그때 그는 『녹색의 장원』에 푹 빠져 아마존 정글의 미로를 뚫고 아름답게 빛나는 리마를 쫓고 있었기 때문이다. 시간이 지나자 그녀는 목소리로 그에게 다가왔다. 말할 때는 가볍고 숨가쁜 목소리지만 라디오에서 떠들썩하니 흐르는 유행가를 따라 목청을 높일 때는 따스하고 즐거운 목소리였다. 아주 사랑스러울 거야. 그는 생각했다. 그 후로 그는 자신이 일부러 귀를 기울이고 있음을 깨달았다. 여자의 목소리를 들으면 들을수록 그는 사랑에 빠졌다.

여자의 이름은 에이미. 유부녀였다. 빈스라는 이름의 남편은 단조롭고 불쾌한 목소리를 내며 시무룩한 분위기를 풍기는 남자였다. 때때로 둘이 싸우는 소리도 들렸다. 그때마다 어김없이 남편은 문을 쾅 닫고 쿵쾅거리며 요란맞게 계단을 뛰어 내려갔고 그렇게 싸움은 끝나곤 했다. 로버트가 둘 사이를 가로막은 벽에 가까이 서서 여자가 입을 틀어막고 흐느끼는 소리를 듣고 있자면 마치 손 하나가 가슴을 파고들어 심장을 쥐어짜는 것처럼 아팠다. 그녀의 아파트 문까지는 겨우 몇 발짝. 그가 그녀의 친구임을 알리는 것은 단지 몇 마디의 말. 그는 그런 생각에 걷잡을 수 없이 빠져들었다. 그녀를 돕기 위해서라면 무언가를, 아니 무엇이라도 할 용의가 있었다. 직접 대면하게 된다면 여자는 그의 사랑을 느낄지도 모른다. 어쩌면…….

그의 생각은 그렇게 휘몰아치고 또 휘몰아쳤지만 로버트는 철저히 무기력한 상태로 그 자리에 서 있을 따름이었다.

이런 생각을 나눌 사람이 없기에 더더욱 힘이 들었다. 그가 이 세상에서 안다고 꼽을 수 있는 사람은 동료 직원들뿐이지만 그들은 결코 그를 이해하지 못할 터였다. 그의 직장은 도시의 가장 큰 백화점 중 하나였는데 그가 몸담은 신용판매부의 일은 꽤 무미건조했다. 지나치게 오래 일해온 탓인지 부서 직원들은 냉소의 날이 잘 벼려진 편이었다. 각종 기록을 파헤쳐 고객들의 세무 문제나 돈이 많이 드는 여성과 맺은 은밀한 관계, 인간이라면 누구나 품고 있을 절도의 기미 등을 파악하다 보면 그렇게 될 수밖에 없다고 했다. 로버트 또한 이 직종에 더 오랫동안 머무른다면 깨닫게 될 것이라고 동료들은 말했다.

그들이 무엇이라 하겠는가?

'옆집에 사는 미녀? 남편은 거의 집에 없다고? 뭘 망설여? 당장 그 집으로 가야지!'

그런 것을 바라는 게 아님을 어떻게 이해시키겠는가? 그가 원하는 것은 자신의 사랑을 알아줄 사람, 매일 밤 어두운 시간을 보내는 동안 돌처럼 자리잡은 차가운 외로움에 종지부를 찍어줄 사람이라는 것을 어떻게?

그래서 그는 아무에게도 이야기하지 않은 채 벽에 가까이 서서 가능한 한 많은 것을 흡수했다. 그렇게 그녀에 대해 많은 것을 알게 된 그는 마침내 그녀를 보았을 때 놀라지 않았다. 아파트 건물에 도착하는 우편물은 아래층 복도에 놓인 테이블에 놓인다. 어느 날 아침 그가 출근을 하기 위해 계단을 내려갈 때 한 여자가 테이블에서 편지 한 통을 집어 계단을 올라왔다.

그녀였다. 그는 의심조차 하지 않았다. 작고 연약한 체구에 짙은 색 머리칼을 지닌 여자는 벽 건너편에서 상상했던 대로 사랑스러웠다. 여자는 그를 지나치면서 입고 있는 헐렁한 원피스의 가슴께를 꼭 잡아 여몄다. 그가 두려운 것 같았다. 그때서야 로버트는 자신이 무례할 정도로 빤히 여자를 쳐다보고 있었음을 흠칫 깨닫고 얼굴이 벌게져서 계단을 내려가 건물 밖으로 나왔다. 하지만 남은 출근길 내내 경이로운 기분에 몽롱하게 취해 있었다.

이후 여자와 두어 번 마주쳤다. 언제나 같은 상황이었다. 계단을 다 내려간 그가 가까스로 용기를 끌어올려 고개를 돌려 위층으로 사라지는 그녀를 바라볼 수 있게 된 것은 여러 주가 지난 후였다. 사랑스럽고 섬세한 발목 선과 둥그런 종아리, 원피스가 달라붙어 드러나는 몸매의 굴곡. 여자는 계단을 올라 위층에 다다랐고 그가 바라보고 있다는 것을 알고 있었다는 듯 그를 내려다보았다. 둘의 시선이 마주쳤다.

심장이 멈출 것 같은 그 순간 로버트는 여자의 얼굴에 떠오른 표정을 읽어보려고 했지만 싸움을 거는 듯한 남편의 단조로운 목소리가 그녀의 아파트에서 들려왔다.

“에이미! 왜 아직도 안 오는 거야!”

여자가 시야에서 사라졌다. 떨리던 순간도 함께 사라졌다.

처음으로 여자의 남편을 보았을 때 그는 그녀가 그런 남자를 선택한 것에 매우 놀랐다. 싸움닭처럼 작고 날렵한 체구의 남자는 미남이지만 인상이 사나웠다. 얼굴 가죽을 뒤쪽에서 팽팽하게 당겨 편 것처럼 광대뼈가 불거져 보였고 가느다란 입매는 매서웠다. 옆을 지나칠 때 남자는 감정이 없는 눈동자를 눈 귀퉁이로 굴려 로버트를 위아래로 훑어보았는데, 그 순간 로버트는 여자의 얼굴에 떠올랐던 표정을 약간 이해할 것 같았다. 여자의 남편은 위험한 남자였다. 어설프게 길이 들어, 자기에게 호의로 내민 손마저 물어뜯을 동물 같은 남자. 그가 근처에 있기만 해도 위험하다는 경고가 울렸다. 그녀는 깨어 있는 매 순간마다 그 경고를 듣고 있을 것이다.

그러던 어느 날, 남자에게 내재되어 있던 폭력성이 폭발했다. 깊이 잠든 로버트까지 깰 정도로 기세가 너무나 강렬했다. 목소리가 커서 깬 게 아니야. 비몽사몽 침대에 앉아 있던 로버트는 불현듯 깨달았다. 부부 사이에 오가는 말들은 벽에 막혀 거의 들리지 않았다. 벽 너머에서 느껴지는 격렬하고 잔혹한 기세가 너무나 무서울 따름이었다.

그는 침대에서 내려와 벽에 귀를 댔다. 그렇게 서서 눈을 감고 뚝뚝 끊어져 들리는 대화를 이해하기 위해 귀에 쫑긋 힘을 주었다. 마치 벽이 녹아버린 양 서로를 마주보고 서 있는 부부의 모습이 머릿속에 생생하게 떠올랐다.

"알게 돼서 뭐 어떻다고? 그래서 뭐?"

남자의 말에 여자가 대꾸했다.

"……그만둘 거야!"

"사람들한테 말하려고? 온 세상에 외치려고?"

"안 그래!"

여자는 이제 울고 있었다.

"안 그런다고 맹세할게!"

"내가 그런 모험을 할 거 같아?"

남자가 말했다. 목소리가 조롱기를 띠며 부드럽게 변했다.

"만 달러야."

그가 말을 이었다.

"내가 어디서 그런 돈을 얻을 수 있었겠어? 땅 파면 나와?"

"차라리 그게 낫지! 이건…… 난 그만둘래!"

그에 대한 대답은 언어가 아닌 폭력의 형태로 나타났다. 힘이 지나치게 들어간 일격에 여자가 뒤로 휘청거리다 벽에 부딪혔다. 그 충격에 로버트의 얼굴이 아플 정도였다.

그녀가 비명을 질렀다. 공포로 떨리는 높은 목소리였다.

"빈스! 그러지 마, 빈스!"

다음 타격이 이어졌고 여자의 고통과 함께 로버트의 모든 신경이 곤두섰다. 그녀가 몸을 뒤로 빼는 듯한 소리와 함께 벽 건너편에서 들려오는 거친 숨소리에 로버트의 손톱이 벽을 파고들었다.

"아아, 안 돼!"

여자가 비명을 내질렀다. 고통스럽고 거친 숨이 더이상 기능하지 않는 폐 속으로 빨려들어가는 소리가 들리고 둔중한 것이 무기력하게 바닥으로 쓰러지는 소리가 뒤따랐다. 순식간에 조용해졌다. 끔찍하게 고요했다.

로버트는 마치 벽이 목숨을 잃은 여자의 차가운 피부라도 되는 양 후다닥 몸을 떼고 경악에 찬 눈길로 벽을 바라보았다. 여러 가지 생각들이 미친듯이 뒤틀리며 제멋대로 솟구쳤지만 그중 한 생각이 점점 커지며 존재감을 드러냈고, 그는 마침내 그 생각을 마주하고 인식할 수밖에 없었다.

여자가 살해당한 것이다. 옆에 서 있다가 현장을 목격한 것이나 마찬가지였다. 벽이 없었다면 손을 뻗어 그녀를 만질 수도 있었을 것이다. 그녀를 돕기 위해 무언가를 했을 것이다. 하지만 그는 바보처럼 기다렸고, 이제는 너무 늦었다.

아직도 할 수 있는 게 있어. 그가 흥분하여 읊조렸다. 옆방의 저 미친 남자가 목격자가 있다는 사실을 모르는 한, 현행범으로 체포할 수 있다. 경찰에 전화 한 통만 넣으면 오 분 후에…….

흔들거리며 첫 번째 걸음을 떼려던 찰나 로버트는 옆방이 슬며시 되살아나는 소리를 들었다. 물건들을 이리저리 옮기는 듯한 은밀한 소리가 들리더니 생명이 빠져나간 무거운 것이 바닥 위로 질질 끌리는 소리가 뒤따르고는, 이윽고 문이 삐걱거리며 조심스레 열리는 소리가 들렸다. 무슨 일이 벌어지고 있는지 진저리치도록 명확하게 일깨워준 마지막 소리였다.

살인자는 괴물일지언정 바보는 아니었다. 오늘밤 조용한 시간대에 안전하게 시체를 처분하기만 한다면 사실상 범죄를 저지르지 않은 것이나 마찬가지가 될 터였다.

로버트는 문 앞에서 불쑥 멈췄다. 무거운 것을 질질 끌며 조심스레 계단을 내려가는 발걸음 소리가 복도에서 들려왔다. 저자는 사람을 죽였다. 이러한 위기의 순간에도 희생자를 끌고 가는 모습이 목격될 위험을 마다하지 않을 정도로 대담한 남자다. 그런 그가 지금 누군가와 마주친다면 무슨 짓을 할까.

로버트는 눈을 꼭 감고 문에 기대섰다. 마치 남자의 양손이 목덜미에 와 닿은 듯 목이 콱콱 막혔다. 그는 겁쟁이였다. 변명의 여지가 없었다. 조금이라도 용기를 발휘해야 할 필요성이 생기자마자 자신이 지독한 겁쟁이라는 사실을 깨달았다. 눈앞에 어른거리는 여자의 얼굴에는 두려움이 아니라 경멸이 어려 있었다.

아직 경찰서에 갈 수는 있었다. 그 생각이 들자 바로 그는 승리감을 맛보았다. 하지만 경찰서에 간 자신의 모습을 상상하자 승리의 기쁨이 사그라들었다. 이웃의 소음을 들은 남자가 살인을 의심한다. 시체는 없을 것이며 살인자도 없다. 부부싸움을 한 후 집을 나간 여자의 남편만이 있을 따름. 고발인은 황당한 꿈을 꾼 젊은이. 속속들이 멍청이. 쉽게 말해 로버트 자신.

아래층에서 문이 찰칵하는 소리가 났을 때에야 그는 복도로 나와 한 걸음 한 걸음 조심스레 아래층으로 향하기 시작했다. 얼마 걷지 않아 손수건 한 장이 눈에 들어왔다. 지저분하게 얼룩이 진 작고 구겨진 손수건. 그는 조심스럽게 손수건을 집어 들고 머리 위 조명 쪽으로 치켜들어 펼쳐보았다. 밝은 붉은색의 끈적이는 얼룩이 한

귀퉁이에 섬세하게 수놓인 '에이미'라는 단어를 가리고 있었다. 피. '그 사람'의 피. 이 정도면 누구라도 증거로 충분하다 생각하지 않을까?

그렇겠죠. 경찰이 그의 질문에 희롱하듯 대답하는 모습이 떠올랐다. 코피의 증거 정도는 되겠죠? 그러자 속에서 절망감이 끓어올랐다.

그를 다시 움직이게 한 것은 자동차 소리였다. 계단을 구르듯 내려갔지만 이미 늦었다. 그가 건물 정문의 커튼에 얼굴을 댔을 때 자동차는 심술궂은 눈동자 같은 미등을 반짝이며 우르릉 소리와 함께 보도를 떠나버렸다. 어둠 속이라 번호판을 읽기는 어려웠다. 조금만 더 빨랐어도! 자신에게 화가 났다. 살인자가 목적을 이루기 위해서는 자동차가 필요하다는 걸 빨리 생각해냈더라면 차를 쉽게 알아볼 수 있었을 것이다. 하지만 이제 그 기회마저 사라졌다. 모든 기회가 사라졌다.

방에서 미친듯이 우왕좌왕하고 있을 때 살인자가 슬며시 돌아오는 소리가 났다. 삼십 분도 채 걸리지 않았다.

로버트는 생각했다.

'돌아오지 않을 이유가 없지. 저놈은 자기 부인을 없앴고 이제는 안전해. 아무 일도 벌어지지 않은 것처럼 행동할 수 있어.

내가 저 방으로 가서 놈을 두드려 패서라도 진실을 밝힐 수 있는 사람이었다면.'

생각이 부글거렸다.

'아니면 재산이 많거나 지위가 높아 누구라도 말을 들어줄 사람이었다면…….'

하지만 그러한 생각을 해서 무엇하랴. 여자에 대해 품었던 열정만큼이나 모두 비현실적이고 덧없었다. 그에게 어떠한 복수의 무기가 있을까. 보잘것없으면서 직장도 별로인 그에게 복…….

한 가지 깨달음이 차가운 파도처럼 밀려와 로버트를 급격히 덮쳤다. 마치 벽 위에 꼼꼼하게 새겨지고 있는 작은 글씨를 읽기라도 하듯 그는 벽을 향해 눈을 가늘게 떴다.

인간이라면 모두 품고 있을 절도의 기운. 신용판매부의 노땅들이 항상 하는 말 아닌가. 모든 사람에게는 혐의가 있다. 예의 폭력적 성향과, 뭔가 독특한 방법으로 손에 넣은 듯한 만 달러 이야기 등을 고려할 때 옆집 남자는 빨간 줄이 그어진 기록이 있을 것이 확실했다. 경찰이 설사 눈이 멀었더라도 문제점을 인식하고 행동에 나설 것이다. 수사 기술이 있는 사람이 남자의 과거를 한 겹씩 벗겨내 드러낸다면, 정의는 이루어질 것이다. 그것이 그의 무기였다. 남자 안에서 점화될 순간만을 기다리며 쌓여 있는 어두운 과거가 무기였다.

그 순간 로버트는 자문했다. 내가 놈에 대해 아는 게 뭐가 있지? 아는 것은 빈스라는 이름이 전부였다. 누군가의 과거라는 어두운 회랑을 수사할 실마리로는 이용 가치가 전혀 없는 정보였다. 무언가가 더 필요했다.

잠들지 못하고 밤을 꼬박 새운 후에야 집주인이 떠올랐다. 졸린 듯한 눈을 가진 땅딸막한 여자 집주인은 방세 수금이 인생에 대한 유일한 관심인 듯한 사람이지만 그래도 남자에 대해 약간이라도 정보를 가지고 있을 것이 틀림없었다. 주인은 건물 1층, 뒤편에 위치한 집에 살았다. 아침이 밝아 이 정도면 남의 집에 가도 괜찮겠다 싶은 시간이 되자마자 로버트는 주인집 문을 두드렸다.

그의 질문을 곰곰이 생각해보는 그녀의 눈은 어느 때보다도 졸려 보였다.

주인이 마침내 입을 열었다.

"그 사람들? 스나이더 부부요? 좋은 사람들이지, 맞아요."

그녀가 로버트를 보며 눈을 깜박거렸다.

"그 사람들하고 문제가 있는 건 아니죠, 네?"

"아닙니다, 전혀요. 그게 전부인가요? 제 말은, 어디 출신인지 그런 건 모르세요?"

집주인이 어깨를 으쓱하더니 고상한 척 말했다.

"내가 상관할 일이 아니잖아요. 내가 아는 건 그 사람들은 칼같이 매달 초하루에 방세를 낸다는 거예요. 괜찮고 모범적인 사람들이에요."

그는 무겁게 몸을 돌렸다. 그때 집배원이 거리로 난 건물 문을 닫는 모습이 시야에 들어왔다. 기적이 일어난 것이나 마찬가지였다. 집주인은 사라졌고 우편물이 살짝 쌓인 테이블 옆에는 아무도 없었다. 그리고 단정한 글씨로 '스나이더 부인 귀하'라고 쓰인 봉투 하나가 그를 바라보고 있었다.

출근길 내내 그는 안주머니에 봉투를 숨기고 있다가 개인 사무실의 격리된 공간에 틀어박힌 후에야 조심스레 열어 내용물을 살폈다. 두어 줄의 글이 고작인 편지지 한 장. 가족은 안녕한지 등의 별다른 뜻 없는 내용과 '너의 언니, 실리아로부터'라는 서명이 내용의 전부였다. 참고할 것이 별로 없었…… 아니, 편지지에는 발신인의 주소가 적혀 있었다. 북쪽에 위치한 자그마한 시골 동네였다.

로버트는 그다지 망설이지도 않고 바로 편지와 봉투를 주머니에 찔러 넣은 후 상의를 매만져 펴고 상사의 사무실로 걸어 들어갔다. 부서장인 (따라서 가장 속이 문드러져 냉소적인 부서원인) 스프레이그 씨가 뚱한 표정으로 그를 보더니 물었다.

"무슨 일인가?"

로버트가 입을 열었다.

"죄송합니다만 며칠 휴가를 얻었으면 합니다. 갑작스럽게 상을 당해서요."

평온한 풀밭 같은 부서 일과에 자갈이 던져진 듯 스프레이그 씨는 한숨을 쉬었다. 하지만 곧 그의 얼굴은 상황에 맞는 적절한 연민의 표정을 그렸다.

"가까운 사람인가?"

"아주 가까운 사람입니다."

로버트가 대답했다.

기차역에서 저택까지는 걸어서 갈 만큼 가까웠다. 수수한 저택은 정이 안 갔고 로버트가 문을 두드렸을 때 맞아준 젊은 여인도 마찬가지였다.

여인이 대답했다.

"맞아요. 동생의 이름이 에이미 스나이더예요. 결혼 후 이름요. 저는 실리아 톰슨이고요."

"제가 찾고 있는 건 그녀에 대한 정보입니다. 여동생분에 대한 정보요."

로버트가 말하자 여인이 놀란 표정을 지었다.

"그 애에게 무슨 일이 있나요?"

"그런 셈이죠."

로버트가 큰 소리로 헛기침을 했다.

"무슨 일이냐면, 동생분이 아파트에서 모습을 감추셔서 알아보고 있습니다. 혹시……."

"경찰이신가요?"

"경찰을 대신해 일하고 있습니다."

로버트는 이 애매모호한 대답이 신원 증명으로 충분하기를 기도했고, 원하는 응답을 받았다. 여인은 들어오라며 손짓한 후 휑뎅

그렁하고 냉랭한 분위기의 거실에서 그를 마주보고 앉았다.

여자가 입을 열었다.

"이렇게 될 줄 알았어요. 무슨 일이 날 줄 알았어요."

의자에 앉은 채 그녀는 애처롭게 몸을 좌우로 흔들었다. 로버트가 몸을 앞으로 숙여 그녀의 손을 상냥하게 쓰다듬어주었다.

"어떻게 아셨지요?"

"어떻게 알았냐고요? 어린애를 집에서 쫓아내고 문을 잠가버렸으니 달리 무슨 기대를 하겠어요? 스스로를 돌보는 법도 모르는 애를 세상 속으로 던져버렸는데 말이에요!"

로버트가 후다닥 손을 떼었다.

"언니분께서 그러신 겁니까?"

"우리 아버지가요. 그 아이의 아버지요."

"대체 왜요?"

"우리 아버지를 아신다면 그런 질문은 안 하실 거예요. 예쁜 것은 뭐든지 죄악이라고 생각하세요. 지옥 불을 너무나 두려워한 나머지 우리를 지옥 안에 꼭꼭 가둔 사람이죠. 한 번도 놓아준 적이 없어요.

동생이 예쁘게 자라자 남자애들이 계속 집적댔어요. 아버지는 가차없이 그 애에게서 돌아섰죠. 그 애가 남자하고 문제에 휘말렸을 때 아버지는 보따리를 싸서 집을 나가라고 했어요. 내가 그 애에게 편지를 쓰고 있다는 걸 아버지가 알면……."

여인이 겁에 질려 잠시 말을 멈췄다.

"나도 내쫓을 거예요. 아버지 앞에선 그 애 이름조차 말할 수 없답니다. 아버지는 그런 사람이에요."

로버트가 열렬한 기세로 말했다.

"잠깐만요. 동생분이 문제가 있었다는 남자요, 그 사람이 동생분과 결혼한 사람입니까? 빈센트 스나이더라는 사람?"

"몰라요."

여인이 애매하게 대답했다.

"모르겠어요. 그 일은 철저히 비밀로 지켜졌기 때문에 에이미와 아버지 외엔 아는 사람이 없어요. 나는 그 애가 결혼한 줄도 몰랐어요. 어느 날 갑자기 결혼했다는 편지가 도시에서 날아오기 전까지는요."

"아버님은 아신다는 거군요? 아버님과 얘기하면 되겠어요."

"안 돼요! 그러시면 안 돼요. 내가 이만큼이라도 말했다는 걸 아버지가 알면……."

그가 호소했다.

"하지만 저는 이 정도에서 멈출 수 없습니다. 그 남자에 대해 알아내야 합니다. 그래야만 이 일을 해결할 수 있습니다."

여인이 피로한 어조로 말했다.

"알겠어요. 그 일을 아는 사람이 있어요. 아버지 말고요. 저를 위해서라도 아버지에게 가지는 말아주세요. 동네 고등학교 선생님인데 벤슨이라고 해요. 그분을 만나세요. 에이미를 아껴주셨죠. 에이미는 아버지를 피해 그분께 편지를 보내요. 그러면 제게 전해주시죠. 그분이라면 아마 그쪽한테 말해줄 수 있을 거예요. 다른 사람들한테는 절대 그러지 않겠지만. 그분께 부탁하는 쪽지를 적어드릴 테니 가져가서 만나보세요."

그가 현관에서 감사의 인사를 건네자 여인은 그를 뚫어져라 똑바로 바라보았다.

"말썽에 연루되는 사람들은 다 예쁘더군요. 나는 절대 그런 일은 겪지 않겠지요……. 에이미를 찾아주세요. 그 아이가 괜찮도록 잘 보살펴주세요."

"알겠습니다. 그러도록 힘쓰겠습니다."

로버트가 대답했다.

학교 측은 벤슨이 타자를 가르치는 교사이고 3시까지 수업이 있어 그녀를 만나고 싶다면 기다려야 한다고 했다. 그래서 몇 시간 동안 그는 에이미를 생각하며 동네의 몇 안 되는 큰길을 초조하게 거닐었다. 그를 보는 호기심 어린 눈초리는 안중에도 없었다. 에이미는 이 길을 알고 있었겠지. 이 가게 진열창에 에이미의 모습이 비쳤겠지. 질투심이 찌르듯 솟구쳤다. 그녀가 언제나 혼자였던 것은 아닐 것이다. 그녀에게 매력을 느낀 사내아이들이 있었을 것이다. 남자애들이 으레 그렇듯, 그녀가 얼마나 소중한 선물인지 깨닫지 못하고 함부로 대한 사내아이들이 있었을 것이다. 그가 그때 그녀를 알았더라면, 그가 그 사내아이들 중 한 명이어서…….

3시 정각이 되었다. 건물 밖에서 기다리던 그는 학생들이 모두 떠나자 열렬한 기세로 교실에 들어갔다. 머리가 세고 달달달 떠는 작은 체구의 여자인 벤슨 선생은 커버를 씌운 타자기들이 줄지어 놓인 따분한 교실 안에 파묻힌 듯 보였다. 로버트가 자기소개를 하고 실리아 톰슨의 쪽지를 건넸다. 쪽지를 읽은 그녀는 막 울음을 터뜨릴 것처럼 보였다.

선생이 말했다.

"실리아가 잘못한 거예요! 당신을 내게 보내다니 아주 잘못했어요. 그래서는 안 된다는 걸 알 텐데."

"왜 잘못이라는 거지요?"

"왜냐고요? 내가 그 일을 누구에게도 언급하려고 하지 않는다는 걸 실리아는 알기 때문이에요. 다른 사람에게 말했다간 내가 무슨 일을 당할지 알고 있거든요. 그래서 잘못이라는 겁니다."

로버트가 참을성 있게 기다리다 끼어들었다.

"저기요. 저는 예전에 무슨 일이 있었는지 알고 싶은 게 아닙니다. 에이미와 문제가 있었다는 남자에 대해 알고 싶을 따름입니다. 이름과 출신지 같은 정보를 얻고 싶습니다."

벤슨 선생의 목소리가 떨렸다.

"안 돼요. 미안해요."

"미안하다고요? 한 여성이 사라졌고 그 남자가 이 사건의 중심에 있을지도 모릅니다. 그런데 선생님이 할 수 있는 거라고는 미안하다는 말뿐인가요!"

로버트는 화가 났다.

벤슨 선생의 입이 떡 벌어졌다.

"당신 말은 그 사람이…… 그 사람이 그 애에게 무슨 짓을 했다는 건가요?"

"그렇습니다. 그 남자가 그랬어요."

로버트가 대답했다. 그녀가 금방이라도 기절할 기색으로 불안정하게 휘청거려서 그는 황급히 팔을 잡아야 했다.

꺼질 듯한 목소리로 그녀는 입을 열었다.

"알았어야 했는데. 그 일이 일어났을 때 이런 결과가 생길지도 모른다는 걸 예상했어야 했어요. 하지만 그때는……."

당시 에이미는 내가 가르치는 학생 중 한 명이었어요. 착하기는 했지만 총명하지는 않았어요. 하지만 최선을 다하려고 항상 애쓰는 훌륭한 아이였지. 요즘 흔히 보이는 싹수 노란 애들과는 달리 가정교육도 반듯하게 받았고.

문제의 그날 오후, 소녀는 이수 과정의 문제를 해결하기 위해 방과후 교장실에 갈 예정이라고 벤슨 선생에게 알렸단다.

확실한 건, 그 애가 앙큼한 짓을 할 생각이었다면 그런 말을 나한테 했을 리가 없잖아, 안 그래요? 그 정도면 증거로 충분히 인정될 텐데.

"증거요?"

로버트가 이해하지 못하고 물었다.

그래요, 증거.

교장실에서 비명이 들려왔을 때 학교에 남아 있던 사람은 벤슨 선생뿐이었다. 그녀는 교장실로 달려가 문을 활짝 열어젖혔고 같이 있던 두 사람을 발견했다. 소녀는 옷이 반 정도 찢어진 채 미친듯이 흐느끼고 있었다. 프라이스 씨는 그 애의 뒤에 서서 열린 문과 너무 놀라 충격을 받은 벤슨 선생을 노려보고 있었다.

"프라이스 씨요?"

로버트가 말했다. 감각을 잃은 채 깊은 점액질 사이를 뚫고 헤엄을 치는 기분이 들었다. 어느 것도 뚜렷하게 보이지 않았다.

프라이스 씨요. 교장이에요. 얼굴이 잿빛이 돼서 노려보고 있었어요.

소녀는 문밖으로 달아났고 프라이스 씨는 쫓아가려고 한 발짝을 떼다가 그 자리에 멈춰 섰다. 그는 벤슨 선생을 교장실 안으로 들이고 문을 닫은 후 이야기를 했다.

교장 선생이 한 이야기를 요약하자면, 소녀는 소위 '걸레'였다. 교장실로 살랑살랑 들어와 그를 협박했고, 야단을 치려고 하자 교활하게도 작은 연극을 펼쳤다는 것이다. 하지만 그는 너그럽게, 매우 너그럽게 자비를 베풀 생각이었다. 경찰을 불러 학교의 명예와 선량하고 모범적인 소녀의 부친의 명예를 더럽히는 대신 그저 소녀를 퇴학시킨 후 그녀의 아버지에게 딸을 마을에서 즉시 내치라고 조언할 생각이었다.

그때 프라이스 씨는 의미심장한 말을 했어요. 벤슨 선생이 기막힌 순간에 사무실에 와서 내 증인이 되어준 게 실로 행운입니다. 선생이 목격자로서 나를 돕지 못한다면 선생에게는 심각한 불행이 되겠지요, 같은.

벤슨 선생이 비통하게 말했다.

"그치는 진심이었어. 이 고장 안의 모든 것을 좌지우지하는 집안 출신이에요. 내 진짜 생각을 조금이라도 말한다면, 내가 감히 입을 연다면, 나는 어디서도 일자리를 구하지 못해요. 그래도 말을 했어야 하는 거였어. 특히 지금 일어났다는 일을 생각하면!"

교장실을 떠난 벤슨 선생은 복도 끝에 위치한 자기 사무실로 간신히 돌아갔다. 그럴 힘이 남아 있었다는 게 신기했다. 사무실에 들어서자마자 게시판 밑의 바닥에 누워 있는 소녀가 눈에 들어왔다. 게시판에 걸려 있던 날선 가위가 소녀의 주먹에 꼭 쥐여 있었고 사방이 피투성이였다.

피가, 엄청난 피가 사방에 있었어요…….

벤슨 선생이 느리게 말했다.

"그 애는 그런 식이었어요. 사소한 야단에도 바닥 밑으로 꺼져 들어가거나 그 자리에서 쓰러져 죽을 것처럼 괴로워했지. 그날 그런 일을 겪고 그 애는 생각한 거예요. 자기 자신을 없애버리면 된다고. 그 애가 성공하지 못한 건 하느님의 자비 덕택이에요."

벤슨 선생은 의사를 불렀고, 신중한 성격의 의사는 아무 질문도 하지 않았다. 아버지에게 내쫓긴 소녀를 돌봐준 것도 벤슨 선생이었다.

선생은 이야기를 계속했다.

"그 애가 자리를 털고 일어나 외부 생활이 가능해졌을 때 시내에 일자리를 잡아줬어요. 졸업도 못 했고 전문 기술 따윈 없었지만 내가 추천서를 써줬지. 문제를 좀 겪은 아이라 도움을 줄 사람이 필요하다고 했더니 그곳에서 일자리를 주었어요."

벤슨 선생이 손가락으로 이마를 꾹꾹 짚었다.

"내가 그때 말을 꺼냈더라면. 그치가 안심하고 넘어가지는 못할 것을 알았어야 했어. 결국 그 애의 뒤를 계속 쫓아가서……."

로버트가 쉰 목소리로 말을 막았다.

"그 사람이 아닙니다! 내가 찾는 그 사람이 아니에요!"

여선생은 놀란 표정으로 그를 쳐다보았다.

"하지만 당신이 그렇다고……."

로버트가 난감한 어조로 말했다.

"아니요, 제가 찾고 있는 사람은 다른 사람입니다. 전혀 다른 사람요."

선생이 몸을 움츠렸다.

"당신, 나를 속이려고 했군요!"

"그렇지 않다고 맹세합니다."

"아무래도 상관없어요."

그녀가 속삭이듯 말했다.

"어디 가서 내가 한 말을 되풀이한다 해도 당신을 믿는 사람은 없을 테니까. 당신이 거짓말을 하는 거라고, 그 얘기는 당신이 지어낸 거라고 얘기할 테니까!"

"그러실 필요 없습니다. 선생님께 제가 듣고 싶은 것은 에이미에게 잡아준 직장이 어디냐는 것입니다. 그 말씀만 해주신다면 다른 건 잊으셔도 돼요."

선생이 겁먹은 눈동자를 불태우며 그의 얼굴을 살폈다. 머뭇거리던 그녀가 마침내 말했다.

"좋아요."

선생은 초조한 기색으로 자리를 뜨려는 그의 팔에 손을 얹었다.

"저기요. 내 얘기 듣고 나를 나쁜 사람이라고 생각하진 않죠? 그렇죠?"

"그렇게 생각하지 않습니다. 제겐 그럴 권리가 없어요."

로버트가 대답했다.

그날의 남은 시간 대부분을 버스 속에서 보낸 로버트는 기진맥진했다. 그날 밤 그가 머무른 호텔의 침대도 버스 좌석보다 나을 게 없었다. 하지만 정말 견디기 힘들었던 것은 '그레이스, 그레이스 앤드 파디'의 파디 씨였다. 유쾌한 성격의 파디 씨는 작은 사무실에 갇혀 있기엔 너무 시끄럽고 호들갑스러운 사람이었다.

그는 로버트의 명함을 흥미롭게 살펴보더니 부럽다는 듯 말했다.

"흠, 신용 조사라고요? 어디로든 사람들을 쫓아다닐 수 있다니 근사하구먼요. 그 뭐냐, 영화에도 나오는 노스웨스트 기마경찰 같은 건가요? 회사를 위해 일한다는 게 다르긴 하지만 결국 그런 거지, 뭐. 그렇죠? 내가 도울 일이 있다면……."

그 아이를 아주 잘 기억하지요. 잊을 리가 있나요.

"여기서 일했던 애 중에 그렇게 깜찍하고 예쁜 애는 없었거든."

그가 서글픈 목소리로 말했다.

"일을 잘했다고는 말 못 하겠지만, 사무실 안에서 돌아다니는 것만으로도 그 애는 돈값을 했어요."

로버트는 안간힘을 다해 이를 악물었다.

"그 여성이 관심을 보인 것 같은 남자가 있었습니까? 더이상 여기서 일하지 않는 사람이라도요. 아니면 외부인이라도……. 파디 씨가 기억나는 남자가 없을까요?"

파디 씨가 눈을 가늘게 뜨고 천장을 바라보았다가 이윽고 대답했다.

"없군요. 생각나는 사람이 없습니다. 쫓아다닌 남자는 상당히 많았을 겁니다만, 그 애는 그런 말을 하지 않았어요. 비밀스러운 애였기 때문에 어림도 없었지. 사실 그 애가 그런 식이어서 문제도 생긴 거거든요."

"문제요?"

"아, 심각한 건 아니고. 사무실에서 소액 현금이 자주 도난을 당했는데, 그 애를 제외한 나머지 직원들은 아주 친해서 혼자 노는 그 애가 범인이라는 의심을 받았어요. 그 애가 가지고 온 추천서에 과거에 문제를 겪었다는 말이 있기도 했고. 그래서 그 애를 내보내야 했습니다."

파디 씨가 산뜻한 어조로 말을 이었다.

"나중에 그 애가 범인이 아니라는 게 밝혀졌을 때는 너무 늦었죠. 연락할 방법을 몰랐거든."

그가 큰 소리가 나게 손가락을 튕겼다.

"사라진 거죠. 샤삭, 하고."

로버트는 분노를 가라앉히기 위해 숨을 깊이 들이쉬었다.

"하지만 그 여성을 아는 사람이 회사에 분명히 있겠죠."

그가 간청했다.

"말을 섞던 여직원이라든가."

"아, 그거요. 말씀드린 바와 같이 그 아이는 붙임성이 좋지 않았어요. 제니 리조와 간혹 어울리긴 했습니다. 전화교환수 일을 하는 아이죠. 제니와 이야기하고 싶다면 저쪽으로 가시면 됩니다. 내가 더 도울 일이 있다면……."

결과적으로 그를 도운 것은 제니 리조였다. 반항기가 드러나는 험한 취향의 옷을 걸쳐 입은 수수한 외모의 젊은 여성은 호기심이 비치지 않는 눈초리로 그를 살피더니 차갑게 입을 열었다.

에이미에 대해 할말은 아무것도 없어요. 걔는 이미 여기저기서 치일 만큼 치였어요. 이젠 내버려둬도 되지 않나요?

"친구분에게 관심이 있는 게 아닙니다. 그분의 남편에 대해서 알아보고 있는 중입니다. 빈센트 스나이더란 이름인데요. 혹시 아시나요?"

그녀의 깜짝 놀란 표정에 로버트는 매우 기뻤다. 드디어 아는 사람을 찾은 것이다.

그녀가 외쳤다.

"그 자식! 그 녀석하고 결혼을 하긴 했나 보네."

"그게 문제입니까?"

"그게 문제냐고요? 질이 안 좋은 놈이라고 수백 번은 말해줬어요. 어울리지 말라고요."

"이유가?"

"나는 그런 부류를 잘 알아요. 주머니에 돈깨나 가지고 다니면서 잘난 척을 하지만 그 돈이 어디서 났는지는 아무도 모르는 부류 있잖아요. 항상 사기를 치는데 똑똑해서 잡히지는 않죠. 그래서 그만 만나라고 한 거예요."

"그를 얼마나 잘 아셨습니까?"

"얼마나 잘 아느냐고요? 한동네에서 자란 사이예요. 보세요."

제니가 소지품으로 가득찬 책상 서랍을 뒤지더니 사진을 한 뭉치 꺼내서 로버트에게 내밀었다.

“우린 더블데이트도 했어요. 빈센트하고 에이미, 나랑 내 남자 친구, 이렇게요. 빈센트가 옆에 있을 때도 몇 번이나 말했어요. 좋은 녀석이 아니라고요. 하지만 에이미는 들으려고 하지 않았어요. 그 녀석이 하도 감언이설로 꼬드겨놔서요. 걔는 어린애 같은 데가 있었어요. 누가 잘해주기만 하면 완전 빠져들었거든요.”

선명한 화질의 사진은 아니었지만 에이미와 빈스를 분명하게 알아볼 수는 있었다.

“한 장 가져가도 될까요?”

로버트가 대수롭지 않은 척 목소리를 가장하며 물었다.

제니가 어깨를 으쓱했다.

“아무거나 가지세요.”

로버트는 그녀의 말에 따랐다.

“그러고 나서 어떻게 됐습니까? 제 말은, 빈스와 에이미요.”

“나도 몰라요. 에이미가 해고된 후 둘은 이곳을 떴거든요. 빈스가 서턴인가? 암튼 여기서 좀 떨어진 남쪽 지역에서 일자리를 구했다는 소리를 했는데 그 후로 두 사람을 본 적이 없어요. 그 녀석이 건전한 일을 한다는 거 자체가 난 상상이 안 돼요. 에이미는 그 녀석을 믿은 게 틀림없지만. 걔 말을 들으면 알 수 있었죠. 아무튼 그 후에는 연락이 온 적이 없네요.”

“친구분을 만난 게 정확히 언젠지 기억하실 수 있습니까? 서턴에 간다고 친구분이 말했을 때가 언제였죠?"

기억할 수 있어요. 기억나죠.

제니는 더 많은 것을 기억하고 있었을지도 모른다. 하지만 원하던 정보를 얻은 로버트는 바로 문밖으로 뛰쳐나왔고 그런 그를 그녀는 입을 떡 벌린 채 놀란 표정으로 바라보았다.

서턴은 버스로 한 시간이 채 안 걸리는 거리였지만 로버트가 서턴의 지역신문을 커다란 테이블에 펼쳐놓고 자리에 앉기까지는 버스에서 내린 후에도 한 시간이나 더 걸렸다. 꽤 큰 규모에 어느 정도 명성이 높은 지역신문사는 지난 신문을 순서에 맞게 잘 보관하고 있었다. 제니 리조가 일러준 날짜보다 이틀이 지난 신문에서 로버트는 찾던 것을 발견했다. 신문 1면에 대문짝만 하게 실린 머리기사였다.

"일만 달러의 절도범"이란 제목으로 기사는 시작되었다. 대담무쌍한 강도가 단신으로 서턴 신탁은행에 침입, 주위 사람의 주목을 전혀 끌지 않은 채 은행 지점장에게서 현금 일만 달러를 강탈하여 작은 손가방에 넣고 유유히 사라졌다. 경찰이 뒤를 쫓고 있으며, 곧 체포할 수 있을 것으로 예상된다…….

로버트는 떨리는 손으로 그날 이후의 신문들을 살폈다. 경찰은 수사를 포기했다. 체포된 사람은 없었다…….

로버트는 조심스럽게 사진을 오려내 빈센트만 남겼다. 은행 지점장은 사진을 보고 싶지 않은 듯 짜증을 내다가 침을 꿀꺽 삼켰다.

그가 믿을 수 없다는 어조로 로버트에게 말했다.

"이 사람입니다! 이 사람이 범인이에요! 어디에서도 이 얼굴은 알아볼 수 있습니다. 잡히기만 하면……."

"먼저 해주셨으면 하는 일이 있습니다."

"합의 같은 건 안 해요."

지점장이 말을 막았다.

"이놈은 내 겁니다. 돈은 한푼도 남김없이 돌려받고 싶고요."

"합의를 말하는 게 아닙니다. 제가 원하는 건 이 사람이 은행에 들었던 바로 그 강도임을 확인해주십사 하는 겁니다. 종이에 써주시면 돼요. 그러면 경찰이 내일 그를 연행해서 지점장님께 끌고 올 수 있어요."

로버트가 말했다.

"그게 답니까?"

지점장이 미심쩍은 어조로 말했다.

"그게 답니다."

로버트가 대답했다.

그는 집으로 돌아와 신문과 증거를 정리했다. 유일한 걱정거리는 그가 없는 사이 살인자가 경계심을 느껴 도망쳤을지도 모른다는 점이었다. 옆집에서 들리는 작고 은밀한 소음에 상황의 변화가 없다는 것을 확신한 후에야 그는 편하게 숨을 쉴 수 있었다.

로버트는 온 정성을 들여 준비한 메모와 대화록을 조심스럽게 검토했다. 모든 게 그 안에 있었다. 정의를 실현할 수 있을 정도로 충분한 증거였다. 하지만 그게 다가 아닌걸. 그는 비통하게 뇌까렸다. 눈앞에 펼쳐진 것은 한 젊은 여자의 초상과 같았다. 거듭되는 배반을 통해 한 발짝 한 발짝 밖으로 밀려난 여자에 대한 기록이었다.

여자가 만난 남자는 모두 배반자였다. 아버지도, 학교장도, 고용주도, 심지어는 남편마저 자기 차례가 왔을 때 같은 짓을 했다. 제니 리조의 말이 로버트의 귓전에 커다랗게 울렸다.

'누가 잘해주기만 하면 완전 빠져들었어요.'

그때 그가 입을 열기만 했다면, 움직이기만 했다면 여자는 그에게 완전 빠져들었을지도 모른다. 계단 꼭대기에서 고개를 돌려 그를 보았을 때 그녀는 그가 입을 열거나 움직이기를 기다리고 있었던 건지도 모른다. 이제는 너무 늦었다. 이 서류들이 무엇을 뜻하는지, 그가 그녀를 위해 무슨 일을 했는지 이제는 알릴 수가 없었다.

로버트의 예상대로 심드렁하던 경찰은 은행 지점장의 진술서에 모습이 달라졌다. 진술서를 읽고 또 읽더니 사진을 검토하고 정중한 태도로 로버트를 다음 책임자에게 보냈다. 이렇게 여러 사람 사이를 오가던 로버트는 마침내 '카이절링 경위'란 명패가 걸린 문에 이르렀다. 문 안에는 부드러운 말투를 쓰는 늘씬한 체구의 남자가 있었다.

긴 이야기였다. 이토록 길고 설명해야 할 사항이 많았던가. 미처 깨닫지 못하고 있었다. 아무튼 로버트는 처음부터 끝까지 한 번도 방해받지 않은 채 이야기를 마쳤다. 그가 입을 다물자 카이절링은 서류와 손수건, 사진을 받아들고 자세히 살폈다. 이윽고 호기심 어린 눈초리가 로버트를 향했다.

"모든 것이 여기 다 있군요. 당신이 어째서 이 정도의 수고를 마다않고 수사를 했는지 그 이유만 빼고요. 이유가 뭡니까?"

철저하게 타인에 불과한 존재에게 자신의 가장 내밀한 꿈을 드러내는 것은 쉽지 않다. 로버트는 잠시 말문이 막혔다.

"여자분요. 제가 그 사람에 대해 느낀 감정 때문입니다."

"아."

이해할 수 있다는 듯 카이절링이 고개를 끄덕였다.

"그 여성과 좀 사귀셨나 봅니다?"

"그런 게 아닙니다!"

로버트는 화를 냈다.

"그분과 말을 한 적조차 없습니다!"

카이절링이 눈앞의 서류를 손가락으로 부드럽게 톡톡 쳤다.

"흠. 어쨌든 그건 제가 상관할 바는 아니군요. 하지만 우리에게 도움이 될 정도로 조사를 잘하셨습니다. 정말 잘하셨어요. 사실은 어제 시체를 한 구 발견했거든요. 당신이 사는 건물에서 두어 블록 떨어진 곳에 주차된 자동차 안에 있었어요. 차는 한 달 전에 도난당한 차량이었는데 시신의 옷이나 다른 것에도 신원을 알아차릴 만한 것이 전혀 없어서 곤란해졌죠. 있는 거라고는 커다란 상처를 입은 시신뿐이었으니까요. 당신이 처음부터 끝까지 완벽하게 조사해 오지 않았다면 백 년이 지나도 미해결 사건으로 남아 있을 뻔했습니다."

"그 말을 들으니 기쁩니다. 그게 제가 원한 겁니다."

"그러시군요. 경찰에서 일하고 싶으시면 언제든 오셔서 저를 보겠다고 하세요."

카이절링이 말했다.

그는 사무실 밖을 나가 한동안 머무르다 되돌아왔다. 사복을 입고 어두운 미소를 짓고 있는 크고 둔한 체구의 남자가 함께 들어왔다.

"이제 마무리를 지으려고요."

카이절링이 로버트에게 말을 하고 사복 경관에게 손짓을 했다.

그들은 조용히 건물 계단을 올라가 문 옆으로 비켜섰다. 카이절링이 안에서 소리가 나는지 확인하기 위해 문에 귀를 댔다. 이윽고 그는 사복 경관에게 힘차게 고개를 끄덕이더니 문을 세게 두드렸다. 그가 외쳤다.

"문을 여십시오! 경찰입니다!"

귀를 울리는 듯한 정적이 스며들었다. 카이절링과 사복 경찰이 어깨띠에서 푸른빛이 도는 차가운 강철 권총을 빼는 모습에 로버트의 입이 바싹 말랐다.

"이런 소꿉장난은 나한테는 안 맞아!"

카이절링이 그르렁거리더니 갑자기 발을 들어 구두 뒤축으로 자물쇠를 세게 차 부쉈다. 문이 활짝 열렸고 로버트는 몸을 웅크리며 계단 난간에 기댔다. 그때였다, 여자를 본 것은.

방 한가운데 그녀가 서 있었다. 얼굴에는 광폭한 표정이 떠올라 있었다. 배반자가 드러날 때마다, 배반자와 마주칠 때마다 저런 표정을 지었던 거야. 순간 그는 깨달았다. 모든 게 꿈같았다. 여자가 뒤로 한 발짝 물러서더니 갑자기 창을 향해 휙 돌아섰다.

"아아, 안 돼!"

여자가 비명을 질렀다. 지난번 로버트가 들었던 것과 같은 비명을 지르며 깨진 창문을 통해 창밖으로 몸을 날렸다. 그녀의 목소리가 절망의 새된 절규로 높아졌다가 갑작스레 멈췄다. 자비로운 고요함이 찾아왔다.

로버트는 그 자리에 서 있었다. 눈 안은 땀의 소금기로, 입술은 피의 소금기로 버석거렸다. 너무나 멀어 영원히 도달하지 못할 것 같던 창가에 마침내 닿은 그는 카이절링을 옆으로 밀치고 창밖을 내다보았다.

여자의 구겨진 몸이 보도 위에 있었다. 숱 많은 검정 머리칼이 얼굴 주위를 어지럽게 감싸며 그녀를 호기심 어린 눈초리로부터 지켜주었다.

사복 경찰이 자리를 뜬 후에도 카이절링은 여전히 그 자리에 서서 연민의 눈으로 로버트를 바라보았다.

로버트가 속삭이듯 말했다.

"그놈이 저 사람을 죽였다고 생각했어요. 그놈이 저 사람을 죽였다고 믿었어요. 맹세를 할 수도 있다고요!"

"우리가 발견한 건 남편의 시체였어요. 살인을 저지른 것은 아내 쪽이었습니다."

카이절링이 말했다.

"그런데…… 그럼 왜 저한테 말하지 않았나요? 내게 말해주었더라면……!"

로버트가 하소연했다. 카이절링이 명민해 보이는 눈으로 그를 보았다.

"그러면요? 그랬다면 어떻게 되었을까요? 당신이 저 여자를 도망치게 했을 테고 우린 정말 곤란해졌겠지요."

반박의 여지가 없었다. 전혀 없었다.

"저 사람, 정신이 나간 거예요."

카이절링이 이성적인 어조로 말했다.

"도움을 청할 곳도 모르고 누굴 믿어야 하는지도 몰랐던 거죠. 그렇게 여기 처박혀서…… 이렇게 될 일이었어요. 당신은 아무 잘못 없습니다."

경위는 아래층으로 내려가고 로버트만이 방에 남았다. 그는 느릿느릿 방안을, 여자가 남긴 물건들을 하나하나 찬찬히 둘러보았다. 그리고 아주 조심스레 의자 하나를 잡아 머리 위로 높게 치켜들었다가 벽에 대고 온 힘을 다해 내리쳤다.

하우스 파티

The House Party

"정신이 드나 보네."

목소리가 말했다.

그는 아래로 떨어지고 있었다. 돌처럼 차가운 암흑의 공간을 향해 양손을 벌리고 몸 전체가 거꾸로 기운 모양새로 떨어지고 있었다. 아래에 무엇이 있는지 알 수만 있다면, 충격의 순간에 대비해 몸을 꽉 잡고 웅크릴 수만 있다면, 그리 크게 공포스럽지 않을 수도 있었다. 하지만 이런 식이라면 그는 구덩이로 떨어져 내리는 한 덩어리의 공포심에 불과했다. 그의 무기력한 신체가 하강하는 동안 정신은 피할 수 없는 결과를 두려워하며 한껏 움츠러들었다.

"좋아요."

멀리서 목소리가 들렸다. 마치 누군가 구덩이 바닥에서 차분하고 즐거운 목소리로 그에게 말을 하는 것 같았다.

"아주 좋아요."

그는 눈을 떴다. 위쪽에서 갑작스레 쏟아진 빛이 고통스럽게 번득여 눈이 부셨다. 그는 눈을 찡그리며 주위에 서 있는 사람들, 우윳빛 안개 같은 것에 부분적으로 가려진 얼굴들을 보았다. 얼굴들은 바닥에 등을 대고 누운 그를 내려다보고 있었다. 등 밑에 받친 쿠션의 감촉 덕에 자신이 익숙한 소파에 누워 있다는 것을 깨달았다. 우윳빛 안개가 서서히 걷히며 혼란스러움도 서서히 사라졌다. 그가 있는 곳은 나이액의 오래된 저택 안, 예전과 똑같은 거실이었다. 벽에 걸린 위트릴로의 작품도 예전과 똑같았다. 머리 위에선 예전에 본 샹들리에가 반짝거렸다.

'모든 게 똑같아.'

그가 비통하게 생각했다. 심지어 주위에 보이는 얼굴마저도 똑같았다.

눈물로 눈을 반짝이며 해나가 그의 손을 쥐고 있었다(아내는 언제든 수도꼭지처럼 눈물을 낼 수 있다). 손가락이 감각을 잃을 정도로 꽉 쥐고 있었다. 과도하게 모성 본능이 발달한 해나가 그러한 본능을 발휘할 수 있는 대상은 남편뿐이었다. 시가를 씹으며 우려 섞인 표정으로 보고 있는 사람은 에이블 로스였다. 이런 순간에도 지린내 나는 시가를 씹고 있다니! 오 년 만에 처음으로 성공적인 극을 올린 에이블은 자기의 투자에 대해 걱정하고 있는 듯했다. 그리고 저 사람은 벤 세이어와 해리엇. 시골뜨기의 전형적인 본보기인 사람들. 그리고 제이크 홀. 토미 맥가원. 모두 낯익은 얼굴들이었다. 진저리가 날 정도였다.

처음 보는 사람도 있었다. 땅딸막한 남자가 친절한 표정을 짓고 그에게 주의를 기울이고 있었다. 훌쩍 벗겨진 머리의 번들거리는 피부 둘레를 반삭의 흰머리가 덮고 있었다. 그가 생각에 잠긴 듯 두피를 손가락으로 쓸더니 마일스에게 고개를 끄덕여 보였다.

"기분이 좀 어떻습니까?"

그가 물었다.

"모르겠어요."

마일스가 대답했다. 그는 해나에게서 손을 빼고 조심스레 몸을 일으키려고 했다. 하지만 몸을 반쯤 세웠을 때 뜨겁게 달군 바늘이 갈빗대 사이를 뚫는 것 같은 끔찍한 고통이 느껴져 순간 얼어붙었다. 해나가 숨을 훅 들이쉬는 소리가 들리더니 낯선 남자의 땅딸막한 손가락이 예의 고통 속으로 깊이 파고들었다. 고통이 흐물흐물 녹아 사라졌다.

낯선 이가 말했다.

"이제 괜찮죠? 별거 아닙니다. 아무것도 아니에요."

마일스는 다리를 돌려 소파 위에 똑바로 앉아서 숨을 반복해서 깊이 들이쉬었다.

"심장이 문제인가 잠시 생각했습니다. 그런 식으로 나를 쳐서……."

"아니, 아니. 무슨 생각을 하신 건지 압니다. 걱정할 것 없어요. 제 말을 믿으셔도 됩니다."

남자는 자신의 의견을 절대적 진실로 만들 마법의 표현을 덧붙였다.

"저는 마스라고 합니다. 빅터 마스. 의사입니다."

"기적 같았어요, 여보."

해나가 숨가쁘게 말했다.

"밖에서 당신을 발견해서 이리로 데리고 오신 분이 마스 선생이에요. 진짜 천사 같았어요. 그분이 아니었으면……."

마일스는 그녀를 보았다. 그곳에 서서 걱정 어린 표정으로 바라보는 다른 사람들도 모두 보았다.

그가 대답을 요구했다.

"흠. 무슨 일이 있었던 겁니까? 뭐였죠? 심장마비? 뇌졸중? 기억상실? 제길, 난 어린애가 아니에요. 쉬쉬할 필요가 없어요."

에이블 로스가 입 왼쪽 끝에서 오른쪽 끝으로 시가를 굴렸다.

"저렇게 생각해도 무리가 아니죠, 의사 선생? 누가 뭐래도, 십오 분이나 의식이 없었으니까요. 자신의 상태가 어떤지 알고 싶겠죠. 혈압을 잰다든가 하는 식으로 검진을 해주시면 어떻습니까? 그러면 우리도 조금은 더 안심할 수 있을 것 같습니다만."

마일스는 에이블 로스를 위해 예비한 것을 떠올리며 기분이 좋아졌다.

"안심하는 게 우리인가, 에이블? '우리'가 극장 공연을 열여섯 주분이나 선판매하고 매일 밤 '입석 외 매진' 팻말을 붙인 거니까? 내가 일주일에 여덟 번씩 삽질을 계속할 수 있는 한 '우리'가 금광을 계속 파낼 수 있을 테니까?"

에이블의 얼굴이 벌게졌다.

"그러지 말게, 마일스. 자네가 그런 식으로 말하면……."

"음? 내가 이런 식으로 말하는 게 뭐?"

마일스가 되물었다.

벤 세이어가 진지한 표정으로 고개를 천천히 젓고는 느릿느릿 말했다.

"마일스, 그렇게 예민하게 굴지 마요. 이해하려고 조금만 애쓰면……."

"잠깐만요!"

마스가 날카롭게 끼어들었다.

"여러분, 잠깐만요."

의사는 사람들에게 인상을 썼다.

"분명히 하고 싶은 게 있습니다. 저는 환자를 직접 돌보는 임상의가 아닙니다. 제 관심사는 말하자면 정신병리학 연구에 있는 편이죠. 자격은 있으니 제가 오언 씨를 검진할 수는 있겠지만, 여러분이 원하시는 대로 할 생각은 없습니다. 오언 씨를 위해 한말씀드린다면 저뿐만 아니라 다른 누구도 그렇게 할 필요가 없어요. 오언 씨는 제 말을 믿으셔도 됩니다."

"마스 선생이 정직한 사람이라는 건 확실하죠."

마일스가 무릎을 조심스레 구부리며 일어서자 주위 사람들의 얼굴에 안도감이 떠올랐다. 마일스가 말했다.

"선생, 괜찮으시면 조금 쉬다 가세요. 저쪽에 뷔페 같은 게 있을 거고, 음식 맛은 몰라도 주류는 진짜 괜찮다고 보장할 수 있습니다."

씩 웃는 의사의 모습이 마치 통통한 장난꾸러기 소년 같았다.

"훌륭한 제안입니다."

즉시 뷔페로 향하는 의사의 뒤를 에이블이 따랐다. 그는 의사가 뷔페에 다다르기도 전에 시가가 의사의 귀를 건드릴 정도로 바싹 따라붙어 있었다. 에이블은 심리 분석가의 소파에서 일주일에 세 시간을 보냈고, 파크 애버뉴에서 영업중인 먹성 좋고 듬직한 체구의 세련된 정신과 의사에게 끔찍하지만 그다지 대수롭지는 않은 증상을 읊어대면서 그 이상의 시간을 소비하는 사람이었다. 불쌍한 마스 선생, 지금은 모르고 있겠지만 고생 좀 하겠어. 마일스는 연민을 느꼈다.

소파 주위에 몰려 있던 다른 이들도 후르르 흩어지고 해나만 남았다. 아내는 당황한 기색으로 그의 팔을 잡았다.

"진짜 괜찮아요? 몸이 안 좋으면 나한텐 말해도 되는 거 알죠?"

안 좋긴 했다. 아내가 이런 식으로 붙들고 가까이 당길 때마다 거미줄의 올가미가 덮치는 듯해서 그는 격하게 싸워야 할 것 같은 기분에 사로잡히곤 했다.

처음부터 그런 것은 아니었다. 해나는 너무나 아름다운 여자였기에 이번에는 다를 수도 있겠다는 희망을 품었다. 이토록 사랑스러운 이와 함께라면 아침에 같이 깨서 식사를 함께 하고 함께 이야기를 나누는, 끝없이 반복되는 유부남의 일과를 견딜 수 있을 것 같았다. 하지만 일 년 후 사랑스러움은 식상해졌고 애정은 진저리가 났으며 매일의 일과는 집채만큼 무거운 짐이 되었다.

십오 분 동안 의식을 잃고 있었다고 했다. 그동안 무슨 소리를 지껄인 게 아닐까, 혹여 릴리에 대한 실마리를 줄 말을 한 건 아닐까 궁금했다. 크게 걱정이 되는 건 아니었다. 오히려, 해나가 앞으로 닥칠 충격에 대비할 기회가 될 수도 있을 것이다. 충격의 강도는 상당히 셀 것이고 그는 그 순간을 상상할 수 있었다. 아름다운 장면은 아닐 것이다.

마일스는 해나의 손을 살짝 뿌리쳤다.

"아무 문제 없어."

그는 유혹을 견디지 못하고 덧붙였다.

"내가 조금이라도 평화와 고요함을 누릴 수 있는 게 일주일에 단 하루인데, 하필 그 하루를 빌려 당신이 파티를 여는 일만 안 하면 말이야."

해나가 불안한 어조로 말했다.

"내가요? 내가 파티와 무슨 상관인가요?"

"당연히 상관이 있지. 흠잡을 데 없는 안주인으로서 모든 사람의 친구가 되려는 열망을 가지고 있잖아."

"저 사람들은 당신 친구들이에요."

아내가 말했다.

"지금쯤이면 당신도 알 법한데. 저치들은 내 친구가 아니야. 내가 여러 가지 다양한 방법으로 당신한테 확실하게 밝힌 게 백 번은 넘을걸. 저치들을 혐오하고 개개인으로도 집단으로도 싫어한다고 했잖아. 저 사람들은 누구의 친구도 아니야. 저 사람들을 안 봐도 되는 날이 일주일에 단 하루인데, 왜 하필 그날 내가 저들을 먹여주고 접대해야 하는 거야?"

"당신 말이 이해가 안 돼요."

해나가 말했다. 당장이라도 울음을 터뜨릴 것 같은 표정이었다.

"사람들에게서 벗어나기 위해 이곳에 집을 산 건 알아요. 하지만 당신이……."

거미줄이 다시 조여들고 있었다.

"됐어."

그가 말했다.

"됐다고!"

어쨌든 상관없었다. 그가 사라진 뒤라면 아내가 일주일 내내 집에서 매일 밤 파티를 벌이건 말건 알 바 아니다. 이 지겨운 집에 불을 지른다 해도 알 바 아니다. 매주 토요일에서 월요일 공연 사이의 시간을 시골 신사처럼 이곳에 박혀 지내는 삶은 이제 진절머리가 났다. 여생을 그렇게 보내고 싶지 않았다. 언젠가 릴리가 말했듯, 나무를 보고 싶으면 센트럴파크에 가면 된다. 그녀가 보고 싶은 나무들은 다 그곳에 있다고 했다. 곧 짐을 싸 여기를 떠난다는 생각에 아내와의 논쟁이 무의미하게 느껴졌다.

밥과 리즈 그레고리가 매일 아침마다 일주일에 육 일 동안 라디오에 함께 출연하는 것으로는 충분하지 않다는 양 서로를 사랑스럽게 바라보고 있었다. 마일스는 어깨로 그들 옆을 비집고 들어가 뷔페 테이블로 향했다. 벤 세이어는 제이크 홀에게 지금 쓰고 있는 연극의 마지막 장 때문에 골치가 아프다는 이야기를 하고 있었고 에이블은 마스 선생에게 심신적 요인에 대해 떠들고 있었다. 마스 선생은 한 손에는 긴 유리잔을, 다른 한 손에는 샌드위치를 들고 있었다.

"흥미롭군요. 아주 흥미로워요."

박사가 말했다.

마일스는 잔에 버번을 삼사 센티미터 높이로 따르며 사람들의 이야기에서 귀를 닫으려고 했다. 잠시 후 그는 불쾌한 눈빛으로 자기 잔을 쳐다보았다. 술이 김이 빠진 듯 온수처럼 밍밍해서 혀에 와 닿는 맛이 썩 좋지 않았다. 돌아가며 저택을 청소하는 동네 일꾼 중한 명이 주류 보관함 열쇠를 발견하고 술 한 병을 거의 비운 후 주방 수도꼭지에서 물을 채운 게 분명했다. 바보 자식 같으니. 몰래 술을 마실 거라면 그냥 마시고 말지, 왜 이런 식으로 남은 술까지 망치는 거지…….

에이블이 그의 갈빗대를 쿡 찌르더니 말했다.

"내가 지금 선생께 말씀드리는 중이었네. 저녁에 시간을 내신다면 〈매복〉의 특별석을 내드리겠다고 말이야. 〈매복〉에서 연기하는 마일스 오언을 보지 못했다면 이 시대의 위대한 연기를 아직 보지 못하신 거라고 말씀드리고 있었지. 내 말이 어떤가, 마일스?"

마일스는 밀봉 상태를 확인한 술병을 들어올리고 있었다. 그는 에이블을 쳐다본 후 조심스레 병을 내려놓았다.

그가 입을 열었다.

"솔직히 말하자면 그 말이 어떤지 나는 모르겠어, 에이블. 그나저나 자네한테 할말이 있는데 지금이 딱 좋겠군."

"무슨 얘긴데?"

에이블이 유쾌한 어조로 말했지만 눈에는 우려의 빛이 깃들었고 얼굴에는 불길한 예감의 기색이 어렸다.

"은밀히 할 이야기야, 에이블."

마일스는 호기심을 빛내며 서 있는 마스 선생에게 고개를 끄덕여 보였다.

"저희끼리 잠시 이야기를 하고 싶습니다."

"이런, 물론입니다."

의사가 재빨리 대답했다. 그는 마일스를 향해 자기 잔을 열광적으로 흔들어 보였다.

"오언 씨, 주류에 대한 당신 말은 옳았어요. 아주 훌륭합니다."

"다행이군요. 이쪽에서 얘기하지, 에이블."

에이블은 사람들 사이를 뚫고 거실을 가로질러 서재로 향하는 마일스의 뒤를 따랐다. 마일스는 서재에 들어가 문을 닫고 전등을 켰다. 실내의 차가운 습기가 몸속에 스며드는 것 같았다. 몸이 부르르 떨렸다. 장작과 불쏘시개가 놓인 난로 안에 성냥을 그어 가져다 대자 이윽고 장작이 탁탁 쪼개지며 불이 붙었다. 그는 담배에 불을 붙여 한 모금을 깊이 들이마시다 깜짝 놀라 담배를 보았다. 담배 또한 맛이 날아간 듯 자극이 느껴지지 않았다. 어리둥절하여 입술을 혀로 핥아보았다. 그러고는 다시 담배를 빨았다가 난롯불 속으로 던져버렸다. 처음엔 술이더니 이젠 담배까지? 마스 선생이 프로이트의 콤플렉스 이론에는 전문가인지 모르겠지만 제대로 환자의 신체를 돌보는 진짜 의사가 필요했다. 월요일이 되면 바로 그런 의사를 찾아 이 사소한 듯 보이는 문제에 대해 물어봐야겠다고 그는 생각했다. 무언가를 맛보는 능력을 잃었다는 사실을 갑자기 깨닫게 되다니 꺼림칙했다. 어처구니가 없다는 표현이 더 맞을 수도 있겠지만 그렇다고 꺼림칙한 기분이 사라지는 것은 아니었다.

에이블은 창가에 서 있었다.

“여기 와서 안개 좀 보게나. 내가 〈멋쟁이〉를 런던에 올렸을 때 거기서 안개의 진수를 봤다고 생각했는데 이곳의 안개에 비하니 아무것도 아니었군그래. 너무 짙어서 삽으로 떠낼 수도 있을 듯해.”

창밖을 진하게 메운 안개는 느릿느릿 물결치며 습한 기운을 증기의 실처럼 유리창으로 보내고 있었다. 실이 달라붙은 곳에 작은 물방울들이 맺혔다가 유리를 타고 흘러내렸다.

“일 년에 두어 번은 저 정도로 짙어지지.”

마일스가 초조한 어조로 말했다.

“날씨에 대해서 말하자고 여기 온 게 아니야, 에이블.”

에이블이 마지못해 창가에서 몸을 돌리고 안락의자에 자리잡았다.

“그렇지, 다른 이유가 있겠지. 그래, 마일스. 자네를 괴롭히는 게 뭔가?”

“〈매복〉.”

마일스가 대답했다.

“〈매복〉이 나를 괴롭히고 있어.”

에이블이 피곤한 기색으로 고개를 끄덕였다.

“그럴 것 같았어. 그럴 것 같았네. 그럼, 특별히 어떤 점이 그런가? 극장에 붙은 자네 이름이 불만인가? 현재 기술로 만들 수 있는 가장 큰 글자를 사용하고 있어. 홍보가 문제야? 이름하고 시간만 대. TV든 라디오든 자네가 원하는 프로그램에 특별 출연하도록 만들어줄 테니까. 개막일 밤 내가 한 말 기억나나, 마일스? 원하는 걸 말만 하면 가져다줄 수 있다고 했지. 그렇게 해주겠네."

마일스는 자신이 이 순간을 즐기고 있음을 퍼뜩 깨달았다. 평소의 그라면 진정 혐오했을 순간이었다. 그가 입을 열었다.

"재미있군. 그런데 돈에 대해서는 아무 말도 안 하는군. 자네가 그 훌륭한 연설에서 언급을 했다면 내가 모르고 지나갔을 리 없을 텐데, 그렇지?"

에이블이 의자에 몸을 푹 묻고 깊이 충격을 받은 사람처럼 한숨을 쉬었다.

"그래, 돈 문제일 거라고 생각했어. 자네에겐 내가 이전에 고용했던 가장 대단한 스타의 출연료 두 배를 지불하고 있지만 그래도 이런 일이 있을 거라고 예상은 했네, 마일스. 그래, 불만이 정확히 뭔가?"

"솔직히 말하면, 불만은 없어."

마일스가 대꾸했다.

"없다고?"

"전혀 없어."

에이블이 다그쳤다.

"무슨 말이야? 뭘 말하고 싶은 거지?"

마일스가 미소를 지었다.

"나는 여기서 뭔가를 얻으려고 하는 게 아니야, 에이블. 나는 나가려고 하네. 연극을 그만두겠다고."

마일스는 위기 상황에 대처하는 에이블을 전에 몇 번인가 본 적이 있었고 따라서 이어질 행동을 예상할 수 있었다. 얼굴이 가면처럼 무표정해지고 손이 성냥을 찾아내 엄지를 퉁겨 시가에 불을 붙인다. 그리고 시가를 공들여 깊이 빤 후, 산뜻한 몸짓으로 성냥을 방 건너편으로 튕긴다. 이번에는 달랐다. 그는 손가락 사이의 성냥을 격하게 부러뜨리고 천천히 굴렸다. 앞으로, 뒤로. 앞으로, 뒤로.

"마일스, 이 귀여운 친구야. 농담이 너무 심해."

"나는 나갈 거야, 에이블. 오늘밤이 내가 출연하는 마지막 공연이었네. 자네는 내일 하루의 여유가 있어. 월요일 공연을 위해서 다른 배우를 섭외할 시간이 충분해."

"다른 배우라니?"

"자네, 제이 웰커를 대기시켜놨잖아. 맞지? 오 개월 동안 대타로 대기하고 있으면서 내가 다리라도 부러지길 매일 밤 기도하고 있었을 거야."

"제이 웰커로는 일주일도 버틸 수 없다는 걸 자네도 알잖아, 마일스. 자네 말고 그 역할을 할 수 있는 사람은 없어. 자네도 그 사실을 알고 있고."

에이블이 의자에 앉은 채로 몸을 앞으로 숙이더니 믿을 수 없다는 듯 고개를 흔들기 시작했다.

"그걸 알면서도 아무렇지도 않다는 거야? 브로드웨이에서 가장 큰 극을 그렇게 간단히 그만둬버리고 나머지 사람들은 어찌되어도 안중에 없다는 거야? 그런 거야?"

마일스는 심장이 무겁게 쿵쿵거리고 목구멍이 빽빽해지기 시작하는 것을 느꼈다.

"잠깐, 에이블. 험한 소리는 잠깐 기다려봐. 그런데 재미있는 점이 벌써 한 가지가 있군. 이런저런 말을 다 하면서도 왜 떠나느냐고는 묻지를 않는군? 한 시간 후에 죽을 수도 있을 만큼 심각한 건강 문제 때문일 수도 있잖아. 자네는 극을 계속 올리는 게 그런 것보다 중요하다고 생각하는 거겠지. 그런 쪽으로는 생각해보았는가?"

"어떤 쪽? 자네 몸 상태가 괜찮다고 의사가 말하는 자리에 내가 있었는데? 대체 내가 뭘 해야 하나? 미국 의학협회로부터 진술서라도 받아 와야 하나?"

"자네는 내가 그저 갑작스러운 변덕으로 몸을 뺀다고 생각하나?"

"선수들끼리 왜 이러나, 마일스. 자네는 오 년 전에 배로한테 이 짓을 했고 다음엔 골드슈밋이었지. 작년에는 하워 프리먼한테 그랬어. 그렇게 자네를 〈매복〉에 넣을 기회를 잡았으니까 잘 알아. 나는 그 사람들이 자네를 다루는 법을 몰라서 그런 일을 당했다고 생각했지. 자네가 극에 얼마나 소중한 존재인지 알지 못했던 모양이라고 생각했어. 그런데 그들이 옳았다는 걸 이젠 알겠네. 내가 완전 봉이었어! 자네가 잘하다가 갑자기 다른 말에 귀를 팔랑거릴 거고 그럼 끝이라고 그러더군. 팔랑귀라고 말이야, 마일스. 천박하고 무식한 표현이긴 하지만 그거나 변덕이나 같은 말 아닌가?"

에이블이 잠시 말을 멈췄다.

"내가 그 사람들과 다른 점이 있다면 말이네, 마일스. 나는 도박을 안 한다는 걸세. 자네가 무명 시절부터 수많은 계약을 맺었겠지만 내가 요구한 것 같은 '전속 출연 해지 불가' 조항을 넣은 계약서는 처음일 거야. 계약서를 무시하고 나가겠다고? 이 친구야, 생각 다시 하게."

마일스가 고개를 끄덕였다.

"알았어."

그가 목에 뭔가 걸린 듯한 목소리로 말을 이었다.

"지금 생각중이야. 그런데 이 말은 꼭 해야겠어. 괜찮겠나?"

"칼자루는 자네가 쥐고 있지 않나? 말해봐."

"자네, 나한테 생각을 다시 하라고 했지. 내가 생각하는 건 내가 일주일에 공연을 여덟 번이나 해야 한다는 거야. 일주일에 여덟 번이나 같은 대사를 읊고, 같은 동선을 걷고, 같은 표정을 지어. 그 짓거리를 내가 다섯 달이나 해왔다는 건 자네가 이제껏 누린 중 가장 큰 행운이야. 그렇지? 자네 마음대로만 할 수 있다면 나는 오 개월이 아니라 오 년이라도 공연을 해야 할 거야. 같은 일을 하고 또 하고 계속한다는 게 이젠 나한텐 악몽이 되어가고 있지만 자네는 그런 기분 따위 모르겠지. 자넨 반복되는 일상을 사랑하는 사람이니까. 나는 아니야. 공연이 개막하고 시간이 좀 지나면 지루해진다고.

감옥에 갇힌 채 열쇠를 빼앗긴 기분이란 말이네. 감옥에서 나갈 수 있게 된 죄수에게 자네는 뭐라 하겠어? 여기 계속 있으면서 그걸 즐기라고 하겠나?"

"감옥이라고? 자네가 갇혔다는 감옥에 들어가기 위해서라면 오른쪽 눈이라도 빼줄 사람이 이 나라엔 우글우글해!"

에이블이 고함쳤다.

"이봐, 에이블."

마일스가 열렬한 기세로 몸을 쑥 내밀었다.

"극이 개막되기 전, 주방이 나오는 장면을 연습할 때 기억하나? 우리가 그날 밤에 그 장면만도 열 번, 열다섯 번, 스무 번 계속 반복했던 거 기억해? 그때 내가 어떤 기분이었는지 아나? 마치 지옥 한가운데 떨어져 같은 장면을 연기하고 또 연기하면서 영겁의 시간을 보내는 느낌이었어. 그게 내가 생각하는 지옥이야, 에이블. 얼핏 포근한 곳 같지만 실은 안에 갇혀서 같은 일을 하고, 하고 또 해야 하고, 그래서 미치겠는데 사람들은 미치지도 못하게 해. 내가 미치면 흥을 깨게 되니까 말이야. 무슨 말인지 알아듣겠어? 그렇다면 내가 〈매복〉에 대해서 어떻게 느끼는지 이해가 갈 거야."

"무슨 말인지 알아들었어. 내 안전 금고 안에 '전속 출연 해지 불가' 조항이 새겨진 깜찍한 계약서가 있다는 사실도 알고 있는 게 문제야. 한 장면을 몇 번 연습하는 게 지옥 같아? 배우 조합의 공격을 한번 받아봐. 생각이 바뀔 테니까. 그자들은 이런 문제에 대해 자네와는 약간 다른 관점이거든."

"겁주려고 해봤자 소용없어, 에이블."

"겁주려는 말이라고? 웃기지 마. 나는 자네한테 소송을 걸어서 끝까지 갈 거야. 이길 거라고. 나 지금 아주 심각해, 마일스."

"그럴 수도 있겠지. 하지만 일을 하기에 너무 아픈 사람에게 소송을 거는 건 힘들지 않겠어?"

에이블이 그럴 줄 알았다는 표정을 지으며 차갑게 고개를 끄덕였다.

"그런 식으로 대응할 거라 예상했네. 나는 조롱거리가 되겠지. 세상 사람들에게 자네는 병자니까 말이야."

그의 눈이 가늘어졌다.

"그러고 보니 이제 이해가 되는군. 자네가 정문 앞에서 잠깐 기절한 깜짝쇼 말이야. 의사도 마침 근처에 있었고 자네가 아픈 모습을 분명히 봤다고 말해줄 목격자도 스무 명이나 돼. 인정할 수밖에 없군, 마일스. 자네, 못 부리는 술수가 없어. 하지만 자네 뜻대로 일이 되기 위해서는 교활한 술수와 돌팔이 의사로는 부족해."

마일스는 솟구쳐 오르는 분노를 꾹 내리눌렀다.

"자네는 그걸 술수라고 생각하는……!"

"술수? 뭐가요?"

그의 뒤에서 해리엇 세이어의 목소리가 명랑하게 울렸다. 고개를 돌리니 해리엇과 벤이 문가에 서서 상쾌한 표정으로 호기심을 내보이며 바라보고 있었다. 연인이면서 그렇게 다르기도 힘들 정도로 두 사람은 아주 대조적이었다. 해리엇보다 키가 훨씬 큰 벤은 병자처럼 수척한 인상에 빼빼 말랐으며 해리엇은 소녀 같은 인상을 주는 연약해 보이는 사람이었다. 두 사람은 촌스러울 정도로 열렬히 호감을 내보이고 있었는데 그것은 손톱이 칠판을 긁는 소리처럼 마일스의 신경에 몹시 거슬렸다.

"엄청 흥미진진하고 재미있는 이야기 같은데!"

해리엇이 덧붙였다.

"우리 때문에 멈추지는 마세요."

에이블이 떨리는 손가락으로 마일스를 가리켰다.

"자네들도 이 말을 들으면 재미없어질걸."

그가 말을 이었다.

"대사 한 줄로 간단히 말해주지. 여기 있는 우리 친구분께서 〈매복〉을 그만두시겠답니다. 이 친구 마음을 바꾸기 위해서 뭔가 해보면 어때요?"

그를 바라보는 벤의 얼굴에 믿을 수 없다는 표정이 서서히 떠올랐다. 이런 벤의 반응에 놀란 것이 한두 번은 아니었지만 이번에도 역시 놀라지 않을 수 없었다. 〈매복〉 같은 극을 위해서 그럴듯한 대사를 몇 마디나 끼워넣는 사람이 어찌 이리 반응이 느릴 수 있는 걸까.

"하지만 그럴 수 없잖아요."

벤이 마침내 입을 열었다.

"마일스의 계약은 연극을 계속 상연하는 한 해지가 안 돼요."

"그 말이 맞아."

에이블이 조롱 조로 말했다.

"아프시대요. 넘어져서 발작을 하셨대요. 자네도 봤잖아, 그렇지?"

해리엇이 멍한 표정으로 고개를 끄덕였다.

"그래요. 하지만 난 그렇게는 생각……."

"당신 말이 맞아."

에이블이 재빨리 끼어들었다.

"마일스가 쇼를 한 거야. 돈을 너무 많이 버는 것도, 자기를 칭찬하는 기사가 많이 나는 것도 싫고 질려서 극을 내려버릴 작정이야. 바로 그거야. 극을 그냥 딱! 접어버리는 거지."

마일스는 에이블이 앉은 의자의 팔걸이를 손으로 세게 내려쳤다.

"적당히 해둬! 자네가 상황을 아주 깨끗하게 설명했으니 하나 물어보지. 〈매복〉이 정말 너무나 훌륭한 연극이라면 배우 한 사람이 막을 내리게 할 수 있다고 생각하나? 이봐, 사람들이 보러 오는 게 자네의 초라한 연극이 아니라는 생각이 든 적 없어? 사람들은 극중의 나를 보러 오는 거야. 자네가 내게 〈어쩌고저쩌고〉라는 극본을 주고 연기를 하게 했어도 사람들은 보러 올 거야! 원맨쇼라고, 원맨쇼! 그런데 자네가 뭔데, 무슨 권리로 원맨쇼를 계속하라는 건가? 그 원맨쇼의 주역이 하기 싫다는데?"

해리엇이 소리쳤다.

"〈매복〉은 좋은 극이에요! 당신이 출연한 연극 중에서 가장 훌륭한 극인데 그걸 깨닫지 못한다면……."

마일스도 고함을 치고 있었다.

"그게 그렇게 좋은 극이면 다른 배우를 쓰라고! 더 좋아질지도 모르잖아!"

벤이 호소하는 듯 양 손바닥을 펴 앞으로 내밀었다.

"자, 자, 마일스. 당신이 그 역할을 너무나 잘해서 다른 배우는 절대 그 역을 맡을 수 없다는 거 알잖아요. 나처럼 생각해봐요, 마일스. 나는 십오 년 동안 극본을 썼어요. 그런데 이게 처음으로 제대로 흥행을 한……."

마일스가 그에게 천천히 걸어가 나직한 목소리로 말했다.

"어릿광대 자식, 당신에겐 자존감이라는 게 없어?"

그 질문에 답이 나올세라 마일스는 후다닥 서재를 나가 문을 쾅 닫았다.

여럿의 작은 그룹으로 나뉜 사람들이 실내에 흩어져 서성거리고 있었다. 목소리들이 귀가 멀 듯 높아졌다 낮아졌고 바닥과 천장 중간에는 파란색 연기의 안개가 투명한 담요처럼 걸려 있었다. 누가 피아노 위에 술을 쏟는 모습이 보였다. 쏟아진 액체가 마호가니 피아노의 옆면을 따라 반짝거리며 줄줄 흘러내려 월튼 러그에 축축한 얼룩을 남겼다. 토미 맥가원과 그의 현재 여자친구인 노마인지, 앨마인지 하는 지나치게 농익은 금발 여인이 바닥에 앉아 음반 더미를 뒤적여 몇 장은 위험할 정도로 높이 쌓고 나머지는 조심성 없이 옆으로 휙휙 밀어 보내고 있었다. 뷔페 테이블은 태풍이 쓸고 지나간 것처럼 보였다. 몇 장의 빈 접시와 부서진 빵조각이 남은 전부였다. 음식이 사라진 정도를 봐선 엄청나게 성공한 파티 같다고 마일스는 냉소적으로 생각했다.

하지만 실내에 감도는 열기와 흥분의 감각도 그가 서재에서 묻히고 나온 냉기를 지워버릴 수는 없었다. 양손을 열심히 비벼보았지만 전혀 소용이 없었기에 살짝이지만 덜컥 겁이 났다. 그의 몸에 실제로 이상이 있는 것이라면? 릴리는 간호인으로서의 역할을 고분고분 받아들일 여성이 아니었다. 그래서 나쁘다는 건 아니다. 입장을 바꿔 그가 병약한 엘리자베스 배럿을 돌보는 로버트 브라우닝의 역할을 할 수 있는가 하면 그건 아니었기 때문이다. 릴리를 위해서도, 이 세상 누구를 위해서도 그럴 수 없었다. 그렇게 될 가능성이 있다면 아예 의사를 만나지 않는 게 나을 것이다. 실제로 이상이 있다면 차라리 모르고 지나가고 싶었다.

"뭔가 마음에 걸리는 게 있어요, 그렇죠?"

마스 선생이었다. 가까이에서 양손을 주머니에 찌르고 편한 자세로 벽에 기대 생각에 잠긴 듯한 시선을 마일스에게 고정하고 있었다. 자기가 뭐라고, 현미경으로 곤충을 관찰하는 과학자처럼 굽어보듯 관찰하고 있군. 마일스는 화가 났다.

"아뇨."

마일스가 쏘아붙였다가 생각을 바꿨다.

"그래요. 사실, 걸리는 게 있습니다."

"음?"

"상태가 좋지 않은 것 같아요. 선생이 괜찮다고 한 건 알지만, 그렇게 느껴지지가 않습니다."

"신체적으로 그렇다는 건가요?"

"물론 신체적으로죠! 무슨 말씀을 하시려는 겁니까? 모든 게 내 머릿속 상상이라는 둥 그런 허튼소리를 하시려는 건가요?"

"저는 오언 씨에게 어떤 말도 하려고 하지 않았습니다. 말씀을 하고 계신 건 오언 씨죠."

"알겠습니다. 저는 어떻게 선생이 자기 의견을 그리 확신하시는 건지 묻고 싶습니다. 검진도, 엑스레이도, 아무것도 하지 않고 선생은 그냥 딱 결과를 말씀하셨어요. 어떻게 하신 거죠? 대체 무슨 꿍꿍이냐고요. 어쨌든 신체적으로 아무 문제가 없다는 결론이 나왔지만 내가 선생의 손에 몸을 맡기고 그럴싸하고 값비싼 심리 분석을 오래 받는다면……."

"잠깐만요, 오언 씨."

마스가 차갑게 말을 막았다.

"오언 씨가 압박을 받고 있는 게 명백하니 이번엔 예의 없이 끔찍하게 구시는 걸 넘어가기로 하겠습니다. 하지만 당신의 상상을 바로잡아야겠군요. 저는 심리 분석 진료를 하지 않아요. 그런 말을 한 적도 없습니다. 저는 어떤 종류의 치유사도 아닙니다. 제가 다루는 사람들은 불행히도 대체로 치료의 단계를 벗어난 상태기 때문에 제가 그들에게 가지는 관심은 말이죠, 이제 짐작하실 수 있겠지만, 온전히 학문적인 관심입니다. 이런 제가 희생자를 찾는 사기꾼으로 간주되는 것은……."

마일스가 불쑥 입을 열었다.

"선생, 미안합니다. 정말 미안합니다. 이렇게 무례하게 굴다니 제가 정신이 나갔나 봅니다. 파티 때문에 그런 건지도 모르겠습니다. 전 이따위 파티를 정말 싫어하거든요. 사람들은 언제나 제게 같은 짓을 합니다. 이유가 무엇이건 간에 선생에게 화풀이를 해서 정말 죄송합니다."

의사가 엄숙한 표정으로 고개를 끄덕였다.

"이해합니다. 이해해요."

그는 거북한 표정을 지으며 자신의 빛나는 두피를 손가락으로 훑었다.

"오언 씨에게 말씀드리고 싶은 게 더 있습니다. 하지만 기분이 상하실까 봐 꺼려지네요."

마일스가 웃었다.

"제가 먼저 기분을 상하게 만들었는데 무슨 말씀이십니까."

의사는 잠시 망설이다 서재 쪽으로 손짓을 했다.

"오언 씨, 사실 저는 저 안에서 오간 이야기를 들었습니다. 엿듣기를 좋아하는 편은 아닙니다만 두 분의 논의가 약간은…… 뭐라 해야 할까, 뜨거워졌기 때문이죠. 그래서 문밖에 있었지만 듣지 않을 방법이 없었습니다."

"그러셨군요……."

마일스가 신중한 어조로 대답했다.

"오언 씨의 상태에 대한 실마리는 두 분이 나눈 대화에 있습니다. 직접적으로 말하면, 오언 씨는 도망치고 있어요. 당신이 반복되는 일상이라고 말하는 것을 견딜 수 없어서 달아나고 있는 겁니다."

마일스는 간신히 미소를 지어 보였다.

"'제'가 말하는 것이라니, 무슨 뜻인가요? 선생이 쓰는 언어로는 표현이 달라집니까?"

"다른 표현이 있지요. 나라면 그것을 책임이라 하겠습니다. 오언 씨의 배우로서의 삶과 사적인 삶은 펼쳐진 책처럼 세상에 열려 있죠. 제가 오언 씨에 대해 알게 된 점에 기초하여 유추해보니 오언 씨는 이런저런 책임에서 도망치며 살아왔다는 결론이 나오더군요. 생각해보세요, 오언 씨. 아무리 멀리, 아무리 빨리 도망가도 결국 항상 같은 문제에 봉착하게 되는 게 이상하지 않던가요?"

마일스가 주먹을 꽉 쥐었다가 펴며 말했다.

"하지만 그 문제들은 제 문제들입니다."

"오언 씨가 잘못 생각하고 있는 겁니다. 당신이 연극에서 맡은 역할을 갑자기 그만두면 극과 관련된 모든 사람에게 영향을 미치고 그다음엔 그 사람들과 연관된 모든 사람들에게 영향을 미치죠. 여성들과의 관계에서도 마찬가지입니다. 당신은 새로운 관계로 이동할 뿐이겠지만 여성들도 가만히 있지만은 않아요. 그 사람들 또한 움직이죠. 그 과정에서 위험에 처하기도 하고 심지어는 다른 사람들까지 그렇게 만들 때도 있어요. 식상한 비유를 사용해서 미안합니다만, 오언 씨, 바다에 자갈을 던질 때는 멀리 떨어진 해변까지 물결이 밀려가는 걸 각오해야 하는 법이랍니다.

오언 씨가 '반복되는 일상'이란 표현을 쓰는 것은 상황에 갇힌 자기 자신만 생각한다는 뜻입니다. 나는 '책임'이란 말을 그와 관련된 다른 사람까지 생각해서 쓰는 거고요."

"그래서 선생이 제시하는 치료법은 뭡니까?"

마일스가 다그쳤다.

"나만의 은밀한 소지옥에 갇힌 채 지내라는 건가요? 빠져나가려고 하면 그 과정에서 다른 사람의 발을 밟을지도 모르니까요?"

"빠져나간다고요? 정말로 빠져나갈 수 있다고 생각하는 겁니까?"

의사가 놀란 목소리로 물었다.

"배우셔야 할 게 참 많군요, 선생. 저를 관찰하고 배우세요."

"오언 씨를 보고 있습니다. 그리고 배우지요. 아, 순수하게 학문적인 견지에서요. 한 남자가 자기의 상황을 견딜 수 없다며 도망치려는 모습을 보는 건 아주 재미있기도 하면서 어리둥절하기도 합니다. 그 사람은 스스로 은밀한 소지옥이라 부르는 그곳에서 도망치려 하면서도 동시에 그걸 내내 짊어지고 다니거든요."

마일스가 손을 위로 치켜들다가 힘없이 옆구리께로 내렸다. 그러고는 조롱 조로 말했다.

"다른 말로 하면, 선생, 선생은 제가 옛날식으로 유황불이 타는 '지옥'이라고 부르는 것 이상으로 더 대단하고 끔찍한 게 있다는 말씀이시군요."

의사가 어깨를 으쓱해 보였다.

"물론 오언 씨는 믿지 않으시겠죠."

"맞아요. 믿지 않습니다."

"고백 하나 하지요, 오언 씨."

의사가 미소를 지었다. 그러자 통통한 장난꾸러기 소년의 얼굴이 홀연히 떠올랐다.

"믿지 않으실 거라는 걸 알고 있었어요. 사실은 그렇기 때문에 당신한테 이야기를 해도 된다고 느낀 겁니다."

"학문적인 견지에서 말이죠?"

"물론입니다."

마일스가 웃었다.

"재미있는 분이군요, 선생. 더 자주 뵙게 되면 좋겠어요."

"그렇게 될 겁니다, 오언 씨. 하지만 당장은 안 되겠네요. 오언 씨의 눈길을 끌려고 노력하는 분이 또 있습니다. 저기, 문 옆에요."

마일스는 박사가 뻗은 손가락을 좇았고 심장이 덜컥 내려앉는 것을 느꼈다. 그는 본 사람이 아무도 없기를 기도하며 방을 가로질러, 현관으로 난 복도에서 걸어 들어오는 여자를 막았다. 여자를 문으로 밀어붙인 후 양어깨를 잡고는 화를 내며 날카롭게 흔들었다.

"미쳤어? 이런 식으로 여기 오다니 제정신이야?"

그가 다그쳤다.

여자는 어깨를 비틀며 그의 손아귀에서 빠져나와 손가락 끝으로 세심하게 코트 깃을 톡톡 털었다. 마일스의 한 달 수입을 앗아간 코트였다.

"다정하기도 해라. 당신은 집에 온 손님을 이런 식으로 반기나 봐?"

복도가 제법 어두웠는데도 여자는 눈에 확 뜨일 정도였다. 치자꽃처럼 창백한 낯빛에 대비되는 부루퉁 튀어나온 입술하며, 높이 솟은 광대뼈하며. 위로 치켜뜬 눈이 그에게 불꽃을 쏘아대고 있었다. 마일스는 움츠러들었다.

"그래. 미안해, 미안하다고. 하지만 제기랄, 저쪽엔 브로드웨이에서 가장 입이 싼 사람들이 스무 명도 넘게 있단 말이야, 릴리! 온 세상에 우리에 대해 알리고 싶으면 아예 방송에 찌르지그래?"

그가 이미 자신에게 졌다는 것을 여자는 알았다.

"자기야, 그런 식으로 말하는 거 별로야. 아주, 아주 별로야. 마치 내가 끔찍하고 혐오스러운 일을 한 것처럼 말하는 거 말이야. 그러면 안 되잖아, 그렇잖아?"

"그런 게 아니라는 걸 알면서, 릴리. 머리 좀 써, 응? 신중함이란 표현 들어보지 못했어?"

"말만 번지르르하다는 표현도 있지, 자기. 확실히 해두고 싶은데, 지난 두 달 동안 자기가 그런 식이었기 때문에 내가 이곳에 올 수밖에 없었던 거야."

마일스가 화를 내며 말했다.

"적절한 때에 올바른 방식으로 이 문제를 처리할 거라고 누누이 말하지 않았어? 나는 이미 에이블한테 연극을 그만두겠다고 말했고 해나한테도 말할 작정이었어. 하지만 오늘 파티 때문에 모든 게 망했어. 내일 해나와 둘만 남으면……."

"아, 그 내일이 오려면 아주 오래 걸릴지도 몰라. 자기가 생각하는 것보다 훨씬 오래 걸릴걸."

"그게 무슨 뜻이야?"

여자는 핸드백을 뒤지더니 봉투 한 장을 꺼냈다. 그녀는 승리감에 도취된 것처럼 그의 코앞에서 봉투를 앞뒤로 흔들어댔다.

"이런 뜻이지, 마일스. 요 깜찍한 두 장의 티켓을 봐! 내일 해외로 떠나는 선박 예매권이야. 자기 생각만큼 시간이 충분한 게 아니라는 걸 이제 알겠어?"

"내일이라고? 여행사에선 한 달 안에 떠나는 티켓은 구할 길이 없다고 했잖아!"

"취소 표가 나올 걸 예상 못 한 거지. 표가 나오자마자 잡아서 여기로 온 건데 오는 데 두 시간이나 걸렸어. 길에 깔린 지독한 안개만 아니었다면 훨씬 빨리 도착했을 텐데. 밖에 차를 세워놨어, 마일스. 손에 잡히는 짐만 싸. 나머지 필요한 건 배에서 사요. 마일스, 자기야, 나랑 지금 같이 갈 거지? 난 자기가 가건 말건 내일 배를 타긴 할 거야. 그런다고 욕할 수는 없다는 거 알지? 이러는 동안에도 우리는 점점 나이를 먹고 있다니까."

갑작스러운 혼란에 머리가 지끈거린 그는 생각을 정리해보려고 애썼다. 해나의 거미줄에서 탈출하고 싶었을 따름인데 또 다른 장애가 벌써 앞에 기다리고 있었다. 박사는 그가 도망치는 중이라고 그랬다. 항상 도망만 치고 어디에도 닿지 못한다고 했다. 덮쳐오는 피곤함에 사지부터 온몸이 다 무거워졌다. 도망치다 그렇게 된 거야. 자업자득이지.

릴리가 입을 열었다.

"자, 마음을 정해요, 자기."

그가 손으로 이마를 문질렀다.

"차는 어디에 뒀어?"

"길 바로 건너편에."

"알았어."

마일스가 대답했다.

"거기서 기다려. 기다리기만 하고 경적을 울린다거나 하는 짓은 하지 말아줘. 십 분 후에 갈게. 최대 십오 분. 어차피 내 물건은 대부분 시내에 있어. 항구로 가는 도중에 챙기면 될 거야."

그가 문을 열고 그녀를 살짝 밀었다.

"잘 살피면서 조심해서 차로 와야 해, 마일스. 지금 바깥은 굉장해. 이런 날씨는 처음이야."

"잘 찾을 수 있어. 당신은 기다리고 있기만 하면 돼."

그는 문을 닫고 목구멍으로 치솟는 구역질을 간신히 참으며 문에 기댔다. 옆방에서 시끄러운 목소리들과 째지는 듯한 멍청한 웃음소리가 들려왔다. 볼륨을 한껏 높인 전축은 소음을 쏟아냈다. 모든 것이 그를 방해하는 것 같았다. 그를 혼자 두지도 않았고, 상황을 정리하려는 시도 또한 막으려 드는 것 같았다.

그는 마치 취한 사람처럼 휘청휘청 위층으로 올라가 침실로 들어갔다. 트렁크를 끄집어내 손에 잡히는 대로 물건을 잡아 가방을 채우기 시작했다. 셔츠와 양말, 서랍장에 있던 보석 상자가 들어갔다. 물건을 더 넣기 위하여 온몸으로 가방을 눌러 여유 공간을 만들었다.

"지금 뭐하는 거예요, 마일스?"

그는 고개를 들지 않았다. 아내의 얼굴에 떠올라 있을 게 뻔한 표정을 보고 싶지 않았다. 감당하기 버거울 터였다.

"해나, 난 집을 나갈 거야."

"그 여자랑요?"

아내의 속삭이는 듯한 목소리가 희미해 잘 들리지 않았다.

고개를 들지 않을 수 없었다. 빤히 쳐다보는 아내의 두 눈이 하얀 피부와 대비되며 아주 커다랗게 보였다. 그녀의 손이 가슴께에 늘어진 장신구를 만지작거렸다. 결혼하기 일주일 전 그가 5번가에 가서 사준, 웃는 얼굴의 가면 모양을 한 은제 장식이었다.

그녀가 궁금하다는 어조로 말했다.

"당신이 복도에서 여자랑 있는 걸 봤어요. 엿보려고 한 건 아니에요, 마일스. 난 그저 마스 선생님에게 당신이 어디 있느냐고 물었는데……."

"그만해!"

마일스가 고함쳤다.

"대체 무슨 변명을 하는 거야?"

"하지만…… 그 여자인 거죠? 맞죠?"

"그래, 그 여자가 맞아."

"당신은 그 여자랑 떠나고 싶은 거고요?"

그는 두 손을 트렁크의 뚜껑 위에 얹었다. 고개를 숙이고 눈을 감은 채 두 손에 무게를 실었다. 마침내 대답했다.

"그래. 그렇게 됐어."

"안 돼요!"

그녀가 열기를 띠고 갑작스레 소리질렀다.

"당신은 정말로 그러고 싶은 게 아니야. 그 여자가 좋은 여자가 아니라는 걸 당신은 알고 있어요. 이 세상에서 당신에게 나만큼 잘 맞는 사람이 없다는 걸 당신도 알잖아요!"

그가 트렁크 뚜껑을 내리눌렀다. 딸칵, 하는 희미한 소리와 함께 잠금쇠가 걸렸다.

"해나, 여기 왜 올라온 거야……. 내가 설명을 하는 편지를 남겼을 텐……."

"설명을 한다고요? 그땐 늦었겠죠. 당신은 엄청난 실수를 저질렀음을 깨달았을 테고요. 마일스, 내 말을 들어요. 사랑하기 때문에 이런 말을 하는 거예요. 당신은 끔찍한 실수를 저지르려 하고 있어요."

그는 자리에서 일어났다. 그녀가 다가와 양팔을 꽉 잡았다. 아내의 손가락이 팔에 사정없이 파고들었다.

"나 좀 봐요, 마일스."

그녀가 속삭였다.

"내가 어떤 기분인지 모르겠어요? 이런 식으로 당신이 떠나면 이 세상은 텅 비어버려요. 그렇게 되게 두기보다는 차라리 함께 죽어버리겠어요!"

끔찍했다. 거미줄이 세게 조여들어 힘이 죽 빠졌다. 몸을 빼기 힘들었다. 하지만 그는 짐승 같은 힘을 발휘하여 몸을 뺐고, 그 과정에서 아내가 뒤로 넘어지며 서랍장에 부딪히는 모습을 보았다.

아내가 갑자기 서랍장 쪽으로 몸을 돌렸다가 그를 향해 되돌아섰을 때 그는 자신에게 겨눠진 권총을 보았다. 아내의 손에서 총은 차갑고 잔혹한 파란빛으로 빛났다. 손이 부들부들 떨리는 모습을 본 그는 아내 또한 권총을 두려워하고 있음을 깨달았다. 이 얼마나 기괴한 상황인가. 두려움이 사라지고 대신 분노의 거센 물결이 몰아치며 그를 채웠다.

"내려놔."

"싫어요."

아내의 대답은 들릴락 말락 했다.

"당신이 떠나지 않는다고 약속해야 놓을 테야."

그가 앞으로 한 발짝을 내딛자 그녀는 움츠러들며 서랍장 쪽으로 뒷걸음질쳤다. 총구는 여전히 그를 향한 상태였다. 아내는 상대에게 속아 장난감을 빼앗길까 봐 두려운 아이처럼 보였다. 그는 우뚝 멈춰 서서 어깨를 으쓱해 보이며 무관심을 연기했다.

"바보짓을 하는군, 해나. 연기를 하려면 무대에서 해야지. 그럼 돈을 벌잖아. 집에서 자기들끼리 쇼를 하는 건 낭비야."

그녀의 머리가 좌우로 천천히, 정처 없이 흔들렸다.

"내가 총을 쏠 거라고 믿지 않죠, 마일스?"

"그래. 안 믿어."

그는 그녀에게서 등을 돌렸다. 갑작스러운 폭발음과 함께 총탄의 충격이 어깨뼈 사이로 치고 드는 것을 예상했지만 아무 일도 일어나지 않았다. 그는 트렁크를 들고 문으로 걸어갔다.

"잘 있어, 해나."

그가 말했다. 고개는 돌리지 않았다.

무릎에 힘이 빠져 한 걸음 한 걸음 내딛는 것이 고역이었다. 계단을 다 내려가 트렁크를 쥔 손을 바꾸기 위해 잠시 멈춘 그의 눈에 마스 선생이 보였다. 한 손으로 모자를 들고 코트를 팔에 걸친 채 서 있었다.

"어? 오언 씨도 파티를 떠나시는 겁니까?"

의사가 무슨 일이냐는 듯 말했다.

"파티요?"

마일스가 반문하다가 짧고 날카로운 웃음소리를 냈다.

"표현이 그렇지만 저는 파티가 아니라 악몽을 떠나는 겁니다, 선생. 손님께 이런 말씀 드리는 건 정말 별로지만 선생은 절 이해하실 수 있죠? 지난 한 시간은 점점 심해지는 악몽 같았고 저는 그 상황에서 벗어나려는 겁니다. 떠나게 되어 행복합니다, 선생. 저를 탓하지는 말아주세요."

"알아요, 알아. 잘 이해합니다."

"차가 밖에서 기다리고 있습니다. 댁에 바래다드릴까요?"

"괜찮습니다. 멀리 가지 않거든요. 정말입니다."

의사가 말했다.

그들은 함께 현관 밖으로 나섰다. 차고 축축한 안개가 밀려와 마일스는 코트 깃을 세웠다.

"날씨 한번 고약하군요."

"끔찍해요."

마일스의 말에 의사가 동의했다. 그리고 손목시계를 흘끔 보더니 눈더미 속으로 사라지는 바다코끼리처럼 계단을 쿵쿵 내려가 보도로 향했다.

"또 만나게 될 거요, 오언 씨."

의사가 선언하듯 말했다.

마일스는 의사가 떠나는 모습을 지켜보았다. 이윽고 그는 주위에 들어찬 숨막히는 습기를 피해 목깃에 코를 묻고, 트렁크를 집어 들고 계단을 내려갔다. 그가 맨 아래 계단을 디뎠을 때 현관문이 끼익 열리는 소리가 들렸다. 아련한 위험의 속삭임이 경고처럼 뼛속에서 울려 퍼졌다.

그는 뒤로 돌아섰다. 예상했던 대로 현관 문가에 해나가 서 있었다. 여전히 총을 쥔 채였지만 침실에서와는 다르게 두 손으로 총을 꽉 잡고 있었다. 총에서 뿜어져 나오는 위협적 기세가 생생하고 압도적이었다.

"난 노력했어요, 마일스. 당신을 이해시키려고 했어요."

그녀가 마치 어린아이처럼 말했다.

"당신을 이해시키려고 노력했어요."

"안 돼!"

그가 미친듯이 소리쳤다.

"안 돼!"

폭발음이 으르렁대며 귓전을 때렸다. 불꽃이 그를 향해 튀어나왔다. 가슴을 부수는 듯한 충격이 느껴지더니 곧 온 세상이 희미해지기 시작했다. 몸을 숙이고 그를 내려다보는 마스 박사의 모습만이 사라지지 않고 날카롭고 선명하게 남았다. 박사의 얼굴에 떠오른, 그에겐 전혀 관심 없이 잔인한 표정이 묘하게 악마 같았다.

그 순간, 마일스는 모든 것을 이해했다. 그는 이 순간을 전에도 겪었던 것이다. 지난 한 시간의 일을 이미 천 번은 겪었고 앞으로도 영원히 겪으며 살아갈 것이다. 지금은 막이 내려오고 있었지만 곧 무대가 다시 한번 오늘밤의 하우스 파티를 위해 세워지고 막이 오를 것이다. 그가 지옥에 있기 때문이다. 무엇보다도 끔찍한 것은 그가 이 순간 현실을 깨달았다는 점, 눈앞에 펼쳐진 파멸의 무한궤도로 다시 기어들어가는 자기 자신을 볼 수 있음을 알게 되었다는 점이었다. 하지만 곧 어둠이 덮치며 그의 이런 깨달음을 씻어가버렸다. 다음 이 시간까지.

"정신이 드나 보네."

목소리가 말했다.

그는 아래로 떨어지고 있었다. 돌처럼 차가운 암흑의 공간을 향해 양손을 벌리고…….

브로커 특급

Broker's Special

월 스트리트 주식 브로커인 코닐리어스가 '브로커 특급' 외의 기차를 타고 귀갓길에 오른 것은 실로 수년 만의 일이었다. 브로커 특급은 그에게 어울리는 열차였다. 기업 임원이나 전문직 종사자들이 대부분인 이용객들은 그와 같은 부류의 사람이었다. 별다른 소개 없이도 서로를 알아볼 수 있고 대화를 나누지 않아도 서로 이해할 수 있는, 자산과 지위가 있는 사람들이었다.

'의원님 만찬회만 아니라면.'

코닐리어스는 생각했다. 하지만 상원의원이 고집을 부리는 바람에 그는 주중의 만찬회라는, 실로 끔찍한 일에서 벗어날 방도가 없었다. 번잡스럽게 만찬회용으로 옷을 갈아입는 일에서도, 그 때문에 이른 시간의 기차를 타고 집으로 향해야 하는 필요성이나 과한 음식과 과한 술의 저녁, 그리고 그로부터 비롯되는 이튿날 아침의 비참한 상태에서도 벗어날 수 없었다.

이런 맥빠지는 생각에 푹 잠긴 코닐리어스는 기차에서 무거운 몸을 내려 낯익은 플랫폼을 지나 자동차로 향했다. 클레어가 스테이션왜건을 선호하는지라 그는 세단을 타고 집과 역 사이를 이동한다. 이 년 전 그들이 결혼했을 때 아내는 손수 운전하여 그를 역으로 데려다주고 데려오고 싶어 했지만 그는 왠지 그 생각이 끔찍하게 느껴졌다. 매일 역내에서 드러내놓고 아내에게 작별 키스를 하는 남자들의 모습에서 무언가 모호하지만 추접한 느낌을 받았기 때문인지, 자기가 그들의 입장에 서게 된다는 생각만으로 부끄러워 소름이 돋을 정도였다. 물론 클레어에게 그렇게 말하지는 않았다. 자신은 가정부나 운전사를 얻기 위해 결혼한 것이 아니라고 했을 따름이다. 그의 아내라면 자기의 삶을 즐겨야 하지, 별 중요하지 않은 의무로 삶을 허비해서는 안 된다.

평상시라면 전원의 풍경을 지나쳐 집으로 도착하는 데 십오 분이 넘지 않았다. 하지만 오늘 행사 때문에 이미 짜증이 잔뜩 나 있던 그는 설상가상으로 예상하지 못한 곳에서 지체하게 되었다. 고속도로에서 빠져나와 이 킬로미터 정도 지나면 도로와 철도의 본선이 교차하는 지점이 나오는데, 안내원이나 건널목 차단기는 없지만 적색 경보등이 있다. 코닐리어스가 차를 몰고 다가가자 음향 경보기가 끊임없이 울려댔다. 그는 브레이크를 걸고 손가락으로 운전대를 끊임없이 탁탁 치며 끝도 없이 덜커덩거리며 밀려오는 화물열차가 지나가기를 기다렸다. 그때, 다시 시동을 걸려던 차에, 그는 보았다.

클레어와 웬 남자가 같이 있었다. 스테이션왜건을 타고 옆을 부르릉 지나 시내로 향한 것은 그의 아내와 어떤 남자였다. 운전을 하는 남자는 큰 체구의 금발로, 운전대 앞에 바이킹처럼 거만하게 앉아 한 팔을 클레어의 몸에 두르고 있었다. 클레어는 눈을 감은 채 남자의 어깨에 머리를 기대고 있었다. 아내의 얼굴에 떠오른 표정은 코닐리어스가 한 번도 보지 못한, 가끔은 보기를 꿈꾸었던 표정이었다. 두 사람은 순식간에 사라졌지만 그들이 그린 그림은 필름에 찍힌 사진처럼 머릿속에 찬란하게 새겨졌다.

안 믿어. 그는 어안이 벙벙하여 스스로에게 다짐했다. 안 믿는다고! 하지만 그림은 시간이 흐르며 눈앞에서 더 또렷해지고, 그의 시선을 받으며 더욱더 생생해졌다. 끔찍했다. 아내를 소유한 남자의 팔. 그것을 받아들이는 아내의 표정. 관능적인 표정.

이제 그는 주체할 수 없을 정도로 덜덜 떨었다. 머릿속에서 피가 펑펑 솟구쳤다. 차를 돌려 두 사람을 쫓으려고 했지만 불현듯 몸에서 힘이 빠졌다. 어디로 쫓아간다는 말인가. 그들은 의심할 바 없이 시내로 향할 것이다. 거기서 남자는 뉴욕행 기차를 기다릴 것이다. 그런데 쫓아가 잡으면 어떻게 할 것인가? 격앙된 목소리로 추

궁하고 비난할 것인가? 한바탕 소란이라도 피울 건가? 두 사람과 함께 사람들한테 망신을 당하면서?

다른 것은 몰라도 창피스러워서 견딜 수 없을 것이다. 클레어와 결혼했다는 이유로 친구들에게 비웃음을 산 것만으로 충분했다. 그의 위치에 있는 남자가 비서와 결혼을 하다니, 게다가 남자가 여자의 두 배는 나이가 많다니! 지금은 친구들이 왜 비웃었는지 이해하지만 그때는 눈이 멀었더랬다. 사무실에서 일을 하는 아내의 자태에서는 세련된 품위가 배어 나왔고 그의 말을 받아 적으며 앉아 있는 모습은 고상한 요조숙녀 그 자체였다. 옷은 너무나도 소박했지만. 그가 저녁 식사를 함께 했으면 한다고 처음으로 초대했을 때 그녀의 얼굴은 데이트를 처음 요청받은 소녀처럼 순진무구한 혼란스러움으로 발개졌다. 순진무구 좋아하네! 지금까지 내내 나를 비웃고 있었던 게 틀림없어. 그는 분노에 차 생각했다. 다른 사람들처럼 아내 또한 그를 비웃은 것이다.

그는 천천히, 거의 기계적으로 집으로 차를 몰았다. 집은 비어 있었다. 참, 그렇지. 집이 빈 게 당연하군. 그는 문득 깨달았다. 목요일은 집안일을 하는 사람들이 쉬는 날이다. 클레어의 목적에 완벽하게 부합하는 날이다. 그는 곧바로 서재로 향해 책상 앞에 앉아 잠겨 있던 제일 위 서랍을 열었다. 그리고 그 안에 든 총신이 짧은 38구경 권총을 천천히 집어 들어, 손으로 그 차가운 물체의 무게를 가늠하며 총이 뿜어내는 강렬한 힘을 느껴보았다. 힐리커 판사가 언젠가 한 말이 불쑥 떠올랐다. 브로커 특급열차에 같이 탑승했을 때 그 늙은 판사는 기묘하지만 재미있는 이야기를 해주었다.

"총? 칼? 둔기? 그런 건 다 갖다 버리게. 내 생각으로 완벽한 흉기는 딱 하나야. 바로 자동차라네. 종류는 상관없어. 제대로 작동하기만 하면 돼. 완벽한 이유가 뭐냐고? 충분히 속도만 낸다면 누구도 치어 죽일 수 있거든. 사고 후에 운전자가 차에서 나와서 미안한 표정을 지으면 사람들은 운전자를 동정하게 돼. 땅 위에 너부러진 눈꼴사나운 시체 따위를 불쌍히 여기진 않는다는 말이네. 그 사람이 애초에 거기 있던 게 잘못이라고. 음주운전이나 극악한 수준의 부주의만 범하지 않으면 이 나라에서는 원하면 누구나 죽일 수 있어. 곤란한 건 잠시뿐이고, 걱정할 가치도 없는 사소한 처벌 정도만 견디면 된단 말일세. 생각해보게."

판사가 말을 이었다.

"대다수의 사람들에게 자동차는 일종의 신神이지. 신이 자네를 쳐서 쓰러뜨렸다면 그건 자네가 운이 없는 거야. 나는 말일세, 길을 건널 때마다 짧게 기도를 올린다네."

예의 신랄하고 장황한 투로 판사의 말이 이어졌지만 전부 기억할 필요는 없었다. 필요한 것은 이미 기억이 났다. 그는 아주 조심스럽게 제자리에 총을 돌려놓은 후, 서랍을 밀어 닫고 잠갔다.

클레어가 집에 온 것은 그가 여전히 책상에 앉아 생각에 잠겨 있을 때였다. 객관성을 유지하고 아내를 냉철한 눈으로 보기 위해 안간힘을 써야 했다. 사랑스럽게 반짝이는 여인. 이제까지 그를 기만하며 바보로 만든 여인이 자그마한 체구에 어울리지 않는 커다란 식료품 봉투를 꽉 안은 채 휘둥그레진 눈을 하고 문가에 서 있었다.

"차고에 차가 있어서……."

그녀가 숨가쁘게 입을 열었다.

"무슨 일이 났나 싶어 겁이 났잖아요. 당신이 몸이 안 좋기라도 한 건가……."

"몸은 아주 좋아."

"하지만 퇴근이 너무 이르잖아요. 이렇게 빨리 온 적은 처음인데."

"전에는 주중의 만찬회를 어떻게든 거절할 수 있었으니까."

"오, 이런!"

그녀가 숨을 훅 몰아쉬었다.

"만찬회! 생각도 못 했어요. 하루 종일 너무 바빠서……."

"바빴어? 뭘 했는데?"

"그게, 오늘 사람들이 쉬잖아요. 그래서 집을 바닥에서 꼭대기까지 치우고…… 찬장을 보니 부족한 것들이 보여서 시내에 서둘러 나갔어요."

그녀가 불룩한 종이봉투를 턱으로 가리켰다.

"당신 목욕물을 준비하고 옷을 꺼내 놓을게요. 이것만 갖다 놓고요."

자리를 뜨는 아내의 모습을 보며 그는 진실로 존경심을 느꼈다.

다른 여자라면 친구네 다녀왔다는 식의, 나중에 우연히라도 친구의 입방정으로 들통이 날 수 있는 거짓말을 했을 것이다. 다른 여자라면 시내로의 외출을 정당화하기 위해 쓸데없는 꾸러미를 만드는 수고를 하지는 않았을 터. 하지만 클레어는 달랐다. 아름다운 만큼이나 영리한 여자였다.

게다가 제기랄, 너무나 매력적이지 않는가 말이다. 친구들은 등 뒤에서는 그를 비웃을지언정 모임에서는 아내를 둘러싸고 열렬한 환대를 했다. 낯선 사람들로 가득한 곳에 아내와 함께 모습을 나타내면 으레 모든 남자들의 눈이 탐욕스러운 관심의 빛을 띠고 그녀를 좇았다. 안 된다. 어떤 일도, 그 어떤 일도 아내에게 일어나서는 안 된다. 파괴되어야 하는 존재는 남자다. 우리집 가축을 노리는 밀렵꾼을 죽이거나 도끼를 들고 집에 난입하여 날뛰는 미친 녀석을 때려잡듯이, 파괴의 목표는 남자가 되어야 한다. 클레어도 조금은 마음의 상처를 입겠지만 교훈을 얻을 필요가 있다. 그리고 그 교훈은 남자에게 난 사고를 통해 배우는 편이 가장 효과적이리라.

남자를 덮쳐 치어 죽인다는 것은 생각만큼 간단한 행동은 아니었다. 상당히 세심한 계획이 필요하다는 것을 코닐리어스는 금세 깨달았다. 목적을 완벽히 달성하기 위해 사건 전후의 각 단계마다 퍼즐 조각처럼 조금씩 잘 끼워 넣어야 하는 세부 사항이 실로 많았다.

그런 면에서 뜻밖이지만 힐리커 판사가 생각보다 훨씬 더 도움이 되었다고 코닐리어스는 생각했다. 자동차로 저지르는 살인은 완전범죄였다. 특정 사항만 잘 처리한다면 살인이 성립하지 않기 때문이다. 피해자가 있고 그 옆에 가해자인 살인자가 있다. 모든 것은 형식적인 무관심으로 다뤄질 것이다. 사실 해마다 생기는 삼만 명의 피해자에서 한 명 늘어나는 것이 그리 대수겠는가. 그저 혀를 차는 소리와 어깨의 무기력한 으쓱거림과 함께 피해자는 통계자료의 수치로 남게 될 것이다.

물론 클레어는 그렇게 생각하지 않을 것이다. 세상에 아무리 기막힌 우연이 존재한다 해도 남편이 아내의 연인을 모르고 깔아뭉갤 정도로 기막힌 우연은 없다. 그 점이 바로 이 계획의 가장 근사한 점이었다. 클레어가 알아채겠지만 아무 말도 못한다는 것. 그랬다간 자기 잘못이 드러날 수밖에 없기 때문이다. 그녀는 잘못을 들켰다는 것을 알고, 정의로운 복수가 행해졌음을 알고, 훗날에도 발생할지 모르는 비슷한 유형의 유혹에 대해 경고를 받았음을 알게 될 것이다. 그런 상태로 하루하루 인생을 살아갈 것이다.

만약 아내가 자신의 잘못이 폭로될 것을 감수하고 입을 연다면? 그 희박한 가능성이 현실화된다면 어떻게 할 것인가. 그 경우에는 작은 퍼즐 조각을 하나 더 끼워 맞춰 우연한 사건으로 만들면 된다. 그가 아내의 간통을 의심한 적이 있다는 증거가 전혀 없거나 내연남을 본 적이 있다는 증거가 없다면, 경찰은 그 사건을 '반드시' 우연으로 간주할 수밖에 없다. 아내가 어떻게 행동하건 그의 입지는 난공불락으로 탄탄했다.

이러한 점을 염두에 두고 그는 차근차근 계획을 짜는 데만 집중했다. 처음에는 필요한 정보를 효율적으로 즉각 수집해줄 전문 탐정을 고용하고픈 유혹을 느꼈다. 하지만 신중하게 검토한 후 그는 유혹을 물리쳤다. 영리한 탐정이라면 사고가 난 후에 여러 사항을 조합하여 쉽게 진상을 파악할 수 있다. 그리고 그 탐정이 정직한 사람이라면 자신이 품은 의구심을 가지고 경찰에 접촉할 수 있고, 정직하지 않은 사람이라면 공갈 협박의 유혹을 받을 수도 있다. 이런저런 위험을 감수하지 않고는 제삼자를 끌어들일 수 없다는 것이 명백했다. 그는 어떤 위험도 절대 감수하지 않을 작정이었다.

그리하여 코닐리어스는 필요한 정보를 손수 수집하며 소중한 몇 주를 소비했다. 클레어와 내연남이 한 번도 빠짐없이 매주 만남을 이어가자, 그러지 않았다면 더 오래 걸렸을지도 모른다며 자신을 달랬다. 내연남이 일주일에 한 번 방문하는 날이 목요일이었다. 뉴욕행 기차가 역에 도착할 때쯤이면 클레어는 역 광장에서 한 블록 떨어져 있는 방치되어 으슥한 골목에 스테이션왜건을 댔고, 두 사람은 차 안에서 강렬하게 입을 맞췄다. 그 모습을 보는 코닐리어스의 몸이 부들부들 떨렸다.

내연남이 자동차에서 나오면 클레어는 바로 차를 몰고 그 자리를 떴고 남자는 성큼성큼 광장으로 향했다. 보도 연석 옆에 주차된 자동차들 사이를 요리조리 빠져나와 광장을 가로질러 역 안으로 향했다. 그러는 내내 남자는 골똘히 생각에 잠겨 휙휙 지나치는 차량을 보는 둥 마는 둥 무시했다. 코닐리어스가 이 광경을 세 번째로 본 후에는 남자의 매 움직임을 엄청난 정확도로 예측할 수 있게 되었다.

이 기간 동안 클레어는 때때로 쇼핑을 하러 뉴욕에 간다고 말했다. 코닐리어스는 그 정보 또한 활용하였다. 그는 역 터미널의 대기실 그늘에 서서 기다리다가 아내가 탈 기차가 도착하면 적당한 거리를 두고 뒤를 밟았다. 택시를 잡아타고 뒤따르다 보면 아내가 탄 택시는 내연남이 사는 초라한 아파트의 문 앞에 이르렀다. 남자는 아내를 기다리는 게 뚜렷한 낯빛으로 건물의 더러운 계단 위에 앉아 있었다. 그가 아내를 건물 안으로 이끌며 한 쌍의 어린 학생들처럼 손을 잡는 모습을 코닐리어스는 비통한 심정으로 지켜보았다. 오후가 훌쩍 지날 정도로 오랜 시간이 흘렀다. 클레어가 다시 모습을 나타내기 전에 코닐리어스는 기다리는 것을 그만두었다.

두 사람의 모습에 분노가 폭발한 코닐리어스는 이튿날 그곳에서, 뉴욕의 거리에서 사고를 일으키겠다는 충동을 느꼈지만 재빨리 그 생각을 뿌리쳤다. 그러기 위해서는 자동차를 뉴욕으로 몰고 가야 하는데 운전해서 가본 적이 전혀 없었고, 그런 행동은 자신의 일상에서 위험할 정도의 일탈이 될 터였다. 더구나 그가 사는 곳의 케케묵은 지역신문과는 달리, 뉴욕의 타블로이드지는 교통사고 소식을 지면에 싣는 데 그치지 않고 가끔은 피해자와 가해자의 사진까지 함께 실으면서 기사화했다. 그는 그런 결과를 원하지 않았다. 이 일은 은밀히 처리되어야 했다. 철저하게 은밀해야 했다.

애초의 계획이 옳았다. 이 일을 매듭지어야 할 유일한 장소가 광장이라는 점은 의심할 여지가 없었다. 실행 계획을 점검하면 점검할수록 결점을 찾을 수 없을 정도로 완벽하여 코닐리어스는 새삼 감탄하였다.

어떻게 상상해보아도 일이 잘못될 리 없었다. 운이 없어 사고만 나고 남자는 죽지 않는다면? 남자는 클레어와 같은 처지에 처하게 될 뿐이다. 자신의 과오를 드러내지 않으면서 내막을 공개할 수는 없다. 코닐리어스가 내연남을 스치지도 못한다면? 대상을 놓친 채 손에 총이나 칼을 들고 있다가 잡히는 암살범이 될 가능성은 희박했다. 자동차는 흉기가 아니다. 조심성 없는 보행자가 다칠 뻔한, 그저 하나의 아슬아슬한 해프닝으로 끝날 것이다.

하지만 그는 아슬아슬한 해프닝을 원하지 않았고, 그 때문에 평소에 주차하는 곳보다 더 멀리 역에서 떨어진 장소에 주차를 했다. 넉넉하게 거리를 두면 광장 건너편으로 반원을 그리며 차를 돌릴 수 있을 것이다. 반원을 그리며 회전하던 자동차는 길 건너에 주차한 자동차들 사이에서 나타날 내연남을 맞닥뜨릴 것이고, 그 상황은 코닐리어스에게 장점으로 작용할 것이다. 피해자가 주차된 자동차들 사이로 걸어 나오다 차에 치이는 경우, 잘못은 운전자보다 피해자 쪽에 있기 때문이다. 물론, 그런 변명을 해야 할 필요야 거의 없겠지만.

그는 역 입구에서 적절한 거리를 두고 자동차의 자리를 잡는 데 심혈을 기울였을 뿐 아니라 다른 일부 운전자들처럼 후진하여 주차를 하였다. 따라서 이제 자동차 앞바퀴가 광장을 향하고 있었으므로 그는 원하는 만큼 속도를 바로 올릴 수 있었다. 코닐리어스는 내연남이 시야에 나타나는 즉시 그를 맞이할 수 있었다.

이 심판의 날 하루 전. 코닐리어스는 집으로 가는 길에 차가 뜸해질 때까지 기다렸다가 길이 한적한 부근에 엔진을 켜놓은 채 차를 댔다. 그는 삼십 미터가량 앞에 서 있는 나무까지의 거리를 신중하게 가늠했다. 광장 건너편까지의 거리가 이 정도 될 것이다. 그는 시동을 걸고 차를 출발시켰다. 최대한으로 속도를 올리자 자동차가 으르렁거렸다. 나무를 지나쳤을 때 그는 마음의 준비를 굳게 한 후 브레이크를 세게 밟았다. 자동차가 날카로운 울음소리를 내지르며 휙 회전하다 멈춰 섰다. 운전대가 가슴을 세게 누르는 압력이 느껴졌다.

그게 다였다. 더이상 할 것이 없었다.

다음날, 그는 계획한 시간에 딱 맞추어 사무실을 떠났다. 비서가 코트를 입혀줄 때 계획대로 그녀에게 몸을 돌리고 얼굴을 찌푸려 보였다.

"몸이 좀 안 좋네. 뭐가 문제인지 모르겠어, 와이넌트 양."

그도 이미 알다시피, 우수한 비서들은 이런 경우에 걱정스러운 표정을 지으라는 교육을 받는다. 그의 비서 또한 배운 대로 걱정 어린 표정을 지어 보이며 말했다.

"과로하시니 그렇지요, 보울링어 씨……."

그가 손을 휘휘 내저으며 비서의 말을 막았다.

"집에 일찍 가서 푹 쉬면 낫지 않을 병이 없겠지. 참."

그가 코트의 주머니 위를 툭툭 쳤다.

"와이넌트 양, 약을 깜박했네. 저기 제일 위 서랍에 있는데."

봉투 안에 든 아스피린은 고작 두어 알 정도였지만, 약이 필요하다는 인상을 남기는 것이 그의 의도였다. 몸이 좋지 않은 남자라면 운전 도중 일으킨 문제를 훨씬 더 쉽게 정당화할 수 있을 것이다.

그는 이미 이른 기차편을 이용하는 데 익숙해져 있었다. 지난 몇 주 동안은 여러 번 탑승하면서도 신중을 기하기 위해 신문 뒤에 몸을 숨겼던 반면 오늘은 달랐다. 승무원이 기차표를 확인하기 위해 그의 좌석까지 왔을 때 코닐리어스는 좌석에 늘어지듯 앉아 고통스러운 상태임을 뚜렷이 표현했다.

그가 입을 열었다.

"죄송합니다만, 물 좀 가져다주실 수 있을까요?"

승무원이 그를 흘낏 보더니 서둘러 자리를 떴다가 물방울이 뚝뚝 떨어지는 컵을 들고 돌아왔다. 코닐리어스는 천천히, 그리고 조심스럽게 봉투에서 아스피린을 꺼내 고마운 기색을 보이며 알약을 물과 함께 꿀꺽 삼켰다.

“필요하신 게 더 있으면 말씀하세요.”

승무원이 말했다.

“괜찮습니다. 기분이 조금 안 좋은 것뿐입니다.”

코닐리어스가 말했다.

승무원은 걱정이 되었는지 역에 도착하자 그를 거들기 위해 다가왔고 두 사람은 잠시 대화를 나눴다.

“고정 승객이 아니시죠, 그렇죠?”

승무원이 물었다.

“적어도 이 기차편은 아닌 것 같은데요.”

코닐리어스는 기쁨이 샘솟는 것을 느꼈다.

“맞습니다. 이 기차는 전에 한 번 타보았고, 보통은 브로커 특급을 탑니다.”

“아.”

승무원이 그를 아래위로 훑더니 씩 웃었다.

“이해가 가는군요. 저희 서비스가 특급열차만큼 만족스러우셨기를 바랍니다.”

코닐리어스는 작은 역 안에 있는 벤치에 앉아 등받이에 머리를 기대고 매표소 창 위에 걸린 시계로 시선을 주었다. 매표창구 직원이 한두 번 유리창 너머로 걱정스러운 눈길을 주는 것을 눈치챘지만 별문제가 아니었다. 하지만 그의 안에서 차오르는 감정이 뱃속을 갑작스럽게 울렁거리게 만들고 가슴속에서 심장이 무겁게 쿵쿵 뛰도록 만드는 느낌은 괜찮지 않았다. 그는 여기서 십 분만 머물자고 결심했다. 일 분 일 분 시간이 흐를 때마다 예의 불쾌한 느낌은 숨이 막힐 듯 점점 심해졌다. 벌떡 일어나 자동차로 뛰어가고픈 충동을 애써 억누르며 자신이 정한 대로 시계의 분침이 작은 검정 얼룩에 닿을 때까지 기다렸다.

바늘이 얼룩에 닿은 순간, 그는 자리에서 일어나 천천히 역 밖으로 걸어 나왔다. 의자에서 일어나기가 꽤 힘들어 그는 놀랐다. 매표창구 직원의 시선이 역 건물을 지나쳐 자동차로 향하는 그의 모습을 계속 좇았다. 그는 운전석에 올라타 문을 쾅 닫고 시동을 걸었다. 발밑에서 엔진이 푸르릉 소리를 내며 부드럽게 살아나자 새로운 힘이 몸을 꿰뚫으며 솟구쳤다. 그는 자리에 앉아 그 힘을 흡수하며 광장 건너편에 시선을 고정했다.

남자가 이윽고 모습을 드러냈다. 자신을 향해 빠르게 걸어오는 남자의 모습에 코닐리어스는 장신의 금발 남자가 눈에 보이지 않는 줄에 묶여 무대 위의 정해진 위치로 끌려오는 듯한 다소 기묘한 느낌을 받았다. 남자에게서 느껴지는 젊음과 강인함, 승리의 기운이 큰 목소리로 노래를 부르고 있었다. 가까워진 그의 얼굴에서 환한 미소가 뚜렷이 보였다. 순간 코닐리어스를 둘러싼 모든 마비 상태의 봉인이 깨졌고 엔진이 분노의 생명력으로 울부짖으며 깨어났다.

오랜 기간 동안 마음의 눈으로 그 장면을 되풀이했던 코닐리어스마저도 마음의 준비를 미처 못 할 만큼 모든 일이 순식간에 일어났다. 남자는 여전히 주위에 아랑곳 않는 기세로 자동차들 사이를 걸어 나왔고, 코닐리어스의 손이 경적 스위치를 때렸다. 순간적인 영감의 결정판이라 할 만한 이 행동은 남자에게는 피하려야 피할 수 없는 경고였으며 코닐리어스에게는 성공을 향한 보험이었다. 내연남이 경적 소리가 나는 방향으로 획 돌아섰다. 순간 공포에 질린 얼굴로 눈앞에서 벌어지는 일을 막으려는 듯 양팔을 앞으로 내밀었다. 충돌은 코닐리어스의 상상을 뛰어넘을 정도로 격렬했다. 날카롭게 째지듯 울리던 비명은 충돌의 충격 탓인지 갑작스레 멈췄다. 브레이크를 급하게 밟는 소리가 뒤따르며 모든 소음을 잠재웠다.

한적하던 광장은 금방 시끄러워졌다. 사방에서 사람들이 뛰어왔기에 코닐리어스는 시체를 보기 위해서 그들 사이를 헤치고 나와야 했다.

"안 보는 게 좋을 거요."

누군가가 던진 경고를 무시하고 그는 보았다. 양다리가 부자연스러운 각도로 엇갈려 벌어져 있는, 구겨진 신체가 눈에 들어왔다. 그의 눈앞에서 남자의 얼굴이 잿빛으로 물들어갔다. 코닐리어스가 비틀거리자 도움의 손길이 여기저기서 뻗어 나와 붙들어주었지만 그는 몸에 힘이 들어가지 않아서가 아니라 압도적으로 밀려드는 미친듯한 승리감 때문에 비척거린 것이었다. 주위에서 들려오는 목소리에 그 승리감은 더욱 강렬해졌다.

"눈을 훤히 뜬 채로 제발로 죽으러 갔네."

"멀리서도 경적 소리가 들릴 정도였어요."

"취했었나 봐. 여기 서 있던 모습이……."

조심해야 했다. 들떠서 과하게 행동하는 것은 금물이었다. 애초 계획대로 퍼즐의 조각을 찬찬히 맞춰나가면 아무 위험도 남지 않을 것이다. 경찰관이 관리의 권위를 부리며 질문하는 동안 그는 차 안에 머물렀고, 경관의 목소리에서 점점 짙어지는 동정심에 그는 자신이 올바른 인상을 주고 있음을 확신했다.

아니, 원하시면 귀가해도 좋습니다. 혐의는, 당연히 지금은 보울링어 씨께 불리할 수밖에 없습니다만……. 원하시면 부인께 대신 전화를 넣어드리죠……. 저희가 바래다드릴 수도 있지만 부인께서 오는 걸 원하신다면…….

아내가 집에 도착해서 전화를 받을 수 있도록 그는 충분히 시간을 두었다. 전화를 건 다음 그는 자동차 유리창 너머로 다소 병적이지만 연민 어린 호기심이 담긴 군중의 시선을 받으며 십오 분 남짓을 기다렸다. 마침내 아내의 스테이션왜건이 나타나 근처에 주차를 하자 마치 마법처럼 군중 사이에 길이 한 줄 열렸다. 그 길은 클레어가 그의 옆에 다다르자 닫혔다.

겁에 질리고 어안이 벙벙할 텐데도 여전히 아름답구나. 코닐리어스는 감탄했다. 또한 클레어가 걱정에 잠긴 헌신적인 아내를 명배우 빰치게 잘 연기한다는 것을 인정할 수밖에 없었다. 그건 그녀가 아직 사정을 모르기 때문일 수도 있다. 이제는 그녀가 알아야 할 때였다.

그는 아내의 도움을 받아 스테이션왜건에 올라탔고, 그녀가 운전석에 앉았을 때 팔에 힘을 주며 그녀의 몸에 둘렀다.

“아, 경관님, 잊을 뻔했습니다.”

그가 초조한 기색으로 무겁게 입을 열었다.

“그 사람이 누군지 알아내셨습니까? 신분증 같은 것이 있던가요?”

그가 열린 창 너머로 물었다.

경관이 고개를 끄덕였다.

“뉴욕에서 온 젊은이더군요. 자세한 정보는 그쪽으로 가서 확인해야 합니다만. 이름은 룬드그렌입니다. 로버트 룬드그렌요. 그 청년 명함이 맞다면요.”

코닐리어스의 팔에 숨죽인 헐떡임이, 주체할 수 없을 정도의 잔떨림이 느껴졌다. 소리가 난 것은 아니다. 자동차 밖 땅바닥에 누워 있는 남자의 얼굴만큼이나 아내의 얼굴도 잿빛이었다.

“자, 클레어.”

그가 나직이 아내를 불렀다.

“집으로 갑시다.”

아내는 동네 길을 따라 본능적으로 차를 몰았다. 그녀의 얼굴은 텅 비어 있었다. 푹 꺼진 눈은 똑바로 앞만 바라볼 따름이었다. 고

속도로에 이르러 아내가 마침내 낮고 혼이 나간 듯한 어조로 입을 열었을 때 그는 고마울 정도였다.

"알고 있었군요. 우리에 대해 알고 있었어요. 그래서 죽인 거예요."

"그래. 알고 있었어."

코닐리어스가 말했다.

"그렇담, 당신은 미친 거예요."

그녀가 감정이 없는 어조로 말했다. 그녀의 눈은 여전히 자동차 앞 방향에 못박혀 있었다.

"그런 식으로 사람을 죽이다니 미친 게 분명해요."

아내가 말하는 내용뿐 아니라 타이르는 듯한 담담한 어조에 그의 분노가 활활 타기 시작했다.

"정의의 심판이었어."

앙다문 잇새로 그가 말했다.

"그렇게 당해도 싼 사람이야."

아내는 여전히 담담했다.

"당신은 몰라요."

"뭘 모른다는 거지?"

아내가 그에게 고개를 돌렸다. 그녀의 젖은 눈동자가 반짝거렸다.

"내가 그이를 알게 된 건 당신을 만나기 전이에요. 당신 사무실에서 일을 시작하기 전요. 우리는 언제나 함께였어요. 함께할 수 없다면 살 이유가 없다고 생각했어요."

그녀는 아주 잠시 말을 멈췄다.

"하지만 원하는 대로 일이 풀리지 않았어요. 그이는 대단한 아이디어가 많았지만 돈을 벌지 못했고 나는 그걸 견딜 수가 없었죠. 가난한 집에 태어나야 했던 게 너무 싫었기 때문에 나는 가난한 사람과 결혼해서 가난하게 살다 죽고 싶지 않았어요. 도저히 그럴 수 없었어요……. 그래서 나는 당신과 결혼해서 좋은 아내가 되려고 노력했어요. 내가 얼마나 노력했는지 당신은 절대 모를 거예요! 하지만 그건 당신이 원하는 것이 아니었어요. 당신은 아내가 아니라 자랑거리를 원했죠. 사람들 앞에서 내보일 수 있는, 그래서 사람들이 당신을 부러워하게 말이에요. 당신이 가진 것 때문에 사람들이 당신을 우러러보는 것처럼 나를 가져서 부러움을 사고 싶었던 거예요."

"어리석은 소리를 하고 있군."

그가 호되게 꾸짖었다.

"길을 잘 봐요. 여기서 빠져야 해."

"내 말 좀 들어요! 당신에게 털어놓을 예정이었어요. 이혼해달라고 할 생각이었어요. 돈을 요구할 생각은 전혀 없었어요. 그런 생각은 전혀 없이, 나는 그저 이혼을 원했어요. 그이와 결혼해서 이제껏 낭비한 시간을 벌충할 수 있게요! 그게 내가 오늘 그이에게 한 말이었어요. 당신이 내게 먼저 물어보기만 했다면…… 내게 이야기만 했다면…….”

알아서 잘 극복할 거야, 하고 그는 생각했다. 코닐리어스의 생각보다 상황은 더 나빴던 모양이지만, ‘이 또한 지나가리라’라는 명언도 있지 않는가. 아내는 더이상 결혼과 맞바꿀 것이 없었다. 그녀가 그 사실을 명확하게 인지하면 두 사람은 새로운 시작을 할 수 있을 것이다. 그의 흉기 선택과 흉기의 효과적인 사용은 기적에 가까웠다. ‘완벽한 흉기’라고 판사가 그랬지. 얼마나 완벽한지 그는 결코 모를 거야…….

건널목에서 경보기가 챙챙 울리며 몽상에 잠긴 코닐리어스를 흠칫 깨웠다. 자동차의 속도가 전혀 줄지 않고 있었다! 정신이 번쩍 들었다. 디젤 엔진의 경적이 내지르는 분노의 비명에 귀가 먹먹해진 그는 어안이 벙벙하여 위를 보았다. 거대한 철 덩어리가 눈앞 건널목으로 덮치듯 돌진하는 모습이 보였다. 브로커 특급열차였다.

“조심해!”

그가 격렬하게 고함쳤다.

“제기랄! 당신 뭐하는 거야!”

그 마지막 찰나에 아내의 발이 액셀러레이터를 힘껏 내리눌렀고, 그는 질문에 대한 답을 얻었다.

결단의 순간

The Moment of Decision

언제나 자신에 차 있는 사람을 좋아하기는 힘들다. 휴 로지어는 예외적으로 그런 통념을 적용하기 힘든 사람이었다. 우리는 모두 자신만만한 이들을 경험한 적이 있다. 함께 이야기중인 사람들의 목소리를 뚫고 나오는, 잘 통제된 목소리의 소유자들. 단단한 집게 손가락으로 당신의 가슴을 쿡쿡 찌르며 자기 의견을 강요하고 어떤 주제를 논하든 최종적으로는 자기 말이 옳다고 주장하는 사람들 말이다. 우리는 누구나 그런 사람들에게 반감과 부러움이 뒤섞인 복잡한 감정을 느낀다. 나를 윽박지르거나 내 가슴을 쿡쿡 찌르는 사람을 좋아할 수는 없지만 나 또한 충만한 자신감을 가지고 다른 사람의 의견을 소리쳐 묵살하거나 가슴을 쿡쿡 찌르고 싶을 때도 있기에 한편으로 부럽기도 한 것이다.

나는 일 때문에 규칙적으로 이 좁디좁은 세상의 여러 곳을 방문해야 했다. 가는 곳은 한결같이 혼돈으로 가득차 있고 내내 쓰잘데기 없는 정치적 논의를 벌이고 있었기에 나는 무엇에 대해 확신하고 절대적인 판단을 내리는 일이 점점 더 어렵게 느껴지던 참이었다. 휴는 그런 나를 두고 언젠가 말하길, 내가 일하는 정부 부서의 상사들이 나와 같은 사람들이 아니라 다행이라고 했다. 그렇지 않다면 이 나라의 운명이 어떻게 될지 생각만 해도 몸이 떨린다는 것이다. 그러한 의견은 그다지 달갑지 않았지만, 그에게 그런 말을 할 권리가 있다는 것을 인정하지 않을 수 없었다(그렇다. 나는 이런 사람인 것이다).

이런 소리를 듣고도, 또한 휴가 매형이라는 사실(생각해보면 신기한 관계다)에도 불구하고 나는 휴가 참 좋았다. 모든 사람들이 휴를 좋아했다. 체구가 큰 호남인 그는 혈색 좋은 얼굴과 맑게 빛나는 파란 눈동자를 갖고 있었다. 싹싹하고 붙임성이 있었으며 어떻게든 상대방의 좋은 점을 보려고 하는 사람이었다. 지나치리만큼 너그러운 편이기도 했는데, 자기의 너그러움을 내세우기보다 오히려 그 혜택의 수혜자로 하여금 베푸는 듯 느끼게 하는, 매우 희귀하고 멋진 성품을 지녔다.

유머 감각이 뛰어나다고는 하기 힘들었지만 단순하고 좋은 성격이 때때로는 유머 감각보다 더 나은 법이다. 휴의 경우가 확실히 그러했다. 그의 거친 면모는 지인이 마땅히 요청해야 할 도움을 요청하지 않는 경우에만 드러나곤 했다. 휴에게 뭔가 도와달라고 요청하지 않으면, 그것도 휴가 당신과 안면을 트고 당신을 좋아하게 된 지 십 분 안에 하지 않으면 그는 화를 낼 것이다. 그가 나의 누이 엘리자베스와 결혼하고 한 달 남짓 지난 때였다. 내가 힐톱에 있는 그의 갤러리에서 코플리의 명화를 보고 큰 관심을 보였다는 말을 누이가 우연히 했단다. 그리고 어느 날, 헐벗은 내 원룸 아파트에 나무 상자로 단단히 포장된 그림이 카드와 함께 도착했다. 나는 기겁하여 매형에게 그림을 돌려주었다. 쉽지는 않았다. 그 그림에 내가 살고 있는 건물 전체보다 더 값어치가 있는 것이 확실하며 내 방 벽에 걸어봤자 결코 돋보이지 않는다고 불평을 늘어놓아야 했다. 매형은 내가 거짓말을 한다고 생각한 것 같지만 그런 것 아니냐고 몰아붙이지는 않았다. 휴는 꿈에서도 그런 짓은 할 수 없는 사람이었다.

휴의 그런 성정은 힐톱과 그곳에 스며들어 있는 로지어 집안의 이백여 년 전통에 큰 영향을 받은 것이었다. 로지어 가문을 연 사람들은 강이 내려다보이는 언덕에 장원을 짓고 열심히 일하여 가문을 크게 번성시켰다. 이후 세대들은 선조의 수입을 매우 현명하게 투자했고, 그렇게 불어난 재산과 지위를 활용하여 힐톱과 바깥세상 사이에 거대한 벽을 세울 수 있었다. 사실 휴는 18세기 인간이 운명의 장난으로 20세기에 태어난 경우라 해도 이상하지 않을 정도로 시대를 잘못 타고났지만, 주어진 상황에서 최선을 다해 살고 있었다.

힐톱은 근처에 위치한 데인 저택의 복제판이라 할 만했다. 드높은 명성을 지녔지만 오랫동안 거주자가 없었던 데인 저택은 흘낏 보기만 해도 넋을 잃을 정도로 대단히 근사했다. 비바람에 씻긴 석재 건물은 거대한 규모에도 우아했고, 오랫동안 정성스러운 손길로 가꾼 광대한 초지가 산들바람만 불어도 마법처럼 빛깔이 바뀌는 순정한 초록빛 카펫처럼 강변까지 죽 뻗어 있었다. 저택 한쪽 끝에서부터 여러 구획으로 나눠져 있는 정원은 마구간과 별채 들이 몸을 살짝 숨긴 작은 숲까지 펼쳐져 있었다. 숲의 가장자리 옆으로는 읍내로 이어지는 작은 길이 나 있었다. 사유지에 있지만 공용 도로로 사용되는 그 길은 각 장원의 주인들이 자기 구획을 관리했다. 힐톱 구획의 길이 돌투성이인 것으로 미루어 보아 휴는 인접 이웃 누구보다도 그 길을 적게 이용하는 것이 분명했다.

휴의 삶은 힐톱과 한몸으로 묶여 있었다. 그는 급박한 상황에만 그곳을 떴다. 누가 휴를 힐톱 밖에서 만나면 휴가 언제 집으로 돌아갈 수 있는지 분초를 세고 있다는 것을 확연히 눈치챌 수 있었다. 그리고 어느덧 휴와 함께 힐톱으로 향한 뒤 소중한 시간이 몇 주나 흐를 동안 힐톱을 떠나는 것이 불가능했다는 걸 깨닫게 될 것이다. 내가 잘 안다. 휴가 누이와 결혼하여 가족의 일원이 된 후 나는 내 아파트보다 힐톱에서 더 많은 시간을 보냈기 때문이다.

엘리자베스가 휴와의 결혼을 어떻게 느끼는지 궁금했던 적이 있었다. 휴를 만나기 전의 누이는 예뻤지만 들떠 있고 변덕스러운 편이었기 때문이다. 내가 대놓고 묻자 누이는 이렇게 대답했다.

"아주 좋단다. 휴를 처음 만났을 때 생각했던 것만큼 참 좋아."

두 사람은 엄청나게 현대적인 작품을 소개하는 미술 전람회에서 처음 만났다. 어리둥절하고 기괴한 작품 몇 점을 열심히 살피던 누이는 키가 크고 잘생긴 남자가 자신을 바라보고 있음을 깨달았다. 그에게 '분수를 알고 물러나라'(누이의 표현에 따르면)고 말하려던 순간 그가 불쑥 입을 열었다.

"그 그림이 마음에 드십니까?"

예상과는 너무나 다른 질문에 누이는 깜짝 놀랐다.

"모르겠어요. 그래야 하나요?"

누이가 소심하게 물었다.

"아니요" 하고 낯선 남자가 대답했다.

"거지같이 어처구니없는 작품이죠. 저랑 같이 가시면 시간 낭비가 되지 않는 걸 보여드리겠습니다."

내게 누이가 계속해서 이야기했다.

"그러고는 성큼성큼 걸어가면서 어떤 작품이 괜찮고 어떤 것이 별로인지 말해줬고 나는 주인 발치를 쫓는 강아지처럼 따라다녔단다. 그이 목소리가 듣기 좋고 크지 않니? 그래서 많은 사람들이 주위에 몰렸어. 상상할 수 있겠니, 얘?"

엘리자베스가 말했다.

"응. 상상이 가."

나 또한 휴와 함께 있을 때 비슷한 상황을 겪은 적이 있었다. 어떤 것도 그가 품은 강철 같은 확신에 흠집을 낼 수 없다는 사실을 그때 배웠다.

엘리자베스가 말을 이었다.

"솔직히 처음엔 기분이 좀 별로였어. 그런데 이 사람은 자기가 무슨 말을 하는지 정확히 알고 말하는구나 싶은 생각이 들더라. 아주 진실한 거야. 어떤 경우에도 불필요한 자의식 따위는 없이 그저 자기가 아는 것을 나에게도 알려주고 싶은 거지. 무슨 일에나 마찬가지야. 세상 사람들은 언제나 뭔가를 결정하는 데 우물쭈물해. 저녁 식사로 무엇을 주문할까, 어떻게 직장을 유지할까, 또는 누구에게 투표를 할까 등등. 하지만 휴는 언제나 '알고 있어'. 사람들이 이런저런 신경을 쓰고 열등감을 느끼고 불평을 하는 건 그들이 '알지 못하기 때문'이야. 그렇지 않니? 난 그렇게 되기보다는 휴를 택하겠어. 다른 사람들은 신경정신과에나 가라지."

그들은 그렇게, 끔찍한 신경과민이나 열등감이 존재하지 않는 에덴동산의 흠 없는 풀밭에서 살고 있었다. 뱀은 얼씬도 못 할 것이다. 적어도 레이먼드가 등장하던 그날까지는 그랬다.

그날 우리는 테라스에 있었다. 휴와 엘리자베스와 나는 팔월의 햇빛 속에서 서서히 감각을 잃으며 녹아내리고 있었다. 대화를 하려는 척조차 하지 못할 정도로 우리는 축 늘어져 있었다. 나는 얼굴을 리넨 모자로 덮은 채 누워 주위에 감도는 여름의 소음을 듣고 있었다. 아주 행복했다.

산들바람의 잔잔한 속삭임이 근처 사시나무 숲을 뚫고 끊임없이 들려왔다. 언덕 아래 강에서는 철썩이며 노를 젓는 소리가, 초지에서는 때때로 양의 목에 달린 방울 소리가 딸랑딸랑 구슬프게 울렸다. 양을 치는 것은 휴의 도락이었다. 몇 마리 양이 풀을 뜯게 하는 것보다 더 나은 초지 관리법은 없다는 그의 확신에 따라 여름마다 살이 통통 오른 졸린 표정의 양 대여섯 마리가 푸른 풀밭 위에 모습을 드러내며 풍경에 산뜻한 목가적 분위기를 더했다.

무슨 일이 일어난 모양인지 양떼가 소란스러워졌다. 늑대들의 습격을 받은 듯 갑자기 방울 소리가 정신없이 울리기 시작하더니 메에 하는 울음소리가 뒤따랐다. 성난 기세로 "제기랄!" 하고 크게 외치는 휴의 목소리에 눈을 뜨자, 늑대가 아닌 뜻밖의 것이 시야에 들어왔다. 푸들이었다. 우스꽝스럽게 털을 자르고 환한 빨간색 목줄을 찬 커다란 검정색 푸들이 겁먹은 양떼를 신나게 쫓으며 초지 위를 행복하게 뛰어다니고 있었다. 양을 해치려는 것은 아니었다. 같이 놀기에 그만인 친구라고 여겼을 것이다. 그러나 공황 상태에 빠진 양들은 그 점을 깨닫지 못한 것이 분명했다. 이런 기세라면 양들이 모두 강에 빠질지도 몰랐다.

순식간에 무슨 상황인지 알아차렸지만 휴는 더 빨랐다. 그는 이미 테라스의 낮은 울타리를 뛰어넘어 양떼를 물가에서 멀리 떼어놓으려고 방해꾼 푸들에게 명령을 뱉어내고 있었다.

"멈춰!"

그가 소리를 질렀다.

"멈춰!"

그는 자신의 사냥개들에게 하듯 엄하게 꾸짖는 어조로 명령했다.

"앉아!"

그가 나뭇가지나 돌을 들고 위협하는 몸짓을 취했다면 더 나았을 것이다. 푸들은 휴의 말에 관심을 돌리기는커녕 행복하게 계속 컹컹 짖으며 양떼에게 달려들었다. 휴가 쫓아갔지만 헛수고였다. 잠시 후, 초지 가장자리의 사시나무 사이에서 들려온 목소리에 개는 우뚝 얼어붙었다.

"아셰Assieds!"

목소리가 숨가쁘게 소리쳤다.

"아셰 투아Assieds-toi!"

한 남자가 모습을 드러냈다. 체구가 작은 사나이가 날렵하게 잔디를 가로질러 빠르게 걸어왔다. 휴는 그 자리에 서서 기다렸다. 얼굴이 흐려지는 것이 보였다.

엘리자베스가 내 팔을 꽉 쥐었다.

"빨리 저리로 가자. 휴는 바보 취급받는 걸 못 견뎌."

누이가 속삭이듯 말했다.

우리가 그곳에 이르렀을 때 휴는 공격의 포문을 열고 있었다.

"동물에게 버릇을 들일 수 없는 사람은 동물을 길러서는 안 됩니다."

남자는 공손한 표정으로 휴의 말을 주의깊게 들었다. 느낌이 좋은 얼굴이었다. 눈가에 가는 잔주름이 거미줄같이 번져 있는, 마르고 지성적인 얼굴. 완전히 숨길 수는 없었던지 이 상황이 우스운 듯한 기색이 상냥한 두 눈에 살짝 비쳤다. 마치 카메라 렌즈처럼 살짝 번득이며 세상을 비판하듯 인식하는 눈이었다. 휴와 같은 사람은 결코 감지할 수 없겠지만 나는 분명 그 눈빛을 보았고 마음이 다소 누그러지는 것을 느꼈다. 이 낯선 이의 얼굴은 감질나도록 낯익어 보이기도 했다. 훤칠한 이마와 숱이 성긴 백발을 어디서 보았더라? 휴가 길고 준엄한 훈계를 하는 동안 기억을 헤집어보았지만 답이 나오지 않았다. 휴의 훈계는 최선의 애견 훈련책에 대한 언급으로 접어들며 마무리가 되기 시작했다. 마침내 상대를 용서할 기분이 든 것이 분명했다.

"별 피해가 없으니……."

남자가 엄숙하게 고개를 끄덕였다.

"하지만 이웃과 첫 대면부터 말썽을 일으키다니 죄송……."

휴가 흠칫 놀란 표정을 짓더니 무례하다시피 한 어조로 물었다.

"이웃이라뇨? 이 근처에 사신다는 겁니까?"

남자가 사시나무를 향해 손을 흔들어 보였다.

"저 숲 건너편에 삽니다."

"데인 저택요?"

데인 저택은 휴에게는 힐톱만큼이나 신성한 곳으로, 매입할 기회가 주어지기만 한다면 바로 낚아챌 것이라고 말한 적이 있을 정도였다. 휴의 목소리에 언짢다기보다는 의심하는 기색이 뚜렷해졌다.

"믿을 수가 없군요!"

휴가 소리쳤다.

"아, 맞습니다. 데인 저택요. 제가 오래전에 그곳에서 열린 파티에서 공연을 한 적이 있거든요. 언젠가는 소유하고 싶다고 그때부터 계속 바라고 있었답니다."

남자가 확인해주었다.

'공연'이라는 단어, 그리고 완벽한 영어 발음에 아주 희미하게나마 실린 억양이 실마리를 주었다. 그는 마르세유에서 나고 자라(억양의 이유) 내가 태어나기 전에 벌써 전설적인 인물로 자리잡은 사람이었다.

"레이먼드 씨죠, 맞죠? 찰스 레이먼드 씨?"

내가 물었다.

"레이먼드라고 불러주세요."

그는 자신의 소소한 허영심을 자조하듯 미소 지었다.

"저를 알아보시다니 좀 우쭐해지는데요."

그가 정말 우쭐했다고는 생각하지 않는다. 마술사 레이먼드, 또는 위대한 레이먼드로 불리던 그는 (호칭 따위는 어떻든 간에) 어디에 가도 사람들이 알아볼 만한 인물이었다. 전설적인 명성을 지녔던 마술사 서스턴까지 빛을 바래게 할 정도로 민첩한 손놀림의 장인이었고 거의 후디니의 수준에 이르렀던 탈출 마술사였던 그가 자기를 과소평가할 리 없었다.

그 또한 직업 마술사들이 주 레퍼토리로 삼는 상자 마술로 마술사 인생을 열었지만 곧 평범한 수준을 훌쩍 뛰어넘으며 지금은 세상 사람 모두가 알게 된, 멋진 탈출 묘기를 여러 번 선보였다. 삼십 센티미터는 족히 될 정도로 두껍게 얼어붙은 호수 속의 납땜한 관에서도, 용접된 철제 구속복에서도, 영국 은행의 금고에서도 탈출했다. 절묘했던 '자살 매듭' 탈출은 또 어떤가. 목에 올가미를 걸고 양다리를 겹쳐 묶어 다리가 움직이면 목덜미의 올가미가 팽팽하게 당겨지는 장치에서도 레이먼드는 멋지게 탈출했다. 그렇게 최고의 명성을 휘날리던 그는 갑자기 대중의 눈앞에서 자취를 감췄고 그의 이름은 과거의 유물이 되어 사라졌다.

사라진 이유를 묻자 그는 어깨를 으쓱했다.

"사람은 돈을 벌기 위해 일하거나 일에 대한 애정 때문에 일을 합니다. 그런 사람이 필요한 부를 다 얻었고 일에 대한 애정도 사라졌다면 계속할 이유가 있겠습니까?"

"하지만 그렇게 대단한 경력을 포기한다는 것은……."

내가 반박하려고 했다.

"이 저택이 여기서 기다리고 있다는 것을 안 것만으로도 가치가 있었답니다."

엘리자베스가 끼어들었다.

"그 말씀은, 레이먼드 씨는 여기 말고 다른 곳에서는 사실 생각이 전혀 없었다는 뜻인가요?"

"그렇습니다. 오랜 세월 동안 한 번도 다른 생각을 한 적이 없어요."

그가 코를 손가락으로 짚고 눈을 찡긋하며 환하게 미소를 지었다.

"물론, 저는 제 생각을 데인 저택 측에 숨기려 들지 않았지요. 그들이 저택을 시장에 내놓을 때가 되자 제게 바로 알려준 덕에 결국 제가 유일하게 연락을 받은 사람이 되었죠."

"한번 마음을 먹으면 쉽게 포기하지 않는 편이신가 봅니다."

휴의 날선 말에 레이먼드가 웃었다.

"마음을 먹은 정도가 아니에요. 거의 집착 수준이었습니다. 여러 해에 걸쳐 세상 곳곳을 가보았지만, 아무리 근사한 곳이라도 저기 저 숲 가장자리에 위치한 저택만큼 좋을 수는 없다는 것을 알았어요. 근처에는 강이 흐르고 너머로는 언덕이 굽이치죠. 저는 다짐하곤 했어요. 공연 여행을 그만두게 되면 이곳으로 오겠다, 그리고 캉디드처럼, 제 정원을 가꾸겠다•고요."

그는 푸들의 머리를 쓰다듬으며 만족감에 흠뻑 젖은 눈빛으로 주위를 둘러보았다.

"그리고 이렇게 제가 오게 됐네요."

그렇게 이곳에 온 그의 존재는 힐톱에 변화를 초래하고 있었다. 힐톱이 휴의 모습이 백 퍼센트 반영된 곳임을 고려할 때, 힐톱에 이는 변화는 사실 휴에게 일어나는 변화인 셈이었다. 그는 짜증이 잦아졌고 안절부절못했으며 어느 때보다도 자기 의견에 대해 굳은 확신을 가지게 되었다. 거만함과 함께 휴를 이루는 다정함과 선량함도 여전히 존재했지만, 그러한 품성을 일깨우기 위해 그는 예전보다 조금 더 애써야 했다. 휴는 마치 눈에 든 티 때문에 짜증이 나지만 티를 찾을 수 없어 참고 살아야 하는 사람처럼 보였다.

레이먼드가 바로 그 티였음은 굳이 말할 필요가 없으리라. 나는 때때로 그가 그 역할을 즐기고 있다는 느낌을 받았다. 은퇴한 공연가들이 으레 그러듯 집에서만 머무르며 정원을 가꾸거나 앨범을 준비하는 것이 그리 어려운 일이 아닐 터인데도, 그는 그렇게 지내는 것이 아주 힘든 모양이었다. 그는 기묘한 타이밍으로 힐톱에 오곤 했고 휴 또한 데인 저택으로 가서 오랫동안 뭉그적거리며 그리 고요하지 않은 시간을 보내곤 했다.

같이 어울리기에는 잘 맞지 않는 두 사람이라, 불화를 해결하는 손쉽고 논리적인 방법은 그저 따로 떨어져 지내는 것임을 그들이 모를 리가 없었다. 하지만 그들은 전기의 음극과 양극처럼 서로를 끌어당겼고, 한 방에 있을 때면 둘 사이에 불똥이 튀며 적대적인 전류가 흘러 연기 냄새가 난다는 착각마저 일으킬 정도였다.

● **정원을 가꾸겠다** _ 캉디드는 프랑스 계몽주의 작가 볼테르의 풍자소설 『캉디드』의 주인공으로, 소설 말미의 "우리 정원은 우리가 가꾸어야 해요"라는 대사가 유명하다.

그 둘에게는 어떤 주제도 논쟁의 대상이 되었다. 둘은 비통한 기세로 결투를 했다. 스스로에 대한 거대한 확신의 갑옷을 두르고 무장한 휴를 상대로 레이먼드는 가늘고 긴 칼을 슬쩍슬쩍 휘두르며 갑옷의 틈을 찾으려고 애썼다. 갑옷에 틈이 없다는 점에 레이먼드가 꽤나 초조함을 느꼈을 것이라 짐작해본다. 그는 어떠한 문제도 다각도로 살피고 동기와 원인에 대해서 열정적으로 깊이 탐구하는 사람이었기에, 자기 의견을 법처럼 밀어붙이는 휴의 고집스러운 방식에 분노를 느끼곤 했다.

그는 휴에게 이러한 의견을 밝히는 데 주저하지 않았다.

"당신은 중세 시대에 사는 사람 같군요. 그 시대 이후 인간이 배웠어야 하는 교훈이 많지만 가장 중요한 교훈은 이 세상에 쉬운 대답이 없다는 겁니다. 손가락 한 번 튕겨서 나오는 해결책이란 없어요. 언젠가 당신이 완벽한 딜레마, 대답할 수 없는 질문과 마주치게 되길 바랍니다. 그때 당신은 커다란 깨달음을 얻게 될 거예요. 그때는 당신이 꿈에서도 상상할 수 없을 만큼 많은 것을 배우게 될 겁니다."

휴의 차가운 대답은 상황을 개선시키지 못했다.

"저라면 이렇게 말하겠습니다. 두뇌와 용기가 있는 자에게 완벽한 딜레마라는 건 존재하지 않는다고요."

이날의 대화 때문에 훗날의 사건이 벌어진 것일까? 아니, 레이먼드는 아주 순수한 동기로 충고한 것인지도 모른다. 하지만 그의 동기가 무엇이었건, 이날의 대화는 피할 수 없는 위험한 결과를 초래하게 된다.

어느 날 오후 레이먼드가 저택의 개조 계획을 상세하게 읊기 시작하며 사건이 시작되었다. 데인 저택에 살게 된 이후 그는 집이 너무 커서 압도당하는 느낌을 받았다고 했다.

"박물관 같은 느낌이랄까요. 제 자신이 가도 가도 끝이 없는 갤러리 사이를 헤매는 길 잃은 영혼처럼 느껴진답니다."

그가 설명했다.

저택이 자리잡고 있는 대지 또한 조경 관리가 필요했다. 연령이 오래된 나무들은 보기에는 좋지만 레이먼드의 표현에 의하면 수가 너무 많았다.

"과장이 아니라 말이죠, 나무들 때문에 강이 안 보입니다. 저는 흐르는 물을 꼭 봐야만 하는 사람이거든요."

대체적으로 극적인 변화가 있을 것이다. 저택의 두 부분을 허물고 나무들을 뽑아내 물가로 널따랗게 길을 낼 계획이었다. 장소 전체가 생기를 띠게 될 것이다. 더이상 박물관이 아니라 그가 오랫동안 상상해온 완벽한 집이 될 수 있도록 계획하고 있었다.

레이먼드가 계획을 읊기 시작했을 때 휴는 구부정하니 편안한 자세로 앉아 있었다. 장원에 닥칠 변화가 생생하게 묘사됨에 따라 휴는 점점 더 몸을 펴더니 마침내 말을 탄 경찰처럼 뻿뻿하게 몸을 곧추세워 앉았다. 꽉 다문 입술에 피처럼 벌게진 얼굴로 그는 천천히, 하지만 매서운 리듬으로 주먹을 쥐락펴락했다. 그가 폭발하지 않은 것이 실로 기적이었지만 그 기적은 오래 지속되지 못했다. 나는 엘리자베스의 표정에서 누이도 같은 생각을 하고 있다는 것을 알아차렸지만 둘 다 속수무책이었다. 레이먼드가 화려한 계획의 마지막 묘사를 마치고 만족스러운 어조로 "자, 어때요? 어떻게 생각하세요?" 하고 물었을 때 아무것도 휴를 막을 수 없었다.

그는 느릿느릿 몸을 앞으로 굽히며 말했다.

"제가 어떻게 생각하는지 정말 알고 싶으십니까?"

"여보, 휴."

엘리자베스가 흠칫하며 끼어들었다.

"여보, 잠깐……."

그는 아내를 무시했다.

"정말 알고 싶으시냐고요?"

그가 다그치자 레이먼드가 미간을 찌푸렸다.

"물론입니다."

"그렇다면 말씀드리죠."

휴가 숨을 깊이 들이쉬었다.

"당신의 계획은 만행입니다. 그런데 그런 만행을 생각해낼 수 있는 건 소위 인습 타파주의자라 불리는 병신들뿐이죠. 당신은 전통이나 안정이라는 표현을 붙은 거라면 무엇이든지 부숴버리며 기뻐하는 사람이라고 사료됩니다. 세상을 받치고 있는 지지대마저도 차낼 사람이죠!"

레이먼드의 낯빛이 분노로 매우 창백해졌다.

"죄송합니다만, 당신은 변화와 파괴를 혼동하고 계시는군요. 제가 무언가를 파괴하려고 하는 게 아니라는 걸 아실 텐데요. 저는 약간의 변화가 필요하다고 생각할 따름입니다."

"'필요'라뇨? 수백 년 동안 잘 서 있던 나무들을 파버리는 게 필요입니까? 바위처럼 견고한 집을 부수는 게 필요예요? 저라면 그걸 터무니없는 파괴라고 하겠습니다."

휴가 조롱했다.

"죄송하지만 당신을 이해할 수 없군요. 경관을 새로 손보는 것이 어째서…… 모양을 다시 잡는 것이……."

"당신과 말다툼을 하려는 게 아닙니다."

휴가 말을 끊었다.

"저는 당신에게 알려드리는 겁니다. 당신에겐 그곳을 망가뜨릴 권리가 없다는 걸요!"

그들은 자리에 버티고 서서 사나운 기세로 서로를 바라보았다. 큰 싸움이 벌어질까 겁을 집어먹지 않은 유일한 이유는 휴는 결코 폭력적으로 나오지 않을 것이며 레이먼드는 성질을 부리기에는 너무나 이성적이라고 내가 굳게 믿고 있었기 때문이다. 험악한 순간이 갑자기 마법처럼 사라졌다. 레이먼드가 흥미롭다는 듯 미소를 짓더니 휴를 공손한 자세로 관찰하기 시작했다.

"그런 말씀이었군요. 바로 이해를 하지 못한 제가 멍청했습니다. 데인 저택은 제 생각에는 좀 너무 박물관 같은데, 그래도 그렇게 남아 있어야 하는 거군요. 저는 관리자가 되는 거고요. 사람들 눈에 저는 과거를 지키는 도우미랄까, 과거 유산을 관리하는 큐레이터 정도가 되겠네요."

그는 미소를 지으며 고개를 가로저었다.

"정말 미안하지만 저는 그런 역할에 맞는 사람이 아닙니다. 저는 과거에 경의를 표하지만 교제는 현재와 하고 싶습니다. 그런 이유로 저는 제 계획을 계속 추진할 생각입니다만, 혹여나 그 때문에 우리의 우정에 금이 가는 일은 없기를 바랍니다."

길고 무더운 한 주를 책상 앞에 앉아 썩기 위해 이튿날 도시로 향하면서 내가 한 생각이 기억난다. 레이먼드가 이웃 사이의 문제를 상당히 잘 처리한 덕분에 감사하게도 상황이 그 정도에서 끝났다고 생각했다. 따라서 그 주가 끝날 무렵 걸려 온 엘리자베스의 전화에 화들짝 놀랄 수밖에 없었다.

휴와 레이먼드가 데인 저택 때문에 맞서는 상황이 더이상 악화될 수 없을 지경으로 끔찍한 상태라고 했다. 누이가 불화를 깨끗이 해결하는 방법을 생각해냈으니 내가 누이를 돕기 위해 다음날 힐톱에 와야 한다고 했다. 안 된다는 말은 듣지 않겠다며 막무가내였다. 휴가 귀를 기울일 몇 안 되는 사람 중 하나이기 때문에 누이는 내게 기댈 수밖에 없다고 했다. 나는 그 표현이 마음에 들지 않았다.

"뭣 때문에 나한테 기댄다는 거야? 게다가 매형이 내 말에 귀를 기울인다니, 과장도 적당히 해야지, 누나. 매형이 사생활에 내 조언을 원한다니 상상이 안 돼."

"너 이렇게 까다롭게 굴래?"

"까다롭게 구는 게 아니야."

내가 쏘아붙였다.

"난 그저 그 일에 관여하고 싶지가 않다고. 매형은 자기 일을 알아서 처리할 능력이 있는 사람이야."

"그 능력이 너무 과한 거 같으니까 그러지."

"무슨 뜻이야?"

"아, 지금은 설명할 수가 없어!"

누이가 울먹였다.

"내일 말해줄게. 네가 누나한테 조금이라도 애틋한 감정이 있다면 아침 기차를 타고 이리로 와. 내 말 믿어. 그만큼 심각해."

나는 불편한 심기로 아침 기차를 탔다. 나는 상상력이 과한 탓에 사소한 것에서 우주적인 참극을 빚어내는 부류였고 저택에 도착할 즈음엔 거의 어떤 상황에도 놀라지 않을 정도로 온갖 생각을 다 한 상태였다.

하지만 모든 것은 잔잔했다. 적어도 겉으로는 그랬다. 휴는 나를 따뜻하게 반겼고 엘리자베스도 평소의 쾌활한 누이였으며 우리는 즐겁게 점심 식사를 하고 오랫동안 산책을 했다. 레이먼드나 데인 저택 이야기는 손톱만큼도 나오지 않았다. 나는 엘리자베스의 전화에 대해서 한마디도 하지 않았지만 생각하면 할수록 화가 치솟았다.

"자, 이제 내가 모르는 비밀에 대해 설명을 해주시지. 내가 무슨 생각을 하면서 여기 왔는지는 하느님도 아실 거야. 그런데 아무 일도 없네? 누나가 왜 나한테 전화해서 그렇게 법석을 떨었는지 이유를 들어야겠어."

드디어 누이와 둘만 남게 되었을 때 내가 말했다.

"알았어. 네가 원한다면 알려줄게. 나랑 어디 좀 가자."

누이가 침울하게 말했다.

우리는 한참을 걸었다. 정원과 마구간과 별채 들을 지나 숲 가장자리의 나무들 너머로 뻗은 사유 도로에 가까워지자 누이가 불쑥 물었다.

"너, 저택까지 차를 타고 왔지? 이 길을 봤을 때 이상한 점 못 느꼈니?"

"못 느꼈는데."

"그랬구나. 저택 진입로는 여기서 너무 멀리 떨어져 있나 보다. 이제 너도 직접 보게 될 거야."

그리고 직접 보게 되었다. 길 한가운데 의자 하나가 놓여 있었고 풍채 좋은 남자 한 명이 앉아 조용히 잡지를 읽고 있었다. 그가 누군지는 바로 알 수 있었다. 휴의 마구간 일꾼 중 한명으로, 그곳에 오랫동안 앉아 있었고 앞으로도 훨씬 더 오랫동안 앉아 있을 것을 예상하는 사람이 지을 만한 참을성 있는 표정을 짓고 있었다. 그가 왜 그곳에 있는지 곧장 깨달았지만 엘리자베스는 내 추론 능력을 그리 믿지 않는 모양이었다. 우리가 다가가자 남자는 일어서서 씩 웃어 보였다.

"윌리엄, 휴가 내린 지시에 대해 내 동생에게 말해주겠어요?"

엘리자베스가 말했다.

"그러죠."

그가 유쾌하게 대답했다.

"누가 항상 여기에 앉아 있어야 한다고 그러셨어요. 데인 저택으로 가는 건축자재 따위를 싣고 있을 만한 트럭을 보기만 하면 멈춰 세우고 돌려보내라고도 하셨고요. 이곳은 사유지이니 침범하면 안 된다고 말하라고, 그들이 우리에게 손가락 하나라도 대면 경찰을 부르라고 하셨어요. 그게 전부입니다."

"트럭을 돌려보낸 적이 있나요?"

엘리자베스가 나를 위해 물었다.

남자가 놀란 표정을 지었다.

"부인은 아시잖아요. 우리가 여기 나온 첫날 두어 대 돌려보낸 게 다입니다. 별문제도 없었고요."

그가 나를 향해 설명을 이어갔다.

"사유지를 침범할 깜냥을 가진 운전사는 없으니까요."

우리가 도로에서 어느 정도 멀어졌을 때 나는 이마를 탁 쳤다.

"믿을 수가 없군! 이런 짓을 하고도 아무 일 없이 지나갈 수 없다는 걸 매형도 분명히 알 텐데! 그 길은 데인 뭐시기로 통하는 유일한 도로이고 오랫동안 공중에 개방이 되었기 때문에 사유지 주장을 할 수가 없다고!"

엘리자베스가 고개를 끄덕였다.

"며칠 전에 레이먼드가 휴에게 한 말이 바로 그거야. 화가 머리끝까지 나서 왔더라고. 두 사람은 굉장히 심하게 다퉜어. 휴를 법정으로 끌고 가겠다는 식의 말을 레이먼드가 하니까 소송을 하면서 기꺼이 여생을 보내겠다는 식으로 휴가 대답했지. 하지만 최악은 그게 아니야. 난 레이먼드가 마지막으로 한 말이 걸려. 폭력은 오로지 폭력을 부를 뿐임을 알아야 할 거라고 말하더구나. 그 이후로 나는 언제 전쟁이 터질지 몰라 전전긍긍했단다. 모르겠니? 저기서 저렇게 길을 막고 있는 것 자체가 레이먼드를 자극하는 셈인 거야. 누나는 겁이 난다."

나도 이해할 수 있었다. 생각하면 생각할수록 위험한 상황인 듯 보였다.

"나한테 계획이 있어. 그래서 네가 왔으면 한 거야. 오늘밤 저녁식사에 손님 초대를 했어. 아주 소소하게 격식 없는 자리야. 평화협정을 맺는 자리랄까? 손님으로는 너랑 와이넌트 박사님이랑……

휴는 너랑 의사 선생을 둘 다 아주 좋아하거든. 그리고…….”

열렬한 기세로 이야기하던 엘리자베스가 머뭇거렸다.

“레이먼드랑.”

“말도 안 돼! 누나 말은, 그 사람이 진짜로 온다는 거야?”

“어제 내가 그 사람 집에 가서 오랫동안 이야기를 했어. 잘 설명했어. 이웃이 한자리에 모여서 화해하자고……. 그리고 형제 같은 정에 대해서도 얘기하고. 하, 진짜 내 하소연이 끔찍하게 감상적이고 징글징글하게 들렸을 테지만 효과는 있었어. 오늘 오겠다고 했거든.”

불길한 예감이 들었다.

“이 계획을 매형도 알아?”

“저녁 식사 계획? 응.”

“아니 내 말은, 레이먼드가 오는 거 말이야.”

“아니, 그건 몰라.”

내가 뚫어지게 쳐다보자 누이가 반항하듯 외쳤다.

“그럼 어떡해! 뭔가 해야 하잖아! 그래서 한 거야, 그냥 여기 앉아서 종말의 날을 기다리는 것보단 낫지 않아?”

그날 저녁, 우리가 모두 식탁에 둘러앉기 전까지는 나도 누이 의견에 동의했다. 레이먼드가 도착했을 때 휴는 눈에 띄게 동요했지만 엘리자베스에게 의미심장한 시선을 보낸 것 외엔 감정을 상당히 잘 숨겼다. 그는 상냥하게 손님들을 서로에게 소개했고 대화를 잘 이끌었으며 무엇보다도 주인의 역할을 믿음직스럽게 수행했다.

엘리자베스의 계획을 승리로 이끌 한 축으로 초대된 와이넌트 박사는 공교롭게도 그날을 참사의 날로 이끈 주역이 된다. 저명한 외과의인 그는 땅딸막한 체격에 머리가 센 남성으로 무뚝뚝하면서도 긍정적인 성격을 지니고 있었다. 자신 또한 상당한 명성을 누리는 사람이면서도 레이먼드를 만났을 때 소년처럼 흥분하더니 순식간에 절친한 벗처럼 가까워졌다.

저녁을 먹는 동안 휴는 모든 이의 관심이 레이먼드에게 집중되어 있으며 자신은 안중에도 없다는 것을 알아챘다. 뒤집어쓰고 있던 선량한 주인의 덮개가 흘러내리기 시작하고 엘리자베스의 계획 속에 도사리던 치명적인 약점들이 존재를 드러냈다. 명사 접대를 즐기고 타인이 뿌리는 영광의 빛 속에서 조용히 기쁨을 누리는 사람들도 있지만 휴는 그런 사람이 아니었다. 게다가 그는 의사 선생을 절친한 벗으로 생각하고 있던 참이라 충격이 더욱 컸다. 자신만 만한 사람들이 질투 또한 심하다는 것을 나는 경험한 바가 있다. 내가 이 세상에서 가장 혐오하는 사람이 내 소중한 우정을 침범한다면! 테이블 건너편에 앉아 주위에 아랑곳없이 즐겁게 수다를 떠는 레이먼드를 휴의 눈으로 바라보는 것만으로도 최악의 상황이 벌어질 것임을 예상할 수 있었다.

드디어 휴에게 기회가 왔다. 레이먼드가 탈출 시도에 사용하는 도구에 대한 이야기에 깊이 빠져 있을 때였다. 그는 사용할 수 있는 도구가 셀 수 없을 만큼 많고 손에 잡히는 거라면 무엇이든 사용할 수 있다고 했다. 철사나 쇳조각, 심지어 약간의 종잇조각도 써본 적이 있다고 했다.

"하지만 그중에서……."

그의 어조가 엄숙해졌다.

"목숨을 걸 정도로 신뢰하는 도구는 단 하나뿐입니다. 이상하게 들리겠지만 눈에 보이지 않고 손에도 잡히지 않는 것인데, 그게 존재하는지조차 모르는 사람들도 많습니다. 저는 그것을 가장 자주 이용했죠. 그리고 한 번도 실패한 적이 없습니다."

의사가 몸을 앞으로 기울였다. 그의 눈이 흥미로 반짝거렸다.

"그게 뭐죠……?"

"사람에 대한 지식입니다, 선생. 아니, 인간 본성에 대한 지식이란 표현이 더 나을까요? 선생에게 메스가 중요한 만큼 그 지식은 내게 필수적인 도구랍니다."

"허?"

휴의 목소리가 너무 날카로워 방안의 모든 눈이 즉각 그에게 쏠렸다.

"날랜 손재주가 마치 심리학의 한 분야라도 되는 듯 말씀하시는군요."

"그럴지도요."

레이먼드가 말했다. 그가 휴를 가늠하듯 바라보고 있다는 것을 나는 알아챘다.

“사실, 대단한 비밀은 아닙니다. 제 직업…… 아니, 저는 그걸 기술이라고 생각하길 좋아합니다만, 제가 하는 건 사실은 ‘주의를 딴 데로 돌리는 기술’에 지나지 않아요. 저는 그 기술을 쓰는 많은 사람들의 하나에 불과하고요.”

“요즘에는 탈출 마술사가 많지 않소이다만.”

의사가 말했다.

“그렇긴 합니다. 하지만 제가 말한 건 주의를 딴 데로 돌리는 기술을 쓰는 사람들을 뜻한 겁니다. 탈출 마술사나 눈속임의 장인들은 그 기술을 가장 색다른 형태로 구현하는 소수의 사람들이죠. 하지만 정치나 광고, 판매업에 종사하는 사람들은 어떻습니까?”

그가 예의 손가락을 코 옆에 대고 눈을 찡긋하는 몸짓을 했다.

“그 사람들 또한 제가 사용하는 기술을 자기 일에 적용하고 있어요.”

의사가 미소를 지었다.

“의학을 끌고 들어오지 않았으니 당신 의견에 기꺼이 동의하는 바요. 그런데 인간 본성에 대한 지식이 당신의 일을 수행하는 데 정확히 어떤 역할을 맡고 있는지 궁금하오만.”

“이런 식이죠. 사람을 한 명 정해서 주의깊게 관찰합니다. 그리고 그의 약점을 찾아낸 후, 잘못된 명제를 하나 말하는 겁니다. 그 명제가 의심 없이 받아들여지면 다음은 쉽습니다. 마술사에게 걸린 사람은 마술사가 보도록 허용하는 것만 보게 되고, 정치인에게 걸린 사람은 그 정치인에게 투표를 하게 됩니다. 세일즈맨한테 잡혔다면 광고 때문에 제품을 사게 되겠지요."

그가 어깨를 으쓱했다.

"그게 다입니다."

휴가 끼어들었다.

"그런가요? 당신과 어울리는 사람들이 지능이 좀 있어서 당신이 말하는 잘못된 명제를 받아들이지 않으면 어떻게 됩니까? 그 경우 당신은 어떻게 마술을 부리죠? 미개인들에게 구슬을 팔 때처럼 수준 낮은 사람을 주변에 깔아둡니까?"

"이보게, 휴, 그러지 말게. 여기 있는 우리 친구는 자신의 생각을 말하고 있을 뿐이야. 굳이 시시비비를 가릴 필요는 없잖아."

의사가 말했다.

"필요가 있을 수도 있죠."

레이먼드에게 시선을 고정한 채 휴가 말했다.

"이분에겐 재미있는 생각이 가득하다는 걸 알게 됐거든요. 그걸 어떻게 증명하실 수 있나 궁금해하던 중이었어요."

레이먼드가 냅킨을 들고 손을 살짝 움직여 입술을 닦고는 조심스럽게 테이블 위에 내려놓았다. 그가 휴를 향해 입을 열었다.

"요약하자면, 당신은 제 기술을 살짝이라도 보기를 원하신다는 말씀이죠?"

"꼭 그런 건 아닙니다. 담뱃갑이나 모자에서 토끼가 나오는 등의 별 볼 일 없는 것은 보고 싶지 않아요. 저는 뭔가 괜찮은 것을 보고 싶습니다."

휴가 대답했다.

"괜찮은 것이라."

레이먼드가 휴의 표현을 되풀이했다. 그는 실내를 둘러보며 관찰을 하더니 이윽고 휴에게 몸을 돌려 문을 가리켰다. 저녁 식사 전에 우리가 모였던 거실과 식당 사이에 위치한 거대한 참나무 문이었다. 지금은 닫혀 있었다.

"저 문, 잠겨 있지 않죠. 그렇죠?"

"네. 잠겨 있지 않습니다. 잠그지 않은 지 몇 해나 되었죠."

휴가 대답했다.

"열쇠는 있고요?"

휴가 주머니에서 열쇠고리를 꺼내 약간 힘겹게 구식의 무거운 열쇠 하나를 떼어냈다.

"그래요, 식기실을 잠글 때 쓰는 것과 같은 열쇠입니다."

휴도 은연중에 흥미를 느끼기 시작했다.

"좋습니다. 아니, 제게 주지 마세요. 의사 선생께 드리세요. 당신은 의사 선생이 명예로운 분이라고 믿으시죠, 그렇죠?"

"네, 믿습니다."

휴가 심드렁하게 대답했다.

"아주 좋습니다. 자, 의사 선생. 이제 저 문으로 가서 문을 잠가 주시겠어요?"

의사가 문으로 척척 걸어가 열쇠 구멍 안에 열쇠를 밀어넣고 돌렸다. 딸각 하고 잠금쇠가 부딪히는 소리가 크게 울렸다. 의사는 열쇠를 쥐고 테이블로 돌아왔지만 레이먼드는 열쇠가 필요 없다는 손짓을 했다.

"열쇠가 선생 손을 떠나면 안 됩니다. 그러면 모든 것이 허사가 되니까요."

그가 경고하고는 말을 이었다.

"자, 마지막으로, 제가 문으로 다가가서 손수건을 살짝 흔들면……."

손수건이 열쇠구멍에 닿을락 말락 펄럭였다.

"……짜잔, 문이 열렸습니다!"

의사가 문으로 갔다. 반신반의한 표정으로 손잡이를 쥐고 돌리고는, 문이 조용히 열리는 모습을 어안이 벙벙한 표정으로 바라보다가 말했다.

"하. 믿을 수가 없군."

"어떻게 하신 건지는 모르겠지만, 우리가 잘못된 명제를 굴 삼키듯 꿀꺽 삼켜버린 모양이군요."

엘리자베스가 웃었다.

오로지 휴만이 분노의 기색을 보였다.

"대단하군요. 어떻게 된 겁니까? 당신, 뭘 어떻게 한 겁니까?"

그가 다그쳤다.

"제가 뭘요?"

레이먼드가 꾸짖듯 말하더니 모두를 보며 미소를 지었다. 이 상황을 즐기는 것이 분명했다.

"제가 아니라 여러분이 한 겁니다. 나는 그저 인간 본성에 대한 약간의 지식으로 여러분을 도운 것뿐이고요."

내가 입을 열었다.

"짐작이 갑니다. 저 문을 미리 손본 거죠? 의사 선생은 문을 잠근다고 생각했지만 그게 아니었어요. 선생은 사실 문을 열었던 겁니다. 그게 답이 아닌가요?"

레이먼드가 고개를 끄덕였다.

"바로 그게 답입니다. 문은 잠겨 있었어요. 제가 미리 그렇게 해 놓은 겁니다. 오늘 저녁에 묘기를 보여달라는 주문이 나올 것이라고 짐작했거든요. 가장 준비하기 쉬운 묘기였지요. 제가 거실에서 식당으로 들어오는 가장 마지막 사람이 되도록 주의하는 걸로 충분했어요. 아, 그리고 이걸 썼습니다."

그의 손에 쇳조각이 하나 들려 있었다.

"평범한 걸쇠입니다. 오래되고 단순한 자물쇠를 따는 덴 이걸로 충분하죠."

레이먼드가 잠시 진지한 표정을 지었다가 환한 기색으로 말을 이었다.

“잘못된 명제를 입 밖에 내신 건 사실은 여기 계신 주인 양반입니다. 문이 잠겨 있지 않다고 했죠. 자신만만한 분이라 명백한 사실이라 생각되는 걸 시험해볼 생각을 안 한 겁니다. 의사 선생 또한 확신에 차서 같은 덫에 걸린 거고요. 이제 아시겠습니까? 언제나 확신에 차 있는 것은 약간은 위험하다는 걸요.”

의사가 뉘우치듯 말했다.

“그 말에 동의하겠소. 내 업종에서 그걸 인정하는 건 이단적 행위지만 말이지.”

그는 쾌활한 몸짓으로 쥐고 있던 열쇠를 테이블 위로 미끄러뜨려 휴에게 보냈지만 휴는 손을 뻗지도 않고 바닥에 떨어진 열쇠를 주우려고도 하지 않았다.

“이보게, 휴. 여기 이 친구가 자기 의견을 증명했다는 건 자네도 인정해야만 하네.”

“그런가요?”

휴가 나직이 말했다. 그는 살짝 미소를 지으며 앉아 있었는데, 머릿속에서 무슨 생각을 골똘히 하고 있음이 뚜렷하게 보였다.

“이보게, 친구, 인정하라고.”

의사가 다소 짜증을 내며 말했다.

“자네도 우리처럼 속지 않았나. 인정하지 않아?”

“그래요, 당신도 속았어요.”

엘리자베스가 동의했다.

누이는 평화협정의 분위기를 잡을 수 있는 기회가 왔다고 생각한 것 같았다. 나한테 물었다면 타이밍이 좋지 않다고 말해줬으련만. 나는 휴의 눈에 떠오른 표정이 마음에 걸렸다. 무언가 숨기는 듯한 눈빛이 휴답지 않았다. 보통 때의 휴는, 정말 화가 났을 때는 난폭한 폭풍처럼 폭발하지만 일단 천둥 번개가 가라앉으면 진심으로 사과를 하는 사람이었다. 하지만 지금 그는 다른 분위기를 풍겼다. 나른한 듯한 그의 분위기에 경계심이 일었다.

휴가 한 팔은 의자 뒤로 드리우고 다른 한 팔은 테이블 위에 올려놓은 채 레이먼드 방향으로 몸을 반쯤 돌려 앉아 물끄러미 그를 바라보았다.

"저는 소수에 속하는 듯싶군요. 그래도 당신의 묘기가 실망스럽다는 걸 말씀드리지 않을 수 없어요. 잘 짜인 마술이 아니었던 건 아닙니다. 그건 인정합니다. 하지만 유능한 열쇠장이한테 기대할 수 있는 것 이상도 아니었어요."

"이보게, 자네 엄청나게 큰 신 포도를 먹고 있구먼."

의사가 조롱하자 휴가 고개를 저었다.

"아니요, 저는 그저 문에 자물쇠가 있고 그걸 열 열쇠가 손에 있다면 문을 여는 건 대단한 마술이 아니라고 말하는 것뿐입니다. 여기 계신 우리 벗의 명성을 고려한다면 그것보다는 대단한 걸 볼 거라고 생각했거든요."

레이먼드가 얼굴을 찡그렸다.

"재미있게 해드리고 싶었는데, 실망을 시켜 죄송합니다."

"아, 재미라면 있었어요. 그에 대해 불만은 없습니다. 하지만 진정한 시험이라면……."

"진정한 시험요?"

"네, 좀 색다른 것 말이죠. 예를 들면, 자물쇠나 열쇠같이 미리 손볼 수 있는 요소가 없는 문이라든가. 손가락으로 살짝 건드리는 것만으로도 열리지만 그럼에도 한번 닫히면 열기가 불가능한 문은 어떠신지?"

레이먼드가 마치 눈앞에 내놓은 그림을 살펴보듯 눈을 가늘게 뜨더니 마침내 말했다.

"아주 흥미롭군요. 좀더 말씀해보세요."

"아니요."

휴가 말했다. 목소리에서 갑작스러운 열기가 느껴져서 나는 바로 이 순간이 그가 의도한 순간임을 알아차렸다.

"그보다 직접 '보여'드리겠습니다."

자리에서 훌쩍 일어서는 그를 따라 우리도 따라 일어섰다. 엘리자베스만 제외하면. 누이는 자리에 앉은 채였다. 같이 가겠느냐고 내가 물었지만 누이는 그저 고개를 흔들었고, 무력한 눈빛으로 우리가 방을 뜨는 모습을 바라보았다.

휴가 도중에 손전등을 가져가는 모습을 보며 지하로 향하고 있음을 깨달았다. 전에 가보지 못한 곳이었다. 와인 저장고에서 와인을 고르는 것을 돕기 위해 지하에 가본 적이 몇 번 있었지만 우리는 이미 저장고를 지나 희미한 조명이 밝혀진 그 뒤의 기다란 방으로 들어가고 있었다. 발이 거친 돌바닥을 긁는 소리가 요란하게 울렸고 주위 벽에는 지하수로 침윤된 흔적이 두드러졌다. 밤이 내린 따뜻한 바깥과는 달리 이곳은 습기 어린 냉기로 가득했다. 가슴에 소름이 돋았다.

"아틀란티스 무덤 그 자체로구먼."

의사가 부르르 떨며 헛헛한 목소리로 말했을 때 나는 나 혼자만 그렇게 느낀 건 아니구나 싶어 다소 마음이 놓였다.

방 끝에 이르자 벽 속으로 깊이 팬 공간이 나왔다. 굳이 묘사하자면 돌로 지은 옷방이라 부를 만한 공간은 천장까지 이르렀고 너비는 약 일 미터 이십 센티미터, 길이는 그의 두 배에 약간 못 미칠 정도의 크기였다. 열린 입구 안쪽은 칠흑처럼 어두웠고, 휴가 그 어둠 속으로 손을 뻗어 둔중한 문을 당겨 닫았다.

그가 불쑥 말했다.

"이겁니다. 십 센티미터 두께의 목재 문이죠. 문가에 딱 맞게 재단된 터라 닫으면 공기가 거의 안 통합니다. 목수의 솜씨가 근사하죠? 이백 년 전에는 다 그랬어요. 자물쇠도 빗장도 없고 손잡이로 사용되는 문고리가 양쪽에 달려 있을 뿐입니다."

그가 문을 살짝 밀자마자 문이 소리 없이 훌쩍 열렸다.

"보셨죠? 경첩 쪽에 균형이 아주 완벽하게 잡혀 있어서 깃털처럼 움직인답니다."

"이곳의 용도가 뭔가요? 이런 걸 지은 이유가 분명 있겠죠?"

내가 물었다.

휴가 짧은 웃음소리를 냈다.

"물론 있지. 옛날 잔혹한 시절에 하인이 범죄를 저지르면 말이야, 범죄라 해봤자 내 생각엔 로지어 선조들한테 말대꾸를 한 정도일 테지만, 하인은 여기 갇혀서 잘못을 뉘우치게 되어 있었어. 고작해야 두어 시간을 견딜 정도의 공기밖에 없기 때문에 하인은 기막히게 빨리 잘못을 빌거나 아니면 전혀 빌 수 없게 되지."

의사가 조심스럽게 물었다.

"저 문을 열면 되잖나? 건드리기만 해도 열리면서 공기가 들어올 텐데. 하인이 저 멋진 문을 열지 못하는 이유가 무언가?"

"보세요."

휴가 밀실 안에 손전등을 비추자 우리는 뒤에 옹기종기 서서 안을 들여다보았다. 불빛이 둥글게 퍼지며 안쪽 벽을 비추자 머리 높이 약간 위로부터 늘어져 있는 짧고 굵은 쇠사슬이 눈에 들어왔다. 사슬 끝에는 U자 모양의 목줄이 달려 있었다.

식당을 떠난 이후 레이먼드가 처음으로 입을 열었다.

"그렇군요. 제대로 머리를 쓴 장치예요. 하인은 벽에 등을 대고 서서 문을 보게 되죠. 목덜미 위로 목줄이 채워지고 그리고 목줄에 자물쇠가 보이지 않는 걸 보니 목 주위에 두른 후 망치로 쳐서 걸쇠를 고정하는 방식이겠어요. 문이 닫히면 하인은 마치 투명 옷걸이에 걸린 것 같은 모양새로 몇 시간을 갇혀 있는 거예요. 양발을 뻗어서 문고리를 잡아보려고 해도 발이 문에 닿지 않아요. 운이 좋다면 쇠 목줄에 목이 졸리지 않아서 누가 문을 열어줄 때까지 살아 있을 수도 있겠습니다."

"세상에. 묘사가 너무 생생해요. 마치 내가 그 하인이 된 기분이오."

의사의 말에 레이먼드가 희미하게 미소를 지었다.

"저는 이제까지 그런 경험을 많이 했죠. 장담합니다만 상상이 아무리 끔찍해도 현실만은 못합니다. 종내에는 공포와 극한 공황의 순간이 닥치죠. 예외란 없어요. 갈빗대가 터질지도 모른다는 생각이 들 정도로 심장이 미친듯이 뛰고 순식간에 온몸이 차가운 땀으로 흠뻑 젖게 됩니다. 그런 상황에 놓이면 반드시 자기 자신을 통제하고 모든 허약함을 떨쳐버려야 합니다. 그리고 이제까지 배운 교훈을 모두 떠올리는 겁니다. 하지만!"

그가 손날로 날렵한 목덜미 위를 휙 그었다.

"평범한 희생양들은 불행히도 스스로를 구하는 데 필수적으로 필요한 용기와 지식이 없기 때문에 굴복하게 되지요."

그가 슬프게 결론을 맺었다.

"하지만 당신은 그렇지 않겠죠."

휴가 말했다.

"그리 생각하지 않을 이유가 없군요."

휴의 목소리에 뜨거운 열기가 깃들었다.

"당신 말은, 이백 년 전에 저기 묶여 있던 사람과 똑같은 조건에 처한다 해도 당신이라면 이 문을 열 수 있다는 뜻이겠지요?"

가벼이 무시하기에는 휴의 질문에 어린 도전의 기색이 너무 강했다. 레이먼드는 집중하는 듯 표정을 찡그린 채 한동안 가만히 서 있다가 대답했다.

"그래요. 쉽지는 않을 겁니다. 아주 단순한 장치라 더 위협적이에요. 하지만 가능하긴 합니다."

"얼마나 걸릴까요?"

"기껏해야 한 시간 정도?"

지금 이 순간을 위해서 휴는 그렇게 먼길을 돌아온 것이었다. 그는 한 마디 한 마디를 한껏 즐기며 느릿느릿 질문을 했다.

"내기하시겠습니까?"

"잠깐, 잠깐만 기다리게."

의사가 끼어들었다.

"무슨 소리들인가. 그만둬요."

"구경은 잠깐 쉬고 이쯤에서 한잔하는 건 어때요? 재미난 것도 좋지만 여기서 놀다가는 폐렴에 걸리겠어요."

나도 끼어들었다.

휴도 레이먼드도 꿈쩍도 하지 않았다. 그들은 서로를 바라보며 서 있었다. 휴는 초조한 기색이었고 레이먼드는 깊이 생각에 잠긴 기색이었다. 이윽고 레이먼드가 말했다.

"뭘 거실 겁니까?"

"간단합니다. 당신이 지면 한 달 안에 데인 저택에서 떠나세요. 나한테 팔면 됩니다."

"제가 이기면요?"

휴로서는 입 밖에 쉬이 내기 힘든 제안을 했다.

"제가 지면 떠나는 쪽은 제가 되는 겁니다. 당신이 힐톱을 사지 않는다면 다른 사람에게 팔겠습니다."

휴를 아는 사람이라면 그 제안이 얼마나 놀라운 것인지 알 것이었다. 우리 누구도 한동안 입을 열지 못했다. 가장 빨리 정신을 차린 사람은 의사 선생이었다.

"휴, 그런 결정은 혼자서 내리는 게 아니네."

그가 경고 조로 말했다.

"아내가 있지 않나. 엘리자베스의 생각도 중요하다네."

"내기하겠어요? 내기하고 싶습니까?"

휴가 레이먼드를 다그쳤다.

"대답하기 전에 먼저 말씀드려야 할 것이 있습니다만."

레이먼드가 잠시 말을 멈췄다가 느릿느릿 말을 이었다.

"제가 단순히 지루해서, 흥미를 잃었기 때문에 일을 그만둔 것처럼 말씀드린 적이 있죠. 어리석은 자존심 때문인지 제가 여러분께 잘못된 인상을 드린 것 같습니다. 사실은 그게 전적인 진실은 아닙니다. 몇 년 전에 의사에게 갈 일이 있었어요. 그때 의사가 제 심장박동을 들은 후에는 제가 이 세상에서 가장 중요하게 다루어야 할 것이 제 심장으로 바뀌었습니다. 왜 이런 말을 하는지 궁금하시죠? 당신이 거는 내기가 이웃 간의 다툼을 마무리하는 데는 참으로 독특하고 재미있는 방법이지만, 저는 건강상의 이유로 거절하지 않을 수 없기 때문입니다."

"일 분 전에는 완전히 건강했잖습니까?"

휴가 굳은 목소리로 말했다.

"당신은 그렇게 생각하고 싶겠지요."

"조력자도 옆에 없고, 상황을 해결할 열쇠도 주머니에 없고, 없는 걸 있는 것처럼 착각하면서 속아넘어가줄 사람도 없으니 할 수 없다는 거 아닙니까! 그냥 졌다고 인정해요!"

레이먼드가 뻣뻣해졌다.

"그런 건 인정하지 않겠습니다. 이 시험이 힘들긴 하지만 필요한 도구는 여기 다 있습니다. 충분히 말이죠. 믿기 어렵겠지만."

휴의 커다란 웃음소리가 뒤로 뻗은 회랑 벽에 부딪히며 메아리처럼 퍼져 나갔다. 벽을 잇달아 때리며 퍼지는 웃음소리 속에 펄떡이던 생생한 경멸의 감정이 레이먼드를 밀실 속으로 몰아넣었다고 확신한다.

휴가 손잡이는 짧지만 머리는 묵직한 망치를 꺼내 들고 고른 기세로 세게 내려치며 레이먼드의 목에 쇠줄을 채웠다. 망치질이 끝나자 레이먼드가 캄캄한 암흑 안에서 시계를 치켜들었다. 라듐 마감이 된 숫자판이 창백하게 빛났다.

그가 조용히 말했다.

"지금이 11시입니다. 내기의 내용은, 자정까지 이 문을 열어야 하며 그러기 위해 어떤 방법을 동원해도 무방하다는 것. 이것이 내기의 조건입니다. 여기 계신 신사분들이 그 증인이고요."

문이 닫히고 남은 세 사람은 우왕좌왕하기 시작했다.

이 세상에 존재하는, 그릴 수 있는 모든 기하학적 도형을 돌바닥에 그리는 것이 의무라도 되는 양 우리 세 사람은 이리저리 우왕좌왕 걸어 다녔다. 의사는 빠르게 총총대며, 나는 휴의 휘청거리는 큰 보폭에 맞춰 걸었다. 각자의 그림자 위로 앞서거니 뒤서거니 오가는 어리석고 의미 없는 행군. 똑딱똑딱 흐르는 일 초 일 초에 신경을 곤두세우며 우리는 시간의 흐름을 세고 있었다. 아무도 먼저 시계를 보려고 하지 않았다.

바깥 움직임에 보조를 맞추는 듯한 소리가 밀실 안쪽에서 한동안 들려왔다. 사슬이 내는 소리가 아주 작게나마 주기적으로 짧게 나다가 멈추고, 오랫동안 고요함이 흐르다가 다시 소리가 나기 시작하는 것이다. 소리가 다시 죽었을 때 나는 더이상 참지 못하고 머리 위 노리끼리한 희미한 조명을 향해 손목시계를 들었다. 문이 닫힌 지 이십 분 남짓밖에 흐르지 않은 것을 보니 힘이 빠졌다.

내가 물꼬를 트자 두 사람도 망설이지 않고 시계를 보기 시작했다. 시간을 확인하기 시작하니 몇 분이 흘렀을까 그저 궁금해할 때보다 더 견디기 힘들었다. 의사가 잔걸음으로 씩씩하게 걸으며 시계태엽을 감았고, 몇 분 후 다시 태엽을 감으려다가 한심하다는 표정을 지으며 손을 내렸다. 휴는 손목시계를 눈 가까이에 대고 걸었다. 시계에 집중하면 기어가는 듯 꾸물거리는 시간을 시계판 위로 더 빨리 끌고 갈 수 있다고 생각하는 것처럼.

삼십 분이 흘렀다.

사십 분.

사십오 분.

손목시계를 보고 십오 분도 남지 않았음을 알았을 때 그마저도 내가 견디기엔 너무 길다는 생각을 한 것이 기억난다. 냉기가 몸속 깊숙이 묵직하게 내려앉아 몸이 아팠다. 휴의 얼굴에서 땀이 줄줄 흐르는 것을 보고 나는 깜짝 놀랐다. 땀방울이 한데 모여 아래로 뚝 하고 떨어지는 것을 나는 지켜보았다.

그 일이 일어난 것은 내가 그렇게 멍하니 휴를 바라보고 있을 때였다. 멀리서 들려오는 괴로운 울부짖음처럼 비명이 밀실의 벽을 뚫고 나왔다. 음절 하나하나가 또렷이 살아 있었다. 우리는 부르르 떨었다.

"의사 선생! 공기가!"

레이먼드의 목소리였다. 두꺼운 벽 때문에 목소리는 높고 가느다랗게 들렸다. 하지만 순수한 공포의 기색, 공포에서 비롯된 애원의 기색은 명백했다.

"공기가!"

목소리가 째지게 울리다가 웅얼거림으로, 그리고 곧 전혀 알아들을 수 없는 긴 한숨으로 변하며 사라졌다.

정적이 흘렀다.

우리는 다 같이 문을 향해 펄쩍 달려들었지만 휴가 가장 빨랐다. 그는 문에 등을 대며 우리를 막았다. 치켜든 손에 목줄을 채우는 데 사용했던 망치가 들려 있었다.

"물러서세요! 더이상 가까이 오지 마십시오. 경고합니다!"

그가 소리쳤다.

손에 들린 무기의 위협 때문인지 그의 분노가 더욱 생생하게 느껴져서 우리는 흠칫 멈춰 섰다.

"이보게, 휴. 자네가 무슨 생각을 하는지 아네만 이젠 걱정할 필요가 없네. 내기는 취소야. 내가 모든 책임을 지고 문을 열겠네. 나를 믿게."

의사가 애원했다.

"선생을 믿은들 무슨 소용입니까? 내기 조건을 기억하세요? '한 시간 내에 문을 열어야 하고, 어떤 방법을 동원해도 무방하다.' 이게 조건이에요! 그게 무슨 뜻인지 아십니까? 두 사람 다 저자한테

속고 있어요. 죽을 것처럼 저러는 거, 다 가짜란 말입니다. 두 사람이 속아서 문을 열면 저자는 내기를 이기게 돼요. 내기의 당사자는 두 사람이 아니라 나란 말이죠! 그러니 결정은 내가 내릴 겁니다!"

휴의 목소리가 긴장으로 떨리기는 했지만 나는 그가 생각보다는 당황한 상태가 아니라는 것을 알 수 있었다. 하지만 그래서 상황은 그만큼 더 나빠 보였다.

"가짜로 저러는지 어떻게 알아요? 심장이 좋지 않다고 했잖습니까. 현장에서 이런 식으로 공황 상태에 빠져서 부담을 느끼는 일이 항상 있었다고 했잖아요. 매형이 무슨 권리로 저 사람의 생명을 가지고 도박을 한다는 말입니까?"

내가 다그쳤다.

"제길, 처남은 아직도 모르겠어? 저자는 내기 냄새를 맡기 전에는 심장이 나쁘다는 말은 전혀 한 적이 없단 말이야! 이런 식으로 덫을 놨다는 걸 모르겠어? 식사하러 왔을 때 문을 잠그고 식당에 들어온 것처럼 말일세! 이번엔 아무도 덫에 걸리지 않을 거야. 아무도!"

"이보게, 내 말 듣게."

의사가 채찍을 휘두르는 듯 쏘아붙였다.

"저 사람이 죽어가고 있을 가능성이 약간은 있다는 것에 동의하나?"

"그래요. 가능하죠. 가능하지 않은 게 어디 있습니까?"

"말장난하자는 게 아니야! 내가 말하고 싶은 건 이걸세. 만약 저 사람이 정말 곤경에 처해 있다면 일 초가 아까운 상황이야. 제길, 만약 이게 진짜 상황이라면 말일세, 나는 저 남자를 살해한 게 자네라고 재판정에서 증언할 거야! 알겠나? 그게 자네가 원하는 건가?"

휴의 고개가 가슴께로 늘어졌지만 손은 여전히 망치를 꽉 붙들고 있었다. 그의 목구멍에서 숨이 걸게 들고 나는 소리가 들렸고 그가 고개를 들었을 때 얼굴이 잿빛으로 초췌했다. 결정을 내릴 수 없다는 괴로움이 창백한 얼굴의 주름에 맺힌 땀 한 방울 한 방울에 역력했다.

불현듯 난 깨달았다. 언젠가는 휴가 완벽한 딜레마라는 것에 대면하면서 커다란 깨달음을 얻을지도 모른다는 말을 레이먼드가 무슨 뜻으로 했는지 이해했다. 인간이 자신의 내면의 깊이를 가늠해보지 않을 수 없게 될 때, 그는 스스로에 대해 큰 깨달음을 얻게 된다. 마침내 휴 또한 그 깨달음을 얻게 된 것이다.

어둠이 깔린 지하실에서 일 초 일 초가 천둥치듯 급박한 기세로 흐르는 동안 우리는 휴가 어떠한 선택을 할 것인지 지켜보고 있었다.

작가
정보

●

스탠리 엘린

Stanley Bernard Ellin

스탠리 엘린은 뛰어난 상상력으로, 인간 심리의 어두운 면을 극적인 사건으로 구성하여 보여주는 작가다. 평범해 보이는 서두로 시작해 생각지 못한 소름끼치는 결말로 물 흐르듯 끝맺는 단편이 유명하여 '20세기 단편 추리소설의 거장'으로 불린다.

엘린은 1916년 뉴욕 브루클린에서 태어났다. 1936년 브루클린 칼리지를 졸업한 뒤 다음해에는 대학에서 만난 진 마이클과 결혼해 딸 하나를 두었다. 1986년 사망하기까지 엘린은 브루클린에서 거의 평생을 보냈다. 타지에서 생활한 것은 손에 꼽을 만한데, 어린 시절 잔병치레가 잦아 가족들과 떨어져 뉴저지에서 잠시 지냈던 경험도 그중 하나다.

한적하고 공기 좋은 뉴저지로 엘린이 요양을 떠난 시기는 고작 네 살일 때였다. 부모는 어린 외동아들을 어쩔 수 없이 홀로 시골에 보내기는 했으나 주말마다 꼬박꼬박 먼 거리를 달려 만나러 왔다고 한다. 그때마다 아버지는 침대 옆에 앉아 아들이 원하는 만큼 책을 읽어주었다. 엘린은 아버지를 졸라 비어트릭스 포터의 『피터 래빗 이야기』를 토씨 하나 틀리지 않고 외울 만큼 들었으며, 다른 책들과 달리 "진정한 상상력"이 엿보였기 때문에 성인이 되어서도 그 책을 기억한다고 밝혔다. 이후 집안 서재에서 발견한 마크 트웨인, 러디어드 키플링, 로버트 스티븐슨, 기 드 모파상과 에드거 앨런 포에 열광하며 자란 그는 삼십 세가 되었을 때 자신도 대가의 대열에 합류하게 된다.

위대한 시작, 「특별 요리」

스탠리 엘린은 1947년 《엘러리 퀸 미스터리 매거진》(이하 《EQMM》)의 제3회 콘테스트에서 단편 「특별 요리」로 특별상을 수상하며 화려한 작가 인생의 막을 열었다. 엘러리 퀸과 당시 《EQMM》의 편집장이었던 밀드리드 포크는 1946년 스탠리 엘린이 투고한 원고를 보자마자 대단한 작품이라는 것을 깨달았으나, 그해 콘테스트가 마감된 후라 그 작품으로 제3회 콘테스트에 참가할 것을 권유했다고 한다.

「특별 요리」에서 주인공 코스테인은 스비로스라는 레스토랑에서 희귀한 아미르스탄 양*으로 만든 요리를 맛보게 된다. 그리고 특별한 맛에 반해 매일같이 스비로스를 드나들던 어느 날 아미르스탄 양이 사실은 양이 아니라 다른 끔찍한 것일지도 모른다는 불길한 예감을 느낀다. 결과적으로 작중에 아미르스탄 양이 무엇인지 구체적으로는 한마디도 나오지 않지만, 등장인물의 심리묘사와 암시만으로 충격을 선사하는 것이 압권인 단편이다.

크리스토퍼 몰리는 1948년 《EQMM》에 당선작으로 공개된 「특별 요리」가 최우수 작품상이 아니라 최우수 '데뷔작'으로 꼽혀 특별상을 받은 것을 비판하며 "1948년 퀸 콘테스트의 모든 상을 다 받는다 해도 손색이 없는 작품"이라고 평가했다. 《시카고 트리뷴》은 "「특별 요리」는 엘린이 다른 작품을 전혀 쓰지 않는다고 해도 그를 항상 기억하게 만들기에 충분하다"는 찬사를 바쳤다. 엘러리 퀸 또한 이후 단편집 『특별 요리』에 실린 서문을 통해 이 평가에 동의한다는 것을 간접적으로 밝혔다.

엘린은 이후 「하우스 파티」와 「블레싱턴 계획The Blessington Method」으로 미국 추리작가협회의 에드거 최우수 단편상 2회를 수상하며, 해마다 《EQMM》에 단편 하나씩을 발표한 끝에 《EQMM》 콘테스트 구 년 연속 입상이라는 진기록을 세운다. 1958년 발표한 장편소설 『제8지옥The Eighth Circle』으로는 에드거 최우수 장편상도 받는다. 하지만 이 모든 것의 시작인 「특별 요리」는 아직까지도 명실상부한 엘린의 대표작이자 현대 단편 추리소설의 고전으로 불리며, 이후 요네자와 호노부가 『덧없는 양들의 축연』에서 「덧없는 양들의 만찬」이라는 단편으로 오마주하였다.

스탠리 엘린의 작품 세계

스탠리 엘린은 극적인 아이러니를 연출하는 어두운 상상력과 기묘한 블랙 유머가 눈에 띄는 작가다. 특히 엘린은 복잡한 설정이나 화려한 수사

없이도 위대한 작품을 창조하는 법을 알고 있었다. 그는 적재적소에 절묘한 표현을 써서 쉽고 간결한 문장으로 자신의 상상력을 빛낸다.

실제로 엘린은 이러한 효과를 위해 오랫동안 퇴고를 했다고 한다. 시간을 들여 아이디어를 구체화하고, 작업실에 틀어박혀 매일 여덟 시간에서 열네 시간까지 내내 타자기를 두드렸다. 탈고한 뒤에도 몇 번이나 고쳐 써서 열 번 이상 고친 적도 있다고 한다. 과연 스탠리 엘린은 작품에 단어 하나도 허투루 사용하지 않아 독자들은 엘린의 작품을 읽을 때마다 문장에서 새로운 의미를 찾아낼 수 있다.

비슷하게 간결한 언어로 어두운 상상력을 발휘하기로 이름 높은 작가는 로알드 달이 있다. 활동한 시기와 수상력도 비슷하여 라이벌로서 자주 함께 이름이 오르내린다. 비록 국내에서는 독특한 상상력을 지닌 동화작가로 알려져 있지만, 로알드 달은 스탠리 엘린과 같이 미스터리 소설로 에드거상 3회를 수상했다.

하지만 주제 의식과 작풍은 전혀 다르다. 로알드 달이 자유로운 상상력을 기반으로 현실 사회를 풍자하여 어른들을 웃음 짓게 한다면 엘린은 인간 심리를 예리하게 파고들어 인간이 가장 극심하게 갈등하게 되는 지점, 생각지 못한 금기를 건드려 때로는 도덕적인 딜레마까지도 파고든다.

대표적으로 이 책에 실린 단편 「손발의 몫」에서 주인공은 안정된 직장을 차지하느냐 살인에 협조하느냐 하는 딜레마에 빠진다. 《EQMM》 콘테스트에서 최우수상을 받은 이 책의 마지막 단편 「결단의 순간」에서는 주인공이 타인의 목숨과 자신의 자존심 중 하나를 선택해 자신의 인성을 증명해야 하는 순간에 이른다. 「결단의 순간」의 경우 주인공의 선택이 밝혀져 있지 않기에 작품의 완결성이 뛰어나다고 할 수는 없지만, 열린 결말을 통해 독자들에게 생각할 여지를 남기고 더욱 깊은 여운을 준다는 데 의의가 있다.

스탠리 엘린은 오랜 기간 동안 꾸준히 활동한 작가치고는 작품 수가 많지 않은 편이다. 단편은 해마다 한 편꼴로 발표했으며 장편은 열네 작품에 그쳤다. 그러나 첫 작품에서부터 보여준 독특한 작품색과 뛰어난 완성도를 유지한 끝에, 1981년에는 미국 추리작가협회가 수여하는 에드거 그랜드 마스터상을 받았다. 그는 오 년 뒤 심장 발작으로 사망했다.

/

작품 목록

Dreadful Summit (1948)

The Key to Nicholas Street (1953)

Mystery Stories (1956, 단편집) – 『특별 요리』(엘릭시르, 2015, 미스터리 책장 시리즈)

The Eighth Circle (1958)

The Winter after This Summer (1960)

The Panama Portrait (1962)

House of Cards (1963)

The Blessington Method: And Other Strange Tales (1964, 단편집)

The Valentine Estate (1968)

The Bind (1970)

Mirror, Mirror on the Wall (1972)

Stronghold (1974)

Kindly Dig Your Grave: And Other Wicked Stories (1975, 단편집)

The Luxembourg Run (1977)

The Specialty of the House: And Other Stories (1979, 단편집)

Star Light, Star Bright (1979)

The Dark Fantastic (1983)

Very Old Money (1985)

특별 요리
Mystery Stories
/

초판 발행 2015년 8월 20일

지은이 스탠리 엘린 / **옮긴이** 김민수 / **펴낸이** 강병선

책임편집 김세화 / **편집** 임지호 이현 / **아트디렉팅** 이혜경 / **본문조판** 이원경 / **그림** 김다래
저작권 한문숙 박혜연 김지영 / **마케팅** 정민호 김도윤 / **홍보** 김희숙 김상만 한수진 이천희
제작 강신은 김동욱 임현식 / **제작처** 영신사

펴낸곳 (주)문학동네 / **출판등록** 1993년 10월 22일 제406-2003-000045호 / **임프린트** 엘릭시르

주소 413-120 경기도 파주시 회동길 210
문의 031-955-2637(편집) 031-955-2696(마케팅) 031-955-8855(팩스)
전자우편 editor@elmys.co.kr / **홈페이지** www.elmys.co.kr

ISBN 978-89-546-3697-1 (03840)

엘릭시르는 출판그룹 문학동네의 임프린트입니다.